崑崙霸仙

곤륜패선

윤신현 신무협 장편소설

WISHBOOKS ORIENTAL FANTASY STORY

곤륜패선 3

윤신현 신무협 장편소설

초판 1쇄 찍은 날 | 2020년 2월 07일
초판 1쇄 펴낸 날 | 2020년 2월 14일

지은이 | 윤신현
펴낸이 | 권태완 우천제

기획 | 위시북스
편집책임 | 한준만
편집 | 위시북스

펴낸곳 | ㈜케이더블유북스
등록번호 | 제25100-2015-43호
등록일자 | 2015. 5. 4
KFN | 제2-18호

주소 | 서울시 구로구 디지털로31길 38-9, 401호
전화 | 070-8892-7937 팩스 | 02-866-4627
E-mail | fantasy@kwbooks.co.kr

ISBN 979-11-293-4835-7 04810
      979-11-293-4618-6 (set)

崑崙霸仙

곤륜패선

··· 목차 ···

제1장

잠룡(潛龍)인가 와룡(臥龍)인가

북숭소림(北崇少林)이라 불리는 소림사의 방장실(方丈室)에서 한 노승이 고적하게 찻잔을 기울였다. 그는 차향을 음미하며 천천히 다도를 즐겼다.

그때 누군가가 방장실의 문을 두드렸다.

"대사님, 사마룡입니다."

"들어오시게."

문 너머에서 들려오는 익숙한 목소리에 두 눈을 감고서 차를 음미하던 노승이 입을 열었다. 그러면서 눈을 뜨고는 문 쪽을 응시했다.

"보고드릴 것이 있어 찾아뵈었습니다."

"앉으시게나."

늘 똑같이 인자한 미소를 짓고 있는 법우 대사의 말에 사마룡이 굳은 얼굴로 자리에 앉았다.

승복과 이마에 있는 계인만 아니라면 여느 마을의 촌부라 해도 이상하지 않을 인상이었지만, 그렇기에 사마륭은 법우 대사를 경계했다. 자고로 드러난 이보다 드러나지 않은 이가 훨씬 더 위험했기 때문이다.

'소림을 더욱 번창시키지는 못했어도, 유지는 확실하게 시킨 인물이 바로 법우 대사이니까.'

정마대전은 정말 많은 곳을 무너뜨리거나, 그에 준하는 피해를 입혔다. 그리고 그건 중원무림의 정신적 지주라 불리던 소림사 역시 마찬가지였다. 한데 그렇게 큰 피해를 입은 소림을 가장 빨리 복구시킨 인물이 바로 눈앞에 앉아 있는 법우 대사였다.

"늦은 시간에 사마가주가 직접 빈승을 찾아온 것을 보면, 꽤나 심각한 내용이 담긴 소식인가 보오."

"그렇습니다."

"무슨 일이오? 혹 종남산이 넘어간 것이오?"

법우 대사의 얼굴이 살짝 굳어졌다. 현재 가장 심각한 전선이 바로 종남파가 고군분투하는 종남산이었기 때문이다. 만약 종남산이 밀리면 소림사가 있는 숭산까지는 금방이었다. 더구나 산서성이 거의 넘어가다시피 한 상황이지 않던가.

"다행히 그곳 문제는 아닙니다."

"그러면?"

"혹 얼마 전에 제가 보고드린 내용을 기억하고 계십니까? 십존 중 한 명이 청해성으로 가고 있다고요."

"아, 기억나는구려. 감숙성에서 귀속시킨 무문들의 무인들을 이끌고 곤륜파로 간다고 하지 않았소."

"맞습니다. 그리고 결과가 나왔습니다."

"어찌 나왔소?"

법우 대사가 짐짓 궁금하다는 표정으로 물었다.

그런 그의 얼굴 한구석에서는 살짝 안쓰러워하는 감정이 서렸다. 막 다시 일어서려 하는 곤륜파에게 이번의 공격은 결코 좋은 일이 아니어서였다. 소림사를 비롯한 중원무림에게도 썩 좋지 않은 일이었고.

"곤륜파로 향한 무인은 북해빙궁에서 빙화파산존이라 불리는 고수인데, 놀랍게도 장문인에게 개 맞듯이 뚜드려 맞았다고 합니다."

"허어."

법우 대사는 진심으로 놀란 표정을 지었다. 다른 이도 아니고 십존의 일인을 맨손으로 때려잡았다고 하자 믿기지가 않던 것이다.

"물론 알아본 바에 의하면 십존이라고 해서 다 같은 수준은 아니라고 합니다. 화산검제를 쓰러뜨린 옥면검존의 경우 십존 중에서도 수좌에 꼽히는 인물이라 하고요. 반면에 빙화파산존은 중하위권이 아닐까 파악하고 있습니다만, 그래도 대단한 일을 해냈습니다. 곤륜파의 장문인이요."

"그래도 십존이지 않소. 다른 무인도 아니고. 게다가 감숙성에서 이끌고 간 무인들의 숫자가 상당하고 들었소만."

"곤륜산에 도착할 당시 천이백여 명 정도였다고 들었습니다. 나머지 삼백 명 안팎은 낙오했다고 하고요."

"그럼 스무 명이 채 안 되는 숫자로 그 많은 인원들을 패퇴시킨 것이오?"

"그렇습니다."

보고하는 사마륭조차 솔직히 믿기지 않는다는 표정으로 대답했다.

하수들이라고 하더라도 숫자가 일정 이상 모이면 엄청난 힘을 발휘했다. 괜히 인해 전술이라는 말이 있는 게 아닌 것이다. 아무리 고수라고 해도 인간인 이상 내력과 체력에 한계가 있을 수밖에 없는데 곤륜파는 그 영역을 뛰어넘었다.

"역시 명문은 명문이구려. 그런 저력을 가지고 있을 줄이야."

"저도 솔직히 놀랐습니다. 아마 십 중 아홉은 곤륜파의 패배를 예상했을 테니까요. 아니면 사천당가의 도움이 있던가."

"사천당가는 움직이지 않는다고 하지 않았소."

"만천독황은 곤륜산까지 움직인 전력이 있으니 혼자라면 가능성이 있다고 생각했었습니다. 그런데 만천독황은 움직이지 않았고, 곤륜파는 단독으로 북해빙궁의 습격을 막아냈지요."

사마륭이 묘한 표정을 지었다. 만약 곤륜파가 그들이 내민 손을 잡았다면 호재도 이런 호재가 없었을 텐데. 문제는 곤륜파가 그들과의 합류를 거절하고 독자 노선을 선택했다는 점이었다.

'물론 그렇다고 해서 우리가 얻는 게 아예 없지만은 않지만.'

사마룡의 눈동자가 기이하게 변했다.

비록 반쪽에 불과한 성공이었지만 중요한 것은 북해빙궁의 신경을 조금이나마 분산시켰다는 점이었다. 그리고 그건 강북 무림에게 있어 결코 나쁘지 않았다.

'손을 잡지 않는다면 최대한 이용할 수밖에.'

정마대전 당시 무림맹을 출범시키며 전 중원의 힘을 합쳤지만 그건 겉으로만 보이는 모습이었다. 천년마교처럼 수직적인 관계가 무림맹에서는 이루어질 수 없었다. 무림맹주는 수장이라기보다는 대표자에 가까운 직위였기 때문이다.

그리고 그 상황은 지금이라고 해서 다르지 않았다. 결국 중요한 것은 자신과 가문, 혹은 문파의 안위였다.

"곤륜파의 장문인이 걸물이라고 하더니, 그 말이 정말인 것 같소이다."

"저도 그렇게 생각합니다. 다행히 큰 피해도 입지 않았다고 합니다."

"정말 대단하오. 그 적은 인원으로."

"청해성과 감숙성은 크게 걱정하지 않아도 될 것 같습니다. 사천성도요."

사마룡이 은근슬쩍 선을 그었다.

도움을 받을 수 없다면 억지로라도 도움을 이끌어내야 하는 게 현재 그들이 처한 상황이었다. 강북이 소림사를 중심으로 뭉쳐서 북해빙궁을 상대하듯이 강남무림은 무당파를 중심으로 오독문을 상대하고 있었으니까.

"곤륜파와 사천당가가 힘을 보태주면 정말 천군만마가 부럽지 않을 텐데 말이오. 아미타불."

"저도 같은 생각입니다만, 그렇다고 우리의 생각을 곤륜파에 강요할 수는 없으니까요."

"흐으음."

법우 대사가 침음을 흘렸다. 불현듯 제갈가주가 했던 말이 떠올라서였다. 더불어 제갈현과 사마룡이 자기도 모르게 비교가 되었다.

'제갈가주는 무조건 포섭을 해야 한다고 했었지. 어쩌면 이 결과를 먼저 내다본 것인지도 모르겠어.'

사마룡 역시 뛰어난 지자였다. 제갈세가가 없었다면 그 자리를 대신할 가문이 사마세가이기도 했고.

하지만 냉정히 말해서 완벽히 대체할 수 있을 거라 생각하지는 않았다. 성향도 완벽히 정도를 따른다고 보기 어려웠고.

"그래도 청해성이 넘어가지 않았다는 점은 긍정적입니다. 감숙성의 병력 역시 함부로 움직이지 못할 테니까요. 지금이야 잠자코 있지만, 곤륜파 장문인의 성격이 종잡을 수 없다고 하니 막말로 감숙성으로 진격할 수도 있고요."

"그렇게까지 할 것으로 보이지는 않소만."

"사실 가만히만 있어도 저희에게는 이득입니다. 십존의 일인이 당한 만큼 북해빙궁의 입장에서는 곤륜파를 신경 쓰지 않을 수가 없으니까요."

"곤륜파를 이용하려는 것 같아 조금 껄끄럽구려."

법우 대사가 얼굴 가득 미안한 표정을 지었다. 정마대전 당시에도 도와주지 못했는데 이번에도 딱히 도움을 주지 못하는 것 같아서였다. 오히려 도움만 계속 받고 있는 것 같아 법우 대사는 내심 미안했다.

물론 도와주기에는 그때 당시의 소림사 상황이 너무 좋지 않았다. 하지만 중요한 것은 그 역시 변명이라는 점이었다. 도와주려고 진짜 마음을 먹었다면 어떻게라도 도와줄 수 있었을 테니까.

'어쩌면 그때의 외면이 지금의 상황을 만들었을지도 모르지.'

곤륜파가 단칼에 거절한 것도 법우 대사는 이해할 수 있었다. 역지사지라고 반대 입장이었어도 서운하고 섭섭했을 테니까.

그렇기에 개방의 분타주가 설설 기었던 것이고, 개방 역시 자신들의 잘못을 알기에 납작 엎드리는 데 망설이지 않았던 것이다.

'너무 멀리 온 건가.'

법우 대사가 두 눈을 감았다. 곤륜파의 입장에서는 자신들이 아쉬우니까 손을 내밀었다고 생각할 수도 있어서였다.

하지만 핑계이기는 하지만 소림사 입장에서도 할 말은 있었다. 불과 작년까지만 하더라도 곤륜파는 재기가 불가능한 상태였었다. 도와주려고 해도 곤륜파의 신공절학이 없다면 그건 더 이상 곤륜파라고 할 수 없었으니까.

그런데 벽우진이 등장하면서 한순간에 모든 게 달라졌다.

"지금은 북해빙궁과 오독문을 밀어내는 게 우선입니다. 곤륜파와의 관계는 그 이후에 차근차근 진행해도 된다고 생각합니다. 아예 적대 관계인 것은 아니니 시간을 두고 천천히 개선시키면 될 것 같습니다."

"그게 최선인 것 같긴 하오만 너무 늦는 건 아닐지 모르겠구려."

"우선은 종남산부터 해결해야 합니다. 종남파가 무너지면 섬서성이 넘어가게 되고 그러면 하남성까지는 순식간입니다. 전선이 너무 불리해집니다. 산동성이 남아 있기는 하지만 하북팽가가 무너진 이상 산동성의 무문들이 버텨내기에는 무리입니다."

"……."

법우 대사의 표정이 침중해졌다. 곤륜파의 문제는 잠시 미뤄두고 당면한 현실에 집중하기 시작한 것이다.

"십존 역시 한 명이 당했다고 하나 나머지 아홉이 건재하고요. 그리고 가장 중요한 건 빙궁주는 아직도 모습을 드러내지 않았다는 점입니다. 분명 내려와 있는 게 분명할 텐데요."

"곧 드러날 것이라 생각하오. 그분들이 직접적으로 움직이고 계시니."

"문제는 오독문 때문에 반으로 나누어졌다는 것인데……."

"그래서 말인데. 그는 어찌 되었소?"

"조율 중입니다. 그런데 쉽지 않습니다."

사마룡의 얼굴이 굳어졌다. 의외로 진전이 없어서였다.

"혹시라도 북해빙궁이나 오독문 쪽에 넘어가는 일은 없어야 하오."

"물론입니다. 최선을 다하고 있으니 곧 좋은 결과가 나오지 않을까 싶습니다."

"제대로 단결만 된다면 이 시국을 어렵지 않게 타개할 수 있을 터인데……."

법우 대사가 씁쓸한 어조로 중얼거렸다.

분명 백도무림의 힘은 거대했지만, 문제는 그 힘을 하나로 집결시키기가 쉽지 않다는 점이었다. 때문에 법우 대사는 깊은 한숨을 내쉬었다.

"좀 더 노력해 보겠습니다."

"부탁하오."

사마룡이 고개를 숙였다. 크게는 중원무림을 위해서지만 결과적으로는 그의 가문을 위해서이기도 했다. 그렇기에 사마룡의 머리는 빠른 속도로 회전했다.

하지만 그들은 몰랐다. 차가운 비수가 어느새 그들의 목전 앞까지 다가와 있음을 말이다.

적들의 피로 물들다시피 한 곤륜산을 정리하는 데 벽우진은 적지 않은 시간을 소요했다. 워낙에 숫자가 많으니 매장하는 일도 만만치가 않았다.

물론 단순히 묻기만 하지는 않았다. 시신들이 품고 있는 병기들이나 무공 비급, 금전 같은 것들을 꼼꼼히 챙겼다. 고급 인력을 움직인 만큼 적어도 이 정도는 챙겨야 수지가 맞았다.

더구나 현재 곤륜파는 들어오는 돈보다 나가는 금액이 훨씬 많았다. 다달이 적자인 상황이었기에 한 푼이라도 챙길 수 있을 때 챙겨야 했다.

"그마저도 돈은 얼마 되지 않는단 말이지."

"예, 사부님."

"병장기도 고철에 불과하고."

"네."

곤륜파의 살림을 도맡아 하는 서예지가 송구스러운 얼굴로 고개를 숙였다. 현재 곤륜파의 재정 상태에 대해 가장 잘 알고 있는 사람 중 한 명이 바로 그녀였기 때문이다.

"이번에 주운 무공 비급이라도 팔아야 하나."

"찾아보면 구매하겠다는 곳이 있을지 모릅니다. 물론 비밀리에 팔아야 하겠지만요."

"판매처를 구하는 거야 어렵지는 않을 것 같은데."

"근데 그래도 될까요?"

서예지가 조심스럽게 물었다. 그래도 명색이 명문정파인데 이렇게 해도 되나 싶어서였다.

"뭐 어때? 전리품인데. 그리고 내가 빼앗은 게 아니잖아? 지들이 쳐들어 왔다가 얼떨결에 바친 거지."

"틀린 말씀은 아니신데……."

서예지가 어색한 표정을 지었다. 현재 재정 상태를 생각하면 벽우진의 말대로 하는 게 맞았지만, 만약 이 사실이 알려진다면 좋지 않은 말들이 나올 게 분명해서였다. 아니, 명예에 누가 될 것이 분명했다.

"명예와 명성이 밥 먹여주는 거 아니다. 물론 있으면 좋지. 하지만 그건 결과적으로 거품 같은 거야. 잠시 동안의 허상 같은 거지. 너도 슬슬 느끼고 있겠지만, 강호에서는 힘 있는 게 장땡이다."

"죄송해요. 제가 생각이 짧았어요."

"사과까지 할 필요는 없고. 사실 사부님이랑 사백, 사숙들의 모습을 떠올리면 전리품을 챙기지 않고 싹 다 묻어버리는 게 맞아. 나 역시 그게 틀렸다고 생각하지 않고. 하지만 선대가 그렇게 살아왔다고 해서 난 꼭 그 길을 따를 생각은 없어. 그렇다고 후대에 내 소신을 강요할 생각도 없고."

"아버지께 한번 물어볼게요."

"아냐. 판매처를 알아보는 일은 시킬 곳이 있어. 그러니 그 부분은 신경 쓰지 않아도 돼. 그저 너와 아이들은 수련에만 집중하면 된다. 그 이유는 말하지 않아도 알겠지?"

서예지가 고개를 끄덕였다.

천검문의 일이 있었기에 사실 그녀는 다른 제자들과 달리 자신이 전쟁과 실전에 상당 부분 앞서 있다고 생각했다. 직접 겪어본 것과 듣기만 한 것의 차이는 내심 크다고 생각한 것이다.

그런데 그건 착각이었고 오만이었다. 한 발 떨어져 있던 구경꾼과 직접 전선에 선 무인의 차이는 그야말로 천양지차였다. 그렇기에 서예지는 반문하지 않고 얌전히 벽우진의 말을 들었다.

"천검문의 야습 때와는 느낀 게 다를 거야. 하지만 이번에 겪은 것마저도 직접 겪은 일은 아니지. 그러니 더욱더 정진해야 해."

"명심하겠습니다."

"그렇다고 너무 무리하지는 말고. 너 다치면 청범이 난리 친다."

"설마요."

서예지가 곱게 웃었다. 설사 자신이 수련 중에 다친다고 하더라도 조부는 한마디도 못 할 게 분명했다. 때문에 벽우진의 약한 소리에 그녀는 웃으며 고개를 저었다.

"난 가능하면 가늘고 길게 살고 싶어. 일찍 죽으면 억울할 것 같아."

"저도 사부님께서 오래 사셨으면 좋겠어요. 저희랑 함께요."

"벽에 똥칠할 때까지 살면 안 되지. 만약 그 정도로 오래 살게 되면 난 곤륜산 깊숙한 곳에서 혼자 살 거야. 아무도 못 찾아오게."

"저희도 안 보시게요?"

서예지가 슬픈 표정을 지었다. 만약 정말 그렇게 되면 진짜 서운할 것 같았다.

"말이 그렇다는 거지. 내 나이가 얼만데 그 정도까지 살겠어? 너 시집가고 자식 볼 때까지만 살아도 오래 사는 거야. 내 목표가 그쯤이기도 하고."

"손주까지는 보셔야죠. 그리고 대호법님의 연세를 생각하면 사부님도 가능하실 것 같은데요?"

"그럴 수도 있고. 아니면 등선이 더 빠를 수도 있고."

"우화등선하셔도 저는 슬플 것 같아요."

서예지가 진심을 담아 말했다.

하지만 그 모습에 벽우진은 그냥 피식 웃었다. 고맙기도 하고 흐뭇하기도 했지만 아무리 그래도 지긋지긋하게 오래 사는 건 또 싫었다.

"일단 갇혀 있던 세월만큼은 무조건 채워야지. 억울해서라도 난 그전에 못 죽는다."

"호호호."

진심이 담긴 투덜거림에 서예지가 웃었다.

그러면서 새삼 생각했다. 벽우진을 만나기 전까지는 하루하루가 고통스럽고 끔찍했는데 지금은 너무나 행복했다. 그래서인지 웃음도 늘었고 말이다.

똑똑똑.

새삼 달라진 자신의 환경에 서예지가 행복해하고 있을 때 누군가가 문을 두드렸다.

놀란 그녀와 달리 벽우진은 옥청궁을 찾은 이가 누군지 아는지 특유의 나른한 표정으로 입을 열었다.

"들어와."

"사저께서도 계셨군요."

"저도 보고할 게 있어서요."

집무실 안으로 들어온 도일수가 벽우진에게 꾸벅 인사하고는 서예지에게도 정중히 묵례했다. 나이는 어려도 엄연히 그보다 항렬이 높았기에 예의를 다하는 것이었다.

"무슨 일이냐?"

"손님이 찾아왔습니다."

"손님?"

"예, 양 분타주가 왔습니다. 그런데 이번에는 인원이 좀 많습니다."

나이는 가장 많지만, 자신이 막내라는 사실을 한시도 잊은 적이 없기에 늘 궂은일은 그의 몫이었다.

하지만 그것에 대해 도일수는 조금도 불평하지 않았다. 오히려 곤륜파의 제자가 될 수 있어서, 진짜 무공을 배울 수 있어서 하루하루가 너무나 행복했다. 그리고 비호표국에서의 생활과 비교하면 지금은 힘든 것도 아니었다.

"인원이 많아? 어느 정도냐?"

"열 명입니다."

"흐음."

벽우진이 고개를 갸웃거렸다.

지금까지 딱 두 번 만났지만 양선은 늘 수신호위인 두 명만을 수행원으로 데리고 곤륜파를 찾았다. 한데 전투가 막 끝난 시점에 더 많은 인원들을 데리고 오자 의아했다.

"어찌할까요?"

"일단 접객당으로 데려와. 나도 그리로 갈 테니."

"알겠습니다."

도일수가 고개를 꾸벅 숙인 후 빠르게 옥청궁을 나섰다. 지시대로 하오문의 인원들을 안내하기 위해서였다.

"도 사제는 참 착한 것 같아요. 그렇다고 순진한 건 아니지만요."

"속가제자라 호칭하기가 살짝 애매하지?"

"예."

"시간이 지나면 적응될 거야. 처음만 약간 불편할 뿐이지."

나이로 인해 꼬이기는 했지만, 딱히 큰 문제는 아니었다.

항렬이 꼬여 어린 사형을 모셔야 하는 경우는 과거에도 비일비재했다. 그나마 지금은 나이만 꼬였지 만약 벽우진에게 사형이 있었다면 더욱 꼬였을 터였다.

스윽.

거기까지 생각한 벽우진은 자리에서 일어났다. 그러고는 서예지와 함께 옥청궁을 나섰다.

"곤륜파는 처음이시죠?"

"예전에 잘 나갈 때 말은 많이 들었지. 직접 찾아올 일이 없어 방문하지는 못했지만."

"어떠신가요?"

도일수의 안내로 접객당에 들어온 양선이 조심스럽게 물었다. 하오문주가 본 새로운 곤륜파의 첫인상이 궁금해서였다.

"그냥 무난하네. 사람이 적어서 그런가. 아직은 텅텅 빈 느낌이고."

"하지만 실속은 확실합니다."

"그건 그렇지. 단독으로 빙화파산존을 제압했으니."

노파가 다시 생각해도 놀랍다는 표정으로 대답했다. 승산이 아예 없지는 않겠다고 생각했지만 설마하니 일대일로 십존의 일인인 빙화파산존을 때려잡을 줄은 정말 몰랐기 때문이다.

게다가 놀라운 점은 호법들이 보여준 무위였다. 단 아홉 명으로 천이백에 가까운 숫자를 밀어붙였다는 말을 듣고 그녀는 온몸의 솜털이 곤두섰다.

말이 아홉 명이지, 소수로 천이백 명을 상대하는 건 진짜 말도 안 되는 일이었다. 아무리 어중이떠중이들을 끌어모았다고 하나 숫자의 힘은 무시할 수가 없었으니까.

'그런데 해냈지.'

소식을 들었을 때 티를 내지 않아서 그렇지 그녀는 엄청나게 놀랐었다.

특히 그 인원을 상대하고도 부상자 한 명 없다는 사실에 그녀는 또 한 번 경악했었다. 그 말은 압도적인 차이로 짓밟았다는 소리였기 때문이다.

"근데 이렇게 나서서도 되나 모르겠습니다."

"상대를 제대로 파악하기 위해서는 직접 대면하는 것만큼 좋은 게 없다. 지금껏 그래 왔었고 말이다. 게다가 우리는 곤륜파의 적이 아니지 않느냐."

"그렇긴 합니다만."

"사내라고 했으니 비겁한 수는 쓰지 않을 테고. 잔머리야 잘 쓰는 것 같다만."

"다 들립니다."

"흘흘흘!"

문밖에서 들려오는 젊은 남자의 목소리에도 노파는 당황하지 않았다. 대신 의미심장한 웃음을 흘리며 자리에서 일어났다.

"남의 집에서 너무 대놓고 말씀하시는 거 아니오?"

"기분 나쁘셨다면 사과드리겠습니다."

"사과까지야. 욕도 아니니."

안으로 들어온 벽우진이 손을 휘휘 저었다. 그러고는 성큼성큼 상석으로 걸어갔다.

"처음 뵙겠습니다. 설향이라고 하옵니다."

"혹시 문주시오?"

"부족하지만 제가 하오문을 이끌고 있습니다. 물론 혼자서만 하는 것은 아니지요."

"벽우진이오."

지긋한 나이임에도 예를 다하는 설향의 모습에 벽우진 역시 정중하게 포권을 했다. 그러자 양선이 뒤이어 벽우진에게 인사를 올렸다.

"연락도 없이 갑자기 방문하게 되어 죄송합니다."

"알면 됐어."

"다음부터는 꼭 서신을 먼저 보내겠습니다."

"흐음. 지켜보겠어."

자신을 흘겨보는 벽우진의 시선에 양손이 더욱더 고개를 숙였다.

하지만 벽우진은 더 이상 뭐라 하지 않았다. 전서구를 보냈어도 바빠서 제대로 못 봤을 확률이 컸기 때문이다.

"이해해 주서서 감사합니다."

"그보다 무슨 일이오? 내 견문이 짧지만 하오문주를 대면하기가 하늘의 별 따기처럼 어렵다고 들었소만."

"선이에게 들은 것도 있고 해서 한 번은 장문인을 꼭 뵙고 싶었습니다."

"나를 만나고 싶었다라."

벽우진이 묘한 눈길로 설향을 응시했다.

그녀는 그 시선을 피하지 않고, 옅게 웃으며 벽우진을 마주 바라봤다.

"소첩도 제법 오랜 세월을 살아왔습니다. 그 덕에 자연스럽게 사람을 보는 눈이 생겼지요."

"그래서 날 직접 보고 싶었다?"

"예. 솔직히 궁금했거든요. 현재 강호에서 가장 빠르게 위명을 날리시는 분이 장문인이시니까요."

"그럴 리가."

벽우진이 고개를 저었다.

세외까지는 아니지만, 중원에서 보면 변방이나 마찬가지인 곳이 청해성이었다. 그런 만큼 위명을 날린다는 말은 아무리 생각해도 과장된 표현이었다.

"아닙니다. 현재 중원에서 가장 거론이 많이 되는 무인이 바로 장문인이십니다. 모두가 장문인을 궁금해하고 있지요."

"정확히는 빙화파산존 때문이지 않겠소."

"그렇습니다."

양선이 조마조마한 심정으로 두 사람의 대화를 지켜봤다. 아무리 비슷한 연배라고 하지만, 어째 설향이 벽우진을 너무 편하게 대하는 것 같아서였다.

"직접 보니 어떠오?"

"소문이 과소평가된 것 같습니다."

"흐음?"

벽우진이 재미있다는 표정을 지었다. 보아하니 무공을 전혀 익히지 않은 것 같은데, 확고하게 과소평가되었다고 하자 어째서 그리 생각하는지 궁금해졌던 것이다.

"제가 보기에 곤륜파는 앞으로 더욱 비상할 것 같습니다. 바로 장문인 때문에요."

"무슨 근거로 그리 말하는 것이오?"

또르륵.

벽우진이 미리 준비되어 있던 차를 따라주며 피식 웃었다. 그러나 설향의 표정은 시종일관 진지했다.

"아시겠지만 저는 무공을 익히지 않았습니다. 아니, 익히지 못했습니다. 무공을 익힐 수 없는 몸이었거든요. 대신 저는 정말 많은 이들을 만나봤습니다. 그리고 그중에는 삼제오왕칠성들도 있지요. 물론 그들은 저를 알아보지 못했지만요."

"호오."

"그래서 느낄 수 있습니다. 적어도 장문인이 그들의 아래가 아니라는 것을요."

"신기한 능력이로고. 그저 보는 것만으로도 가늠이 된다니."

"약육강식의 세상에서 약자가 살아남기 위해서는 남다른 안목과 눈치가 필수이지요. 그마저도 없다면 사람답게 살아갈 수가 없습니다."

벽우진이 고개를 주억거렸다. 확실히 이해가 가는 말이었다.

그리고 새삼스러운 눈빛으로 설향을 바라봤다. 처음부터 범상치 않다고 생각했는데 역시나 예상했던 대로였다.

스윽.

"무엇이오?"

"장문인께 드리는 선물입니다. 미리 약속도 잡지 않고 갑작스럽게 방문했는데 빈손으로 오는 건 예의가 아니라고 생각해서요."

"……."

한눈에 봐도 고급스러운 비단으로 감싸져 있었기에 벽우진은 선뜻 받지 않았다. 대신 설향을 지그시 주시했다.

"참고로 돈은 아닙니다. 초면에 돈을 드리는 건 아무리 생각

28 **곤륜패선** 3

해도 아닌 것 같아서요. 그래서 장문인께 그리고 곤륜파에 도움이 되는 것이 무엇일까 고민하다가 준비했습니다."

"왠지 받으면 안 될 것 같은 물건 같소만."

공짜를 좋아하는 벽우진이었지만 그렇다고 아무 생각 없이 아무거나 막 다 받지는 않았다.

더구나 상대는 수백 년, 어쩌면 태고 이래로부터 지금까지 이어졌을지 모를 문파인 하오문의 주인이었다. 비록 단 한 번도 무림의 중심에 선 적은 없지만, 그 오랜 세월 동안을 버텨 온 저력이 있는 문파였다. 그렇기에 벽우진은 선물이라고 해서 선뜻 받지 않았다.

"다른 뜻은 전혀 없습니다. 순수하게 드리는 선물입니다. 필요한 사람에게는 큰 가치가 있을지 모르나 평범한 사람들에게는 딱히 쓸모가 없는 물건이라고나 할까요."

"나에게는 필요가 있다?"

"예."

하대인 듯 아닌 듯한 묘한 화법을 구사하는 벽우진이었으나 설향은 조금도 기분 나빠하지 않았다. 원래부터 이런 성격이라는 것을 진즉에 알고 있어서였다. 게다가 벽우진의 나이를 단순하게 생각하면 일흔다섯으로, 그녀보다도 나이가 많았다.

"그렇게 말하니까 더욱 궁금해지는구려."

"열어보시지요. 선물을 대가로 무언가를 요구할 생각은 없으니까요."

순수한 호의로 주는 선물이라는 말에 벽우진이 천천히 손을 뻗었다. 그러고는 빠르지도, 느리지도 않게 감싸고 있던 비단을 벗겼다.

"흠?"

꽁꽁 싸매 있던 비단이 풀어지자 그 안에 있던 내용물이 모습을 드러냈다. 그런데 놀랍게도 비단 안에 담겨 있는 것은 제법 두꺼운 책자였다.

"인명록?"

"보시지요."

먹물이 마른 지 얼마 되지도 않은 듯한 세 글자를 내려다보는 벽우진을 향해 설향이 빙그레 웃으며 말했다.

그 말에 벽우진이 두 눈을 게슴츠레하게 뜨고서 첫 장을 천천히 넘겼다.

"허어."

반응은 곧바로 왔다. 첫 장을 본 순간 벽우진은 이 인명록이 무엇인지 단박에 알아차렸던 것이다. 그는 빠르게 책장을 넘겼다.

"마음에 드실지 모르겠습니다."

간략하게 훑고 넘어가는 벽우진의 모습에 설향이 담담한 어조로 말했다. 하지만 그 안에는 단단한 자부심이 깊게 서려 있었다.

지금 벽우진이 보고 있는 인명록은 한 문파의 수장이라면, 그것도 성을 넘어 중원에 자신의 이름을 떨치고자 하는 이라면 누구라도 보고 싶어 할 게 분명한 책이었기 때문이다.

"놀랍구려. 이렇게까지 세세하게 자료를 모았을 줄이야. 혹시 나에 대한 것도 있소?"

"아직은 없습니다."

"언제라도 만들 수 있다는 소리로 들리는구려."

설향은 대답하지 않았다. 대신 다시 한번 미소를 지을 뿐이었다.

그리고 벽우진도 더 이상 캐묻지 않았다. 사실 굳이 물을 필요가 없는 내용이기도 했고.

"확실히 필요한 사람에게는 보물과도 같은 선물이구려."

"그렇게 봐주셔서 감사합니다."

"냉큼 받고 입을 싹 닦기에는 과한 선물이기도 하고."

"말씀드렸다시피 따로 바라는 것은 없습니다. 그저 지금처럼 좋은 관계를 유지했으면 하는 게 전부입니다."

"가끔 도움도 주고 말이오?"

벽우진이 피식 웃었다. 말은 저렇게 해도 얻어갈 것은 확실하게 얻어가고 있어서였다. 이 세상에 진짜 공짜인 것은 없었으니까. 이미 이 자리에 온 것부터가 다 노리고 온 것일 터였다.

'겸사겸사 나를 직접 보고 말이지.'

영악한 것도 영악한 거지만 배짱도 상당했다.

아무리 자신이 명문정파인 곤륜파의 장문인이라고 하나 모두가 청렴하고 고결한 건 아니었다. 그런데도 설향은 자신을 직접 찾아왔다. 분명 그렇지 않은 이들도 만나봤을 텐데 말이다.

"저희를 가엽게 여겨주시면 감사하지요."

"가엽게 여길 정도는 아니라고 생각되오만."

"본 문이 지닌 가장 큰 힘이 정보력이라는 사실이 현실을 무엇보다 잘 드러낸다고 생각합니다."

"힘은 상대적인 것이오."

"하지만 있어서 나쁠 것은 없지요. 굳이 강호만 생각하지 않더라도요."

틀린 말이 아니었기에 벽우진은 할 말이 없었다. 그저 조금은 씁쓸한 기색으로 어깨를 으쓱거릴 뿐.

"아, 생각해 보니 부탁할 게 두 가지 있소이다."

"말씀하시지요."

"하나는 무공서의 처분이오."

"감숙성 무인들의 무공인가요?"

설향이 눈을 반짝거렸다. 안 그래도 이 건에 대해서 어떻게 말을 꺼내야 하나 속으로 고민하고 있었는데 벽우진이 먼저 말해주어서였다.

"맞소. 챙기기는 했는데 처분하기가 애매해서 말이오. 그렇다고 돌려주기도 뭐하고. 솔직히 말하면 본 파의 자금 사정이 그리 좋지 않기도 하고."

"저희가 구입을 해도 될까요?"

"그래도 되긴 하는데. 괜찮겠소?"

"물론이지요. 일단 저희가 구입한 후에 다른 곳에 팔아도 되고요. 아시겠지만 상승절학은 돈이 있다고 해서 구할 수 있는 게 아니니까요. 물론 비급만으로 진의를 깨닫는 것이 쉽지는 않겠지만 그래도 시도는 해볼 수 있으니까요."

"절정무공도 있기는 한데 수준이 썩 높은 건 아니오."

벽우진이 슬쩍 밑밥을 깔았다. 쉽게 얻을 수 있는 무공은 아니었지만 그렇다고 대단한 무공도 아니어서였다.

그러나 설향은 고민하지 않았다.

"파훼법만 연구해도 큰 성과입니다.'

"그렇다면야."

"두 번째 부탁은 무엇인지요?"

"제갈세가와 사마세가에 대해 조사해 주시오. 정확하게는 본 파에 어떤 뒷공작을 펼쳤는지에 대해서 말이오. 증거까지 구할 수 있으면 더욱 좋고. 물론 공짜로 해달라는 것은 아니오. 그만한 값은 치르겠소."

벽우진의 눈동자에 스산한 빛이 어렸다.

그는 잊지 않고 있었다. 다만 증거가 없기에 잠자코 있었던 것일 뿐.

"시간이 좀 필요합니다. 어쩌면 증거가 없을 수도 있고요."

"사마세가와 개방이 지웠다면 증거가 사라졌을 가능성이 크지만 그래도 하오문이니 찾지 않을까 싶은데 말이오. 하오문이 나섰는데도 없다면 정말 없는 것일 테고."

"알아보겠습니다. 하지만 너무 큰 기대는 하지 말아주시길."

"받아들여 주는 것만으로도 감사하오."

"별말씀을."

과거라면 굳이 하오문을 통할 필요가 없었겠지만, 지금은 상황이 달라졌다. 활용할 수 있는 거라면 뭐든지 활용해야 했다. 곤륜파의 재건과 복수를 위해서라면 말이다.

그리고 이번 역시 시작은 저쪽이 먼저 했다.

"아, 그리고 오독문에 대한 것들도 말씀드리겠습니다. 궁금하지 않으시다면……."

"해주시구려."

눈치를 살피는 설향에게 벽우진이 말했다. 안 그래도 그쪽 상황 역시 궁금했다.

세상에 알려지지는 않았지만 사천당가와는 동맹을 맺은 사이였고. 아마 사천당가는 개방이나 다른 문파들이 매달리는 게 자신보다 더하면 더했지 덜하지는 않았을 터였다.

비탈길을 내려오면서 양선이 설향의 눈치를 살폈다. 곤륜파의 산문을 넘고 나서 지금껏 아무런 말이 없어서였다.

"궁금한 것이 많은 모양이구나."

"아닙니다. 그저 문주님의 표정이 심각해 보여서요."

"심각한 건 아니고. 잠시 생각을 정리했단다."

"장문인에 대한 생각이요?"

설향이 고개를 주억거렸다. 그러면서 새삼 벽우진을 다시 한번 떠올렸다.

"그래, 확실히 범상치 않은 인물이더구나. 영웅보다는 효웅에 가까운데, 또 보면 그렇지 않고. 광명정대하지는 않지만 그렇다고 음흉한 쪽도 아닌. 어찌 보면 명문정파보다는 정사 중간에 어울리는 인물이랄까."

"확실히 평범한 분은 아니죠."

양선이 자기도 모르게 고개를 끄덕였다. 안 그래도 그녀 역시 그런 생각을 한 적이 한두 번이 아니었다.

"하지만 적어도 믿을 수 있는 거래 상대이기는 해. 편견도 없고."

"그리 보이셨어요?"

"응, 무공을 익히지는 못했지만 대신 잡기라고 할 수 있는 많은 것들을 익힌 나잖니. 관상도 좀 보고. 일단 단명할 상은 아니야."

"……이미 오래 살았는데요."

"흘흘! 그러고 보니 그렇구나."

설향이 실소를 내뱉었다. 젊은 외관 탓에 진짜 약관 정도로 봤음을 뒤늦게 깨달았던 것이다.

"그래도 이번 일은 조금 위험했어요. 제가 나서도 되는 일이었는데."

"대신에 미약하지만 신뢰를 얻지 않았더냐. 결코 손해 보는 일정은 아니었어. 아무리 자세히 보고를 받아도 직접 본 것만은 못하는 법이니."

"하지만 만약 장문인이 악독한 마음을 먹었다면 큰일이 날 수도 있었습니다."

"그럴 위인이었다면 애초에 직접 찾아가지도 않았지. 다 계산하에 움직인 것이니라. 그보다 앞으로 많이 바빠지겠어. 사마세가와 제갈세가의 뒤를 파려면."

설향의 눈빛이 침중해졌다. 자신감을 드러내기는 했지만 두 곳 다 만만한 곳이 절대 아니었다. 알려지지 않았을 뿐이지 정보력이 유독 뛰어난 곳이 바로 제갈세가와 사마세가였기 때문이다.

하지만 불가능하다고는 생각하지 않았다.

"최선을 다하겠습니다."

"조심히 접근해야 해. 두 곳 다 만만한 곳이 아니니."

"예."

설향과 양선이 두런두런 대화를 나누며 곤륜산을 내려갔다. 하지만 둘 다 머릿속은 그 어느 때보다 빠르게 회전하고 있었다.

··· 제2장 ···
달라진 위상

빙화파산존의 습격 이후 벽우진의 하루는 눈코 뜰 새 없이 바빴다. 하루가 멀다고 그를 찾아오는 이들이 많아서였다.

청해성의 군소방파들은 물론이고 역사 깊은 권문세가들 역시 곤륜산을 올랐다. 새로이 떠오른 강자인 벽우진과 안면을 트고자 다들 곤륜파를 찾았던 것이다.

"많이 피곤해 보이십니다, 사형."

"피곤할 수밖에. 찾아오는 사람이 한둘이 아닌데."

"그래도 전 보기 좋습니다. 예전 생각이 나서요."

"아직은 비교하기 힘들지. 예전에는 훨씬 더 대단했으니까."

지금도 많이 찾아오기는 하지만 과거 정마대전이 일어나기 전과 비교하면 조족지혈에 불과했다.

다만 긍정적인 점은 점차 나아진다는 사실이었다. 또한 곤륜파의 위상 역시 나날이 올라가는 중이었고.

"점점 나아진다는 게 중요한 거 아니겠습니까? 일단 청해성 내의 영향력이 급격하게 늘어나고 있으니까요."

"그건 죽기 싫어서 그런 거고. 아직도 대부분은 눈치만 보고 있잖아. 정파라 할 수 있는 문파들만 찾아온 것만 봐도 알수 있지. 언제든지 북해빙궁으로 갈아탈 수 있는 것들이야. 이미 갈아탄 녀석들이 있을지도 모르고."

"그래서 하오문이 발 빠르게 움직이고 있지 않습니까. 확실히 능력은 있는 것 같습니다."

"자기들 입으로 쓸모 있다고 말했으니까 이 정도는 해줘야지."

벽우진이 어깨를 으쓱거렸다. 하오문의 역량을 생각하면 이정도는 기본이었기 때문이다.

"청하상단에도 찾아가는 사람이 많다고 합니다."

"과거의 위상을 되찾을 때가 되기도 했지."

"비호표국에 표물을 의뢰하는 이들도 엄청나답니다."

"그렇게 가르쳤는데 당연히 제 몫을 해줘야지. 우리는 뭐 땅파서 장사하나?"

청민이 너털웃음을 터뜨렸다.

하지만 틀린 말은 또 아니었다. 애초에 비호표국을 인수하고 훈련까지 시킨 것은 다 상부상조하기 위해서였다.

"감숙성의 상인들도 상당수 문의를 해온답니다. 아무래도 북해빙궁과의 전쟁으로 인해 감숙성 전역의 분위기가 흉흉하니까요."

"아직은 무리야. 비호표국은 그 정도 역량이 안 돼."

"그래도 규모가 빠르게 크고 있으니 곧 가능하지 않겠습니까? 청해성만으로는 한계가 있습니다. 비호표국뿐만 아니라 청하상단도요."

"결국에는 중원으로 가야지. 큰물에 가야 큰돈을 벌 수 있으니까."

벽우진이 의자에 눌어붙듯이 늘어진 채로 고개를 끄덕였다. 그도 언제까지 청해성에서만 놀 생각은 없었다. 다만 지금은 내실을 다질 때라고 생각했다.

"흠흠! 요즘 권문세가나 무문들의 수장들이 딸들을 너무 데리고 오는 것 같습니다."

"너무 속 보이긴 하지?"

"좀 자제를 시켜야 하지 않을까요? 그래도 저희는 도문인데요."

"부러워하는 건 아니고?"

은근히 떠보는 벽우진의 말에 청민이 단호하게 고개를 저었다.

그의 나이 어느덧 일흔 살이었다. 눈앞의 벽우진이야 외관은 스무 살 남짓으로 보인다지만 그는 아니었다. 누가 봐도 노인네인 청민은 언감생심 그런 생각을 해본 적이 없었다.

"전혀요. 제 나이가 얼만데요."

"나도 나이는 엄청나지. 무공도 엄청나고."

"대신 젊어 보이시잖습니까. 연세를 밝히시지만 않으면 약관으로 볼 걸요."

"전략적으로도 아주 효용성이 높지. 일단 어려 보이면 만만하게 보는 경향이 기본적으로 있으니까."

"도발도 제대로 먹히고 말이죠."

청민이 피식 웃었다. 벽우진이 적을 상대할 때 심리적으로 어떻게 흔들어 버리는지 곁에서 너무나 봐왔기에 자기도 모르게 실소가 흘러나왔다.

"역시 넌 나를 너무 잘 알아. 그리고 의외로 효과적이라고?"

"자기를 감추는 것도 능력이니까요."

"진짜 내가 잘 키웠다니까."

"사형께는 늘 감사하고 있습니다."

청민은 빈말이 아니었다.

이 모든 변화가 바로 벽우진의 등장과 함께 시작되었다. 만약 그가 돌아오지 않았다면 어땠을까 하고 생각하면 청민은 눈앞이 깜깜했다. 자신은 여전히 하루하루를 비관하며 겨우겨우 살아가고 있었을 게 분명했다.

"오늘따라 너무 좋은 말만 하는데? 야야, 사람은 갑자기 변하면 안 돼. 특히 네 나이에는!"

"아직은 죽을 생각이 없습니다. 저승사자가 와도 쫓아낼 겁니다. 아직은, 제가 해야 할 일이 남아 있으니까요."

청민의 눈빛에 결의가 서렸다.

이제야 다시 일어서는 사문이었다. 그런 만큼 절대로 죽을 수 없었다. 죽더라도 곤륜파가 과거의 명성을 되찾는 걸 두 눈으로 확인한 다음에 눈을 감을 생각이었다.

"당연하지. 네가 해야 할 일이 얼마나 많은데. 일단 강해져서 이인자의 자리를 차지해야지, 제자도 키워야지. 앞으로 삼십 년은 족히 더 살아야 할 것 같은데?"

"사, 삼십 년이요?"

다부진 얼굴로 결심하듯 말했던 청민이 말을 더듬었다. 그의 나이 칠십, 삼십 년 후면 딱 백 살이었다.

"깔끔하게 세 자리 채우고 가는 게 낫지 않아? 아흔아홉 살은 조금 아쉽잖아? 뭔가 미련이 남기도 하고."

"그때까지 살 수 있을까요?"

"못 살 건 뭐야? 일단 전쟁에서 살아남아야 할 텐데, 그러기 위해서는 아무래도 부지런히 수련을 해야겠지. 근데 넌 환골을 이루었으니까 불가능은 아냐. 임독양맥 뚫은 게 얼마나 큰데. 그 효능은 네가 가장 잘 알고 있을 테고."

"늘 감사하고 있습니다."

"점점 진심이 사라져 가는 느낌인데."

벽우진이 두 눈을 게슴츠레하게 떴다.

하지만 청민은 늘 진심이었다. 단 한 번도 그 마음이 달라진 적 없었다. 물론 기괴한 행동과 결정에 의심을 품은 적은 몇 번 있었지만.

"그럴 리가요. 근데 제자라니. 기분이 묘하네요."

"문하생으로 들어오겠다는 아이들은 없어? 난 청년들도 상관없을 것 같은데. 무공에 입문하는 시기도 중요하지만, 그건 성장 폭을 생각해서고. 평생을, 일생 동안 익히는 걸 생각하면 난 어떻게든 방법이 있다고 생각하는 주의라."

"위상은 확실히 달라졌는데, 아직 제자가 되겠다고 찾아오는 아이들은 없습니다. 어쩌면 멀리서 찾아오는 중일 수도 있고요."

"간을 보는 중이라 이건가."

"아무래도 과거의 본 파가 아니니까요."

예전이었다면 씁쓸한 표정을 지으며 말했겠지만, 지금은 아니었다.

청민은 더 이상 벽우진의 능력을 의심하지 않았다. 또한, 그 역시 예전의 그가 아니었고.

"뭐, 시간이 좀 더 필요하겠지. 우리 상황도 제자들을 막 받아들일 수 있는 건 또 아니고."

"지금이 딱 적당한 것 같습니다. 지금만 하더라도 사형은 개인적인 시간이 전혀 없지 않습니까."

"가르치면서 배운다는 말처럼 나에게도 유익한 시간이야. 그리고 제자들을 키우는 건 장문인의 의무이기도 하고. 후대를 생각해야 하니까. 그런 의미에서 너도 최소한 일곱은 받아야 한다."

"……일곱씩이나요?"

청민의 표정이 모호해졌다.

아무리 생각해도 일곱 명은 너무 많은 것 같았다. 자신의 그릇으로 그렇게 많은 제자를 감당하기란 불가능했다.

"왜 못 해? 나도 하는데."

"사형이랑 저는 다르죠. 역량 자체가 다른데."

"그래도 해야 해. 사문을 위해서라면. 호법들은 약속했던 기간이 끝나면 뒤도 안 돌아보고 떠날 거다."

"제 생각은 조금 다른데요?"

"글쎄."

고개를 갸웃거리는 청민의 모습에 벽우진이 입맛을 다셨다. 그 역시 더 오래 남아주었으면 했지만, 그럴 가능성은 희박하다고 생각했다. 어떻게 보면 일월쌍환의 권위로 도움을 강요한 것이나 마찬가지였으니까. 다행히 좋게 좋게 풀기는 했지만 그렇다고 그 기억이 어디로 가는 건 아니었다.

"몇 분은 남아주시지 않을까 생각합니다."

"나도 그랬으면 좋겠네. 하지만 그건 나중 문제고 우리는 당장 닥친 문제부터 해결하자. 사문을 복구하는 것도 중요하지만, 이제는 북해빙궁도 상대해야 하니까."

"안 그래도 청범이 중원의 정세에 촉각을 곤두세우고 있습니다. 아무래도 하오문을 쉽게 믿지 않는 모양입니다."

"그럴 수밖에. 우리보다 훨씬 더 많이 부딪쳤을 테니까. 게다가 상인이니 기본적으로 남을 쉽게 믿을 리가 있나."

"그런데도 사형께서는 믿는 겁니까?"

청민의 맑은 두 눈이 벽우진에게로 향했다. 그가 본 벽우진은 의외로 하오문을 신용하는 것 같았다. 이제 겨우 세 번을 봤을 뿐인데 말이다.

'물론 양 분타주가 싹싹하게 잘하는 것도 있지만.'

사소한 정보라도 양선은 매일 오후에 전서구를 보내왔다. 중원의 정세는 물론이고 청해성의 크고 작은 사건들에 대해서 간략하게 보고서 형식으로 보냈는데, 그 꼼꼼하고 꾸준한 정보 제공에 청민도 조금이지만 경계심이 누그러진 상태였다.

"당연히 신뢰하지는 않지. 얼굴 본 지 얼마나 됐다고. 다만 주고받는 것뿐이지. 우리가 필요한 것은 정보, 하오문이 필요한 것은 무력. 특히 강한 무인에 탐을 내는 것 같더라고. 무경이 높을수록 자긍심 역시 비례하니까."

"아무래도 기녀, 도박꾼, 점소이, 소매치기 등등 밑바닥 생활을 했던 이 밑으로 들어가기는 쉽지 않죠."

"하오문이 무력을 갖추는 것을 싫어하는 이들도 있을 테고."

역사는 오래되었지만 하오문이 단 한 번도 무림의 중심에 서지 못한 이유가 바로 여기에 있었다. 천하제일을 다투는 정보력에 강력한 무력까지 갖춰진다면 그 힘은 상상을 초월할 것이기에 모두가 하오문의 성장을 방해했던 것이다. 그 결과가 지금의 하오문이고.

"그렇기 때문에 더 조심해야 하지 않을까요?"

"아직까지는 괜찮아. 우리가 가려운 곳을 하오문 쪽이 긁어 주기도 하고. 그리고 무공이라는 게 비급만 있다고 대성할 수 있는 게 아냐. 익히는 이의 재능, 사부의 역량 그리고 뛰어난 무공이 삼위일체가 되어야지만 고수가 만들어지는 거지. 근데 하오문은 이 중 두 개가 부족해. 비급만 달랑 가지고 절대고수가 되는 건 천재 중의 천재에게나 가능한 일이야."

"요즘 격하게 공감하고 있습니다."

"네 재능은 그리 뛰어나다고는 볼 수 없으니까."

지극히 냉정한 말이었지만 사실이기도 했다. 청민 역시 잘 알고 있었고. 때문에 그는 조금도 기분 상해하지 않았다.

"그래도 꾸준히 수련하면 달라지겠죠."

"바로 그 마음가짐으로 수련하면 돼. 불가능한 건 없어. 포기하는 자들만 있을 뿐이지."

"상당히 낯서네요."

"나도 나름 경지에 오른 무인이자, 도사야. 내공만 죽어라 쌓아서 여기에 올라온 게 아니라고. 깨달음이 있기에 내공이 따라온 거지."

벽우진이 으스댔다. 그런데 그 모습이 밉지 않았다. 이제는 어느 정도 내성이 생기기도 했고.

"그래서 아직은 제자를 받아들일 때가 아니라고 생각합니다. 일단 제가 어느 정도 무공에 일가를 이루어야 제자에게 부족한 사부가 되지 않겠습니까."

"흐으음."

의자에 비스듬히 앉은 채로 벽우진이 청민을 지그시 쳐다봤다. 하지만 그 부담스러운 눈빛에도 청민은 부드럽게 미소 짓기만 했다.

"솔직히 말씀드리면 지금의 상승세를 놓치고 싶지 않기도 하고요. 이제는 좀 길을 찾은 것 같아서요."

"그 시기가 중요하지. 어쨌든 알았어. 나도 꼭 당장 제자를 들이라는 건 아니니까. 그래도 아깝다 싶은 애들은 바로 붙잡아. 인연이라는 게 찰나에만 이어지는 경우가 있으니까."

"당연히 그래야지요. 놓치면 안 될 애들은 반드시 데려오겠습니다. 안 그래도 부쩍 많은 이들이 본 파를 찾아오니까요."

"그래, 그래."

청범은 속가제자이기에 엄밀히 따지면 본산제자 중에 사형제는 청민이 유일했다. 그렇기에 벽우진이 시시콜콜하게 신경 쓰는 것이기도 했고. 더불어 과거와 현재를 이어주는 유일한 사람이 청민이기에 벽우진에게 있어 그는 특별한 존재였다.

"아, 그리고 몇몇 군소방파들에게서 서신이 왔습니다. 근시일 내에 방문을 하고 싶다 하는데 어떻게 처리할까요?"

"몇 군덴데?"

"오늘 오전까지 다섯 군데에서 왔습니다. 그중 두 곳이 대호방과 백운산장입니다."

"대호방?"

벽우진이 의아하다는 표정을 지었다. 진구와의 일로 사이가 살짝 틀어진 곳 중 하나가 바로 대호방이었기 때문이다. 게다가 지난번에 북해빙궁의 일로 한 번 거절하기도 했고.

때문에 대호방 쪽에서 좋은 감정을 가지고 있기 힘들 텐데 다시 한번 서신을 보냈다는 말에 벽우진이 고개를 갸웃거렸다.

"예, 사형을 꼭 보고 싶답니다."

"무엇 때문에 그러지."

"아무래도 감숙성의 상황을 들어서 그런 게 아니겠습니까.

정사 중간의 성향이기는 하지만 그렇다고 도의를 아예 모르는 곳은 아니니까요."

"일단 보자고 해. 지난번에 거절한 것도 있고 하니 한번 봐야지. 나 역시 어떤 생각들을 가지고 있는지 궁금하기도 하고."

"알겠습니다."

청민이 흐뭇한 얼굴로 대답했다.

현재 청해성의 패권은 대호방이 쥐고 있었지만, 그 무게 추가 서서히 곤륜파로 기울고 있음을 느낄 수 있었기 때문이다. 청민은 그 사실이 그렇게 뿌듯할 수가 없었다. 그것은 곤륜파가 다시 제자리로 돌아가고 있음을 뜻하는 것이었으니까.

"왜 좋아하는 거야?"

"요즘 너무 행복해서요. 북해빙궁과 천년마교만 잠잠하다면 더할 나위 없이 좋았을 텐데."

"북해빙궁 덕분에 본 파가 위명을 떨치는 거야. 북해빙궁이 없었으면 우리가 이렇게 세인들에게 거론되지도 않았을걸?"

"그건 그러네요."

"그리고 너무 많은 걸 바라도 좋지 않아. 과유불급. 적당히, 적당히 하자."

벽우진이 능글맞게 웃으며 말하자 청민도 피식 웃을 수밖에 없었다.

잠시 후 청민이 옥청궁을 나섰다.

○

이른 아침.

언니 오빠들이 각자 맡은 일을 하러 숙소를 나설 때, 심소혜도 고양이 세수를 하고서 서둘러 발걸음을 옮겼다. 주방 인근 야트막한 평지에 만든 작은 농장을 향해.

꼬끼오~!

해는 이미 떴지만 그럼에도 자신의 본분을 다하겠다는 듯이 크게 울부짖는 수탉의 모습에 심소혜가 히죽 웃었다. 쑥쑥 자라는 가축들을 보니 기분이 절로 좋아졌던 것이다.

게다가 시간이 흐를수록 농장 안의 가축들이 늘었기에 심소혜는 더욱더 뿌듯함을 느꼈다. 마치 자신이 이만큼 키운 듯한 느낌이 들었다.

"잘들 잤니?"

가축별로 구역을 나눠놓은 아이들에게 반갑게 인사한 심소혜가 서둘러 밥을 챙기기 시작했다. 잘 먹여야 쑥쑥 자라서 잡아먹을 것이기에 오늘도 어김없이 아이들에게 밥을 듬뿍 주었다.

"에헤헤헤!"

닭들과 오리, 돼지들이 허겁지겁 밥을 먹는 모습에 심소혜는 먹지 않아도 배가 부른 느낌이었다.

그러면서도 그녀는 농장의 주변을 찬찬히 살폈다. 산속에 만든 농장인 만큼 혹시라도 산짐승이 공격해 올 수도 있었기에 혹시나 뚫린 곳이 있나 확인하는 것이었다.

"대현 오빠가 땅 파서 들어오는 녀석들도 있으니 확인해 보라고 했지."

심소혜는 심대현의 말을 떠올리며 꼼꼼히 농장을 한 바퀴 돌았다. 족제비나 살쾡이, 그리고 간혹 너구리 같은 산짐승들이 농장 안을 침범했기에 제법 날카로운 눈빛으로 농장 주변을 살폈다.

"괜찮은 거 같은데?"

혹시라도 무의식적으로 놓친 게 있을까 봐 한 바퀴를 더 돌고 나서 심소혜가 턱을 쓰다듬었다.

딱히 이상한 곳은 발견하지 못했지만, 그래도 혹시 몰라 심소혜는 다시 한번 농장을 한 바퀴 돌았다. 자신이 관리하는 곳인 만큼 확실하게 하기 위함이다.

"좋았으!"

무려 세 바퀴를 돌아 멀쩡함을 확인한 심소혜는 닭장으로 들어갔다. 오늘 낳은 신선한 달걀을 챙기기 위해서였다.

"으흐흐흐!"

늘 그렇듯 똑같은 자리에 옹기종기 모여 있는 달걀을 확인한 심소혜가 요상한 웃음을 흘렸다. 그러고는 미리 챙겨온 바구니에 달걀을 조심스럽게 담았다.

"오늘도 많이 낳았네. 요 이쁜 것들!"

병아리 때가 엊그제 같은데 어느새 쑥쑥 자라 달걀도 쭉쭉 낳는 닭들을 쓰다듬어 주며 심소혜가 닭장 밖으로 나왔다. 그러더니 허리를 쭉 펴면서 두드렸다.

"흐에. 좋다."

별거 아닌 일이었지만 그럼에도 심소혜는 큰 보람을 느꼈다. 그리고 지금 이 순간이 너무 감사하고 행복했다. 배를 곪지 않고, 때리는 사람이 없다는 것만으로도 지금의 삶에 만족했다.

"뭐가 그리 좋아?"

"어? 사부님!"

"아이쿠!"

등 뒤에서 들려오는 음성에 심소혜가 고개를 번쩍 돌렸다. 벽우진을 확인한 그녀는 바구니를 내려놓고 조금의 망설임도 없이 냉큼 달려들어 안겼다.

"아, 안녕히 주무셨어요?"

"안기면서 하기에는 너무 늦지 않았니?"

"에고!"

벽우진의 말에 심소혜가 자신의 손으로 머리에 꿀밤을 놓았다. 너무 반가운 나머지 순서가 뒤바뀌었다는 걸 뒤늦게 깨달은 것이다.

"그렇다고 자책하지는 말고. 근데 매일 이렇게 애들 밥 챙겨 주는 거 힘들지 않니?"

"괜찮아요! 재미있기도 하고요! 보람도 있어요!"

"그래도 소혜 나이 때는 잠을 잘 자야 하는데. 그래야 키가 쑥쑥 크지."

"언니도 잠 잘 못 잤는데도 저렇게 크잖아요. 저도 언니만큼은 크지 않을까요?"

벽우진이 잠시 심대혜를 떠올렸다. 확실히 여자치고 심대혜의 키는 큰 편이었다.

"가능성은 크지만 그래도 잘 먹고 잘 자야지. 소혜의 나잇대에는 식습관이 정말 중요하단다."

"편식하지 않고 잘 먹고 있어요!"

"그래그래. 잘하고 있네."

"헤헤헤!"

벽우진이 안고 있는 채로 부드럽게 머리를 쓰다듬어 주자 심소혜가 해맑게 웃었다.

마치 영혼이 맑아지는 듯한 심소혜의 미소에 벽우진도 물들듯이 미소를 지었다.

"요즘에 힘든 건 없고?"

"없어요. 다들 너무 잘 대해주세요. 호법님들도 칭찬 많이 해주시고요!"

"무공 수련이 힘들진 않고?"

"객잔에서 일하는 것보다는 덜 힘들어요. 그때는 진짜 제대로 쉴 수도 없었거든요. 저보다는 언니랑 오빠들이 더 힘들었겠지만요."

그때의 기억이 떠오르는 모양인지 심소혜가 침울한 표정으로 말했다. 나이가 어려도 아이 역시 알 것은 다 알았다.

벽우진은 아주 잠깐 안쓰러운 표정을 지었다. 동정하는 게 더 큰 상처를 주기 때문이다.

"앞으로는 달라질 거야. 노력하는 만큼 다른 미래가 너희들 앞에 올 것이란다."

"열심히 할 거예요. 사부님을 실망시키지 않을 거예요!"

"나중에는 나를 미워할 수도 있어."

어쩌면 평범한 삶을 살아갈 아이들을 괜히 무림이라는 세계에 데려온 걸지도 몰랐다.

이곳에 오지 않았더라면 비록 힘들지라도 목숨을 위협받지는 않았을 테니까. 그렇기에 벽우진은 가슴 한구석에 아주 작게 미안한 감정이 있었다.

"저도 그렇고 언니, 오빠들도 절대 후회하지 않아요. 사부님을 따라서 곤륜산에 온 것을요. 오히려 다들 감사해하는 걸요?"

"그렇다면 다행이구나."

"어, 근데……."

당차게 할 말을 다 했던 심소혜가 갑자기 우물쭈물했다. 분명 하고 싶은 말이 있는데 참고 있는 듯한 모양새였다.

"편하게 말하거라. 우리 사이에 못 할 말이 어디 있겠니?"

"사부님은 괜찮으신 거죠?"

"무엇이 말이더냐."

"어, 요새 일도 많으시고 여러 가지 문제도 있고……."

심소혜가 벽우진의 눈치를 살피며 조심스럽게 말을 이었다.

근래 들어 벽우진을 중심으로 많은 이야기들이 있어서였다. 얼마 전에는 북해빙궁의 빙화파산존이 직접 병력을 이끌고 쳐들어오기도 했었고.

"걱정해 줘서 고맙구나. 그런데 소혜가 걱정할 정도의 일은 아니에요. 겨우 그만한 일에 흔들릴 사람도 아니니. 그러니까

소혜는 잘 먹고 잘 자며 열심히 수련만 하면 된단다."

"네에! 지금보다 더 열심히 할게요! 그래서 꼭 대곤륜파의 이름에 먹칠하지 않는 여고수가 될게요!"

"허허허."

딸 같기도 하고 손녀 같기도 한 모습에 벽우진은 미소가 절로 나왔다. 그러자 심소혜도 마주 웃었다.

"꼭 보여 드릴게요, 사부님!"

"그래, 그래. 내 꼭 그때까지는 어떻게든 살아 있으마."

"히잉. 그런 소리는 하지 마시고요."

"후후후."

벽우진이 바닥에 내려놓은 바구니를 비어 있던 손으로 들어 올리고는 식당으로 향했다.

그런데 그의 시선이 아주 잠깐 한 곳에 머물렀다.

매일매일 반복되는 일상이었지만 벽우진은 단 하루도 힘들어하지 않았다. 한 문파의 장문인으로서 당연히 감당해야 하는 일과라고 생각해서였다. 그리고 이제는 나름 적응이 되기도 했다.

"호오. 황하수로채가?"

오늘도 어김없이 양선이 보내온 서신을 확인하던 벽우진이 살짝 놀란 표정을 지었다. 설마하니 북해빙궁이 황하수로채를 끌어들였을 줄은 꿈에도 예상하지 못했다.

그리고 그건 중원무림도 마찬가지인 듯 전선이 순식간에 밀렸다고 했다. 북해빙궁의 전력이 숭산까지 내려왔다고 하니 진짜 턱밑까지 비수가 다가온 것이나 마찬가지였다.

"상황이 재미있게 흘러가는데."

산동성과 섬서성을 내버려 두고 소림사가 있는 하남성을 노렸다는 것은 오직 한 가지를 뜻했다. 본진을 쳐서 단숨에 결판을 내겠다는 뜻이었다.

동시에 벽우진은 빙화파산존이 자신에게 당했음에도 불구하고 북해빙궁이 잠잠했던 이유도 알 수 있었다.

"이 한 방을 노리고 있었군."

병력을 분산시키기보다는 한곳에 집중시켜 건곤일척의 승부를 건 북해빙궁의 선택에 벽우진은 내심 감탄했다. 쉬운 듯 보이면서도 절대 쉽지 않은 결정이어서였다.

만약 숭산을 점령하지 못한다면 되레 북해빙궁 측이 포위당할 수 있었다. 어쨌든 북해빙궁은 외세의 무리들이었고, 시간을 끌게 된다면 여기저기에서 무인들이 들고 일어날 게 분명했다.

"중원이 자랑하는 열다섯 명의 절대고수 중 둘이 죽었고, 그마저도 반으로 전력이 분산되었으니 쉽지 않겠어."

벽우진이 남의 집에 붙은 불을 구경하듯 중얼거렸다.

그리고 그것은 사실이기도 했다. 불쌍하기는 했지만 도울 생각은 눈곱만큼도 없었다. 곤륜파가 홀로 천년마교를 막아낼 때 중원무림 역시 구경만 했었기 때문이다.

물론 나름 준비는 했을 것이다. 단지 곤륜파에 지원을 오지 않았을 뿐.

"우리는 여력이 없으니까. 꼴랑 열한 명이 가서 뭘 하겠어?"

벽우진이 어깨를 으쓱거렸다. 그러고는 다른 숭산에 대한 내용이 적혀 있던 서신을 아예 덮어버리고 다른 장을 읽어 내려갔다.

"호오."

무슨 내용인지 벽우진이 묘한 눈빛을 뿌렸다. 그러고는 의미심장한 표정을 지으며 글을 찬찬히 읽어 내려갔다.

"아직 이럴 여유가 있는 모양인데?"

두 번째 장에 적힌 내용은 현재 청해성에서 서서히 퍼지기 시작하는 소문에 대해서였다. 몇몇 무인들이 북해빙궁과 오독문이 저리 날뛰고 있는데, 왜 같은 명문정파이자 한때는 구파일방의 한 곳이었던 곤륜파가 가만히 있는 거냐고 성토하고 다닌다는 내용이었다.

그것을 보는 순간 벽우진은 두 가문이 떠올랐다. 왠지 모르게 역겨운 냄새가 났던 것이다.

"둘 다 정신없다고 들었는데. 역시 명문정파의 저력이라는 건가."

숭산의 상황만큼이나 안 좋은 게 강남 쪽이었다.

남존무당(南尊武當)이라 불리는 무당파와 제갈세가를 중심으로 강남의 명문대파들이 오독문을 상대하고 있었다. 하지만 상황은 썩 좋지 못했다. 독이라는 치명적인 무기에 명문대파들이 좀처럼 제힘을 발휘하지 못했던 것.

그리고 사천당가가 자리 잡은 성도의 상황 역시 청해성과 비슷했다. 일체의 도움도 주지 않는 사천당가를 욕하고 도발하는 소문들이 곳곳에서 흘러나왔다.

"이렇게 흔들어서 좋을 게 없을 텐데."

끝까지 자존심을 지키는 듯한 모양새에 벽우진이 조소를 흘렸다. 도와달라고 매달려도 모자랄 판에, 도발을 하는 게 어이가 없어서였다. 자신이야 잘 모른다지만 사천당가의 성향을 그들이 모를 리가 없었을 텐데 말이다.

그리고 세인들이 아무리 떠들어봤자, 그 정도에 흔들릴 사천당가도 아니었다.

"나 역시 마찬가지고."

오독문이 먼저 달려들지 않는 이상 사천당가가 나설 일은 없었다.

그리고 제갈세가 역시 사마세가처럼 교활하게 오독문과 사천당가를 부딪치게 만들려고 할 테지만 쉽지 않을 터였다. 사방을 동시다발적으로 공격하는 북해빙궁과 달리 오독문은 전력을 한곳에 모아 오로지 무당산을 향해 움직이고 있어서였다.

"그래도 준비는 해놓아야지. 언젠가는 부딪칠지도 모르니."

가능성이 희박하기는 하지만 만약 북해빙궁이 강북 무림을 점령하고 오독문이 강남 무림을 정복하면 그다음으로 노릴 곳은 곤륜파와 사천당가가 될 게 분명했다.

북해빙궁이야 이미 충돌을 한 사이고, 오독문은 완벽한 정복을 위해 사천성을 노릴 게 뻔하다. 또한 독을 다루는 곳답게 자존심 싸움이 벌어질 것도 자명했다.

"사부님!"

오독문을 상대해야 할지도 모른다고 생각하자 벽우진은 곧바로 피독주부터 떠올렸다. 무인에게 있어 독만큼 위협적인 것이 없기에, 또한 제자들과 호법들을 생각하면 피독주는 필수였기에 벽우진은 서신을 쓸 준비를 했다.

그런데 옥청궁 밖에서 양일우의 다급한 음성이 들려왔다.

"들어오너라."

"헉헉!"

"무슨 일인데 그렇게 화급하게 달려온 것이냐? 북해빙궁의 무인이라도 쳐들어온 것이냐?"

"그런 것이 아니오라……."

"숨 좀 고르고. 숨넘어가겠다."

전력 질주로 달려온 모양인지 얼굴이 터질 듯이 붉어진 양일우가 황급히 심호흡을 했다. 그러자 그의 얼굴이 빠르게 가라앉았다.

"후우! 후우!"

"그래, 무슨 일이더냐?"

"사부님께 비무첩이 왔습니다. 그런데 당사자가 직접 들고 왔습니다."

"고놈 참 예의 없는 놈이로구나. 보통은 비무첩을 먼저 보내고 날짜를 조율하는 게 기본이건만."

벽우진이 헛웃음을 흘렸다. 성격이 급한 것인지, 아니면 버릇없는 녀석인지 감이 잡히지 않았다.

하지만 한 가지만은 확실했다. 누군지는 모르겠지만, 생각이 없는 건 분명했다.

"안 그래도 사숙께서 먼저 나가셨습니다."

"혹시 검부터 뽑지는 않았지?"

"일단 누구인지 확인하러 간 것 같습니다. 저는 사부님께 소식을 알리러 이곳으로 와서요."

"어디 있느냐?"

"제가 이동하기 전까지는 산문에서 혼자 서 있었습니다."

양일우가 공손하게 대답했다. 그런데 그의 표정에 못마땅한 기색이 서려 있었다.

비무첩을 보내는 게 무림에서는 관행이라고 하나 그래도 벽우진은 일문의 장문인이었다. 한데 그런 사람에게 이런 식으로 비무첩을 보내는 행동이 양일우는 너무나 무례하게 느껴졌다.

"가자."

양일우가 두 손으로 건네오는 비무첩을 빠르게 읽은 벽우진이 피식 웃으며 자리에서 일어났다.

그런데 그의 표정은 양일우와 달리 상당히 재미있다는 기색이 서려 있고, 언짢은 기색도 딱히 보이지 않았다.

"예, 사부님."

산문으로 가니 양일우의 말대로 한 명의 장정이 서 있었다. 화화공자(花花公子)라는 말이 절로 떠오를 정도의 미남자였는데 그는 제자들과 청민에게 둘러싸여 있음에도 전혀 당황하지 않은 얼굴로 여유롭게 서 있었다. 아니, 오히려 그가 곤륜파의 사람들을 살펴보는 듯한 느낌이었다.

"사형."

"사부님!"

벽우진의 등장에 청민과 제자들이 고개를 돌렸다.

그리고 남자 역시 벽우진을 쳐다봤다.

"뭐, 대단한 일이라고 이렇게 몰려와 있어? 사람 당황하게."

"도대체 누가 사형께 도전장을 내밀었는지 궁금해서요. 그런데 많이 어리네요."

"나이로 판단하면 안 되지. 나 같은 경우도 있는데."

벽우진이 피식 웃고는 다시 미공자를 찬찬히 살펴봤다.

나이는 대략 이립 전후로 보였는데 키도 헌칠하니 같은 남자가 봐도 진짜 잘생긴 얼굴을 가지고 있었다. 저잣거리를 지나가기만 해도 양갓집 규수들이 대놓고 돌아볼 정도의 외모에 벽우진은 자기도 모르게 감탄했다.

"패선을 뵙게 되어 영광입니다."

"패선?"

벽우진이 미공자를 살펴보는 것처럼 미공자 역시 벽우진을 살폈다. 그러다가 눈이 마주치자 미공자는 먼저 포권지례를

올렸다. 도전자이기는 했으나 어쨌든 벽우진의 배분이 높아서였다.

그의 말에 벽우진의 눈매가 꿈틀거렸다.

"사형의 별호입니다."

"……내 별호가 왜 패선이야? 혹시 네가 일부러 퍼뜨린 거아냐?"

지난번에 들었던 것 같은 별호에 벽우진이 게슴츠레한 눈으로 청민을 쳐다봤다.

하지만 청민은 강하게 손사래를 쳤다. 그는 결코 벽우진의 별호와 조금의 연관도 없었다.

"전 아닙니다. 사형도 알고 계시지 않습니까. 제가 하산한 일이 없었다는 것을요."

"요 앞에 있는 마을에는 자주 내려갔었지."

벽우진은 의심을 거두지 않았다. 아니라고 하기에는 청민과 청범이 가장 먼저 꺼낸 말이었기 때문이다.

"별호는 어느 순간 알려진 것으로 알고 있습니다."

그때 미공자가 청민을 구해주었다. 난감해하는 그를 도와주었던 것이다.

"어느 순간?"

"예, 빙화파산존을 쓰러뜨리면서 갑자기 퍼져 나갔습니다."

"흐으음."

벽우진의 시선이 미공자에게로 향했다.

미공자는 예의를 차리는 듯했지만 그건 겉으로 보이는 모습일 뿐, 그의 두 눈에는 오만함이 짙게 서려 있었다.

그 모습에 벽우진이 역시나 재미있다는 표정을 지었다.

"왜 그러십니까?"

"비무첩에서 느꼈던 느낌이라 너무 똑같아서. 확실히 본인이 쓰긴 한 모양이야."

"당연히 제가 써야지요."

"그래, 자신은 있나?"

"무엇을 말입니까?"

미공자가 능청스러운 얼굴로 반문했다. 나름 순진한 표정을 지으면서 말이다.

"날 쓰러뜨릴 자신 말이야."

"청해성의 영웅이신 패선을 어찌 쓰러뜨리러 찾아왔겠습니까. 전 그저 무를 겨루고 싶어, 한 수 가르침을 배우고 싶어 곤륜파를 찾아온 것입니다."

"말은 아주 청산유수야. 눈빛에는 욕심이 가득한데 말이지."

"무슨 말씀이신지 모르겠습니다."

미공자가 옅게 웃으며 시치미를 뗐다.

그 모습에 벽우진 역시 웃었다.

"무슨 뜻인지는 본인이 잘 알고 있겠지. 그나저나 나름 곤륜파가 알려지긴 한 모양이야. 자신의 무명을 날리려고 이렇게 찾아오는 후기지수들이 있는 걸 보면."

"북해빙궁을……."

"쓸데없는 이야기는 그만하고. 무엇 때문에 찾아온 건지 잘 알고 있으니까. 다만 좀 무례한데."

"……."

벽우진의 눈빛이 달라졌다. 느물느물거리던 눈동자에 강렬한 빛이 서리기 시작했다.

한순간에 달라진 그 기세에 미공자가 순간 몸을 굳혔다.

"다짜고짜 찾아와서 비무를 하자니. 절차는 지 맘대로 건너뛰고 말이지."

"저는 적법한 절차에 따라……."

"그래서 비무첩을 보내자마자 비무를 하자고 하나? 먼저 보내서 시기를 조율하지도 않고? 그냥 냅다 던져주면 되는 일이냐? 장문인이라는 사람이 그렇게 할 일 없는 존재로 보여?"

비수처럼 박혀 드는 날카로운 말에 미공자는 반박할 수가 없었다. 아닌 척했지만, 확실히 만만하게 본 것은 사실이었기 때문이다. 노린 것 역시 맞았고 말이다. 곤륜파의 장문인인 패선을 제물로 삼아 자신의 무명을 알릴 생각이었으니까.

"무명소졸이 비무첩을 보내도 일파의 장문인은 무조건 응해 줘야 하나?"

"말학 후배를 생각해 주시어……."

"말학 후배는 무슨. 그런 생각은 하지도 않으면서. 말만 뻔지르르하구나."

미공자가 침을 삼키며 눈알을 뒤룩뒤룩 굴렸다. 하지만 누구 하나 그의 편을 들어주는 사람이 없었다. 일부러 사람이

오고 가는 산문에서 기다렸음에도 그를 향한 시선 중에 호의적인 시선은 단 하나도 없었던 것이다. 오히려 싸늘한 눈빛만 집중되는 모습에 미공자의 얼굴이 굳어졌다.

"곤륜파의 존재감이 나름 커졌다고 생각했는데, 실상은 아닌 모양이야. 예의는 밥 말아 먹고 이렇게 다짜고짜 쳐들어와서는 무를 겨루자고 하는 걸 보면."

"결코 그런 뜻이 아닙니다. 제가 아직 미숙하여……."

"적은 나이는 아니지. 열대여섯 살도 아니고 약관이 넘었는데."

"장문인의 심기를 불편하게 만들었다면 지금이라도 사과를 드리겠습니다."

당혹스러운 상황임에도 빠르게 대처하는 미공자의 모습에 벽우진은 피식 웃었다. 임기응변 하나만큼은 확실히 뛰어나다는 생각이 들었다.

"그래도 성공하기는 했네. 이 바쁜 나를 여기까지 불러냈으니."

"허면 비무는……."

미공자가 살짝 기대하는 표정으로 얼굴을 들었다. 하지만 벽우진은 고개를 저었다.

"내가 그렇게 한가한 사람으로 보여? 강호 출도한 풋내기를 일일이 상대할 정도로? 사천당가의 금지옥엽도 내 앞에서는 대련 한 번만 해달라고 말을 못 하는데 말이지."

"어……."

완급 조절을 하듯 정신없이 치고 빠지는 벽우진의 화법에 미공자가 순간 멍한 표정을 지었다. 말발로는 어디 가서 뒤진 다고 생각하지 않았다. 별명도 괜히 화화공자가 아닌 그였는 데, 벽우진에게는 상대가 되지 않았다.

뻔뻔함이 극에 이른 듯한 느낌에 미공자가 다급히 정신 줄 을 붙잡았다.

"마음 같아서는 당장 두드려 패고……."

"사형."

너무나 적나라한 표현에 청민이 다급히 벽우진을 불렀다. 아무리 벽우진이 체면에 딱히 연연하지 않는다고 하나 그래도 어느 정도는 신경을 써야 했다. 권위적인 것보다는 낫지만 그 래도 너무 저급한 것은 곤륜파의 장문인에 어울리지 않았다.

"흠흠! 일단은 청민부터 상대하고 와라. 청민을 이기면 나에 게 도전할 자격을 주지."

"자격이요?"

"그래, 왜? 나에게도 도전장을 보냈는데 장로는 안 될 것 같나?"

"그럴 리가요. 하겠습니다."

내심 벽우진이 쫓아낼 줄 알았는데 그게 아니자 미공자가 눈을 빛냈다. 징검다리가 있기는 하지만 그래도 아무 이득 없 이 하산하는 것보다는 나았다. 그리고 장로와 장문인을 연달 아 격파한다면 그의 명성 역시 단숨에 청해성을 떨쳐 울릴 게 분명했다.

'지금이야말로 새로운 신진고수를 기다리는 시기이니까 말이지. 외견이 젊어 보인다고 하나 패션은 노물일 뿐이고.'

미공자, 송연걸이 눈을 빛냈다.

북해빙궁과 오독문의 침공으로 인해 중원 전체가 전란에 휩싸인 이때 빙화파산존과 감숙성 무인들의 공격을 막아낸 주역들인 두 사람을 차례대로 쓰러뜨리면 그의 무명이 하늘 높이 치솟아 오를 게 분명했다. 무명소졸에서 단숨에 청해성을 대표하는 고수가 되는 것이다.

'흐흐흐흐!'

단순히 떠올리는 것만으로도 전신이 짜릿해지는 느낌에 송연걸이 속으로 웃음을 흘렸다. 그리고 겉으로는 청민과의 대련만으로 감지덕지라는 듯한 표정을 지었다.

그러나 그는 몰랐다. 벽우진이 그 속내마저 꿰뚫어 보고 있음을.

'쯧쯧쯧!'

그뿐만 아니라 청민 역시 겉과 속이 다른 송연걸을 꿰뚫어 봤다.

비록 일류에도 오르지 못한 채 수십 년의 세월을 살아왔지만, 그가 경험한 전투는 결코 적지 않았다. 더불어 수많은 사람을 만나온 그가 어설픈 연기에 속아 넘어갈 리가 없었다.

"갑작스러운 제 요청을 받아주셔서 감사합니다."

"감사할 것 없어. 나 역시 본 파에 이득이라고 생각해서 결정한 거니까."

"그래도 감사합니다."

"빈말은 그쯤하고. 충분히 알고 있으니까."

벽우진이 몸을 돌려 휘적휘적 걸어가고 그 뒤를 청민이 뒤따랐다.

하지만 제자들은 어찌할 줄을 몰라 눈치만 살폈다.

"사형."

"너희들도 따라와. 다른 사람의 비무를 보는 것도 좋은 경험이 되니까. 딱 지금의 너희들에게 도움이 되기도 할 테고."

"네, 사부님."

"예!"

서예지를 시작으로 제자들이 힘차게 대답했다.

그리고 심소혜는 어느새 벽우진의 옆으로 달려가 손을 잡았다. 언니 오빠들은 이상하게 벽우진을 어려워했지만 심소혜는 아니었다. 그녀에게 있어 벽우진은 사부님이자 아빠이며 삼촌이었다.

"소혜야!"

"괜찮다. 버릇없는 행동도 아닌데."

오늘은 외인도 있는데 서슴없이 벽우진의 손을 잡는 막냇동생의 모습에 심대혜가 깜짝 놀라며 소리쳤다. 하지만 벽우진은 손을 휘휘 저었다.

"그래도……."

"괜찮아. 아직 아이인데. 그리고 원래 막내는 이래도 돼. 철이 너무 빨리 드는 것도 좋지 않아."

"에헤헤헤!"

"지금처럼만 쑥쑥 자라다오."

해맑게 웃는 심소혜의 머리를 부드럽게 쓰다듬으며 벽우진이 싱긋 웃었다.

하지만 오직 한 명만은 그 흐뭇한 광경을 즐기지 못하고 있었다.

··· 제3장 ···
청해성의 거인

앞장서서 걸어가던 벽우진은 이내 곤륜파 내 소연무장으로 향했다. 평상시에는 제자들이 사용하는 연무장으로 관리가 가장 잘 되어 있는 곳이자, 외부인들의 시선이 닿지 않는 곳이었다.

"준비는 따로 필요 없겠지? 시간이 필요하다면 줄 수도 있고."

"괜찮습니다. 바로 하겠습니다."

"산에 오르느라 지쳤다면 체력을 회복할 시간을 줄 수 있다."

"그 정도로 체력 소모가 극심하다면 무인이라고 할 수 없죠."

"좋아."

벽우진도 더 이상 권하지 않았다. 대신 청민에게 눈짓을 한 번 하고는 뒤로 물러났다. 여전히 심소혜의 손을 붙잡은 채로 말이다.

저벅저벅.

제자들이 벽우진의 주변으로 모여든 것을 확인한 청민이 차분한 얼굴로 연무장의 중심으로 걸어갔다.

그러자 송연걸 역시 옅은 미소와 함께 걸음을 옮겨 청민과 적당한 거리를 벌리고서 섰다.

'곤륜파의 장로라.'

원했던 벽우진이 아니었지만 송연걸은 청민도 나쁘지 않다고 생각했다. 거절한 게 아니라 조건만 충족시키면 벽우진과도 비무도 가능했기 때문이다. 게다가 청민과 벽우진을 동시에 쓰러뜨린다면 그의 유명세는 배가 될 것이 자명했다.

'재건되기 전까지는 이류 정도의 실력이랬지.'

송연걸이 비릿한 표정을 지으며 청민을 살폈다.

패선이라 불리는 벽우진의 등장과 함께 곤륜파의 완전한 무공을 사사했다고 들었지만, 1년도 채 안 되는 시간에 실력이 확 늘었을 리가 전무했다. 무공이라는 건 단기간에 실력이 쭉쭉 느는 게 아니었으니까.

영약을 먹으면 가능하기는 하나, 그 정도의 영단은 중원의 모든 문파, 그리고 거부들이 눈에 불을 켜고 찾고 있었기에 망해 버린 곤륜파가 가지고 있을 리 없었다.

'만에 하나 있다 하더라도 굳이 늙은이에게 쓸 필요는 없지. 새로 들인 제자들이라면 모를까.'

송연걸이 히죽 웃으며 청민의 어깨 너머로 시선을 옮겼다. 그곳에는 청해일미라 불리며 몇 년 전부터 미모로 청해성을 진동시키던 서예지가 고아한 자태로 서 있었다.

'진짜 우물이로구나.'

송연걸이 자기도 모르게 침을 꿀꺽 삼켰다. 예쁘다, 예쁘다, 말은 많이 들었지만 직접 보니 확실히 달랐다.

'무공도 제법이고 말이지.'

서예지를 힐끔거리며 송연걸이 속으로 중얼거렸다.

사실 그는 서예지를 처음 본 순간 두 번 놀랐다. 미모에 한 번 놀라고 실력에 두 번 놀란 것이다. 언뜻 풍기는 기도가 절정의 수준인 것을 보고 놀랄 수밖에 없었다.

"내가 만만해 보이나 보군. 대놓고 한눈을 파는 걸 보면."

"아닙니다. 혈기왕성한 나이다 보니 저도 모르게 그만."

"이해는 하네. 하지만 기분은 썩 좋지 않군."

"죄송합니다."

송연걸이 꾸벅 고개를 숙였다. 그러나 여전히 진심은 느껴지지 않았다.

성의 없는 사과에도 청민은 흥분하지 않았다. 이게 세인들이 자신을 바라보는 시선임을 너무나 잘 알아서였다.

"언제까지 떠들고만 있을 거야? '시간은 금이다'란 말 몰라?"

"이제 시작할 겁니다."

"지켜보는 사람들이 많으니까 제대로 해, 제대로."

"예."

청민이 부드럽게 웃으며 대답했다. 은근히 자신감이 서려 있는 미소였다.

그 미소를 정면으로 본 송연걸이 살짝 찝찝한 표정을 지었다. 자신을 앞에 두고 너무 긴장하지 않는 것 같았다.

'하긴. 몰라볼 수도 있지. 하수가 고수를 가늠한다는 건 불가능하니까.'

송연걸은 이내 찝찝한 느낌을 털어냈다. 대신 앞으로 벌어질 일을 떠올렸다. 멋들어지게 청민과 벽우진을 발아래 두는 자신의 모습을 말이다.

"선배로서 삼 초식을 양보하겠네. 오게."

"그래도 되겠습니까?"

송연걸이 의미심장한 미소를 띠며 물었다. 그러자 청민이 담담하게 고개를 주억거렸다.

"오게."

"그럼 거절하지 않겠습니다."

스르릉.

송연걸이 도를 뽑았다.

알아서 도와주겠다는데 굳이 두 차례나 거절할 필요는 없었다. 그리고 벽우진을 상대할 것을 감안하면 체력과 내공은 아낄 수 있을 때 아껴두는 게 좋았다.

"오게."

"갑니다."

생사결이 아니기에 둘 다 어느 정도의 격식을 차렸다.

이윽고 송연걸이 도를 부드럽게 움켜쥐고서 땅을 박찼다.

'일격에 끝낸다!'

낡은 검을 편안히 늘어뜨리고 있는 청민을 향해 송연걸이 빛살처럼 달려들었다. 보법이 상당한 수준인 듯 단숨에 3장(약 9미터) 정도의 거리를 좁혀왔다.

동시에 그의 참격이 벼락처럼 뿜어져 나오며 청민을 사선으로 베었다. 그야말로 깔끔하고 날카로운 일격이었다.

쩌어어엉!

하나 예리하게 베어 들어가던 송연걸의 참격은 어느 순간 앞으로 나아가지 못했다. 어느새 들려진 청민의 검이 그의 도를 막아섰던 것이다.

"흡!"

그러나 송연걸은 당황하지 않았다. 자신의 일격을 막은 건 놀라웠지만 그렇다고 충격적인 건 아니었기 때문이다. 첫 번째 공격이 막혔다면 두 번째 공격을 하면 될 일이었다.

'반발력이 제법이지만, 그래 봤자지.'

송연걸이 쥐고 있는 도를 비틀어서 재차 휘둘렀다. 손목에서 느껴지는 반발력이 예상보다 강해서 놀랐지만 딱 거기까지였다.

터어엉!

"어?"

그런데 이어지는 연격도 막히자 송연걸의 두 눈이 화등잔만 하게 커졌다. 두 번째 공격마저 막힐 줄은 정말 예상하지 못해서였다.

"이제 하나 남았네."

"흐으읍!"

놀란 그와 달리 너무나 담담한 청민의 목소리에 송연걸이 내공을 가일층 끌어올렸다. 깊게 가라앉은 청민의 눈빛을 보자 쉽게 끝나지 않을 것임을 본능적으로 알 수 있었다.

동시에 그의 머릿속에는 깊은 의문이 들었다. 두 번의 공격은 결코 이류무사가 막아낼 수 있는 공격들이 아니었다.

'고수에게서 사사했다, 이거지?'

웬만한 일류무사도 막아내기 힘든 연격을 쉽게 막아내는 모습에 송연걸은 청민에 대한 평가를 조금 더 올렸다.

그러나 자신의 패배에 대해서는 조금도 생각하지 않았다.

우우웅!

단전에서부터 흘러나온 진기가 순식간에 애병을 향해 노도처럼 뻗어 나갔다. 동시에 도신에서 황색의 도기가 맹렬하게 솟구치더니 이내 압축되기 시작했다. 한순간에 도기에서 도강으로 변화한 것이다.

'하지만 검술은 늘었을지 모르나 내공은 말이 다르지!'

사부가 평생을 쌓아온 내공을 모조리 전이받은 그였다. 그렇기에 송연걸은 도강으로 찍어 누를 생각이었다.

웅웅웅.

하나 그 생각은 창졸간에 사라졌다. 어느새 그의 눈앞에 형형한 푸른빛을 발하는 검강 하나가 솟구쳐 있었기 때문.

"무, 무슨!"

"하나 남았는데, 안 올 텐가?"

"이익!"

너무나 선명하게 형태를 이루고 있는 검강의 모습에 잠시 얼빠진 표정을 지었던 송연걸이 이내 이를 악물었다. 연거푸 놀라기는 했으나 그렇다고 비무를 포기할 생각은 전혀 없었다. 그리고 절정고수라고 다 같은 절정고수가 아니었다.

'어쨌든 이기기만 하면 된다!'

예상과는 전혀 다른 무위를 보여주고 있었지만 그래도 결과는 똑같을 터. 무능했던 청민과 달리 그는 타고난 천재였으니까.

송연걸은 당혹감을 추스르며 지금껏 수도 없이 수련하고 펼쳐왔던 무공을 펼쳤다.

쌔애애액!

지금까지와는 비교도 안 되는 참격이 송연걸의 손에서 펼쳐졌다. 그리고 눈으로 좇기 힘들 정도의 무시무시한 속도로 청민을 노렸다.

문제는 그 참격이 하나가 아니라는 점이었다. 무려 여섯 개의 참격이 동시다발로 청민의 사혈을 노리고서 쇄도했다.

"흠."

하나만 맞아도 전신이 찢겨 나갈 강맹한 공격이었으나 청민은 반격하지 않았다. 이번까지는 양보하기로 약속해서였다.

콰콰콰쾅!

이윽고 여섯 줄기의 도강이 정확히 청민의 몸에 적중했다. 청민이 피하지 않았기에 그대로 도강이 쏟아져 내린 것이다.

"후욱! 훅!"

생각지도 못한 무위에 전력을 다한 송연걸이 잔뜩 굳은 얼굴로 청민이 서 있던 자리를 주시했다. 강기와 강기의 충돌로 인해 상당한 폭발이 일어나, 청민이 있던 자리에는 흙먼지가 짙게 일어난 상태였다.

'쓰러졌겠지?'

송연걸이 처음과는 사뭇 다른 눈빛으로 흙먼지를 쳐다봤다. 그의 눈빛에는 더 이상 경시하는 기색이 없었다.

저벅저벅.

그때 발걸음 소리가 들려왔다.

더불어 송연걸의 표정이 기기묘묘하게 변했다. 전력까지는 아니더라도 상당한 힘을 쏟아부었는데 발걸음 소리가 너무 멀쩡했다.

"이제는 내 차례로군."

"으음!"

잠시 후 먼지구름 사이를 걸어 나오며 청민이 입을 열었다.

그의 모습을 본 송연걸은 침음을 흘렸다. 상처 하나 없이 너무나 멀쩡한 모습이 믿기지가 않았다.

반대로 벽우진을 비롯한 제자들의 표정은 담담했다.

"한번 받아보게나."

후우웅.

청민이 처음으로 검을 휘둘렀다.

그의 검은 송연걸과 달리 빠르지 않았다. 대신 진중하고 견고했다. 마치 거대한 벽이 움직이는 듯 천천히 송연걸을 압박해 왔다.

'무, 무슨!'

전신을 짓누르는 묵직한 검압에 송연걸의 동공이 흔들렸다. 검이 다가오기만 하는데도 느껴지는 검압이 상상 이상이었다.

하지만 그렇다고 가만히 당하고만 있을 수는 없었다.

으드득!

점차 굳어가는 육신을 억지로 움직이며 송연걸이 도를 휘둘렀다. 우선 도를 움직여 청민이 뿌리는 검압을 해소하려 한 것이다.

터엉!

그 속셈을 눈치챈 청민이 단숨에 송연걸의 도를 쳐내, 그의 가슴을 훤히 열었다.

"흡!"

뒤늦게 그 사실을 파악한 송연걸이 다급히 보법을 펼쳤다. 우선은 뒤로 물러나며 황급히 도를 회수할 생각이었다.

다만 문제는 청민이 그것마저도 예상하고 있었다는 점이었다.

퍼억!

느릿한 검과는 달리 청민의 두 다리는 민첩했다. 순식간에 간격을 좁힌 발끝이 송연걸의 복부에 닿았다.

"컥!"

예상치 못한 발차기 공격에 속절없이 당한 송연걸의 두 눈이 튀어나올 것처럼 번들거렸다.

하지만 이것은 시작에 불과했다.

퍼퍼퍼퍽!

자신의 공간을 확보한 청민은 말 그대로 매타작을 시작했다.

물론 비무인 만큼 검강을 풀어버리고 검신의 옆면으로, 비 오는 날에 먼지 나도록 때린다는 말처럼 무자비하게 그를 두들겨 팼다.

"크아아악!"

조금의 자비도 없는 매타작에 송연걸이 비명을 지르며 도를 휘둘렀다. 그러나 균형이 무너진 몸으로 펼치는 공격에 힘이 실릴 리 만무했다. 오히려 더욱 큰 빈틈을 보였고, 청민은 그 빈틈을 놓치지 않았다.

퍼퍼퍽!

검신뿐만 아니라 두 다리로도 짓밟는 청민의 폭력에 송연걸이 이내 굴복했다. 머리가 새하얗게 변하는 고통에 체면이고 뭐고 생각할 겨를이 없었던 것.

"제, 제가…… 읍!"

패배를 시인하려던 송연걸이 두 눈을 부릅떴다. 청민의 주먹이 마치 자신의 입을 막으려는 듯이 벼락같이 들어오고 있었다.

"뭐라고? 잘 안 들리는구려."

"끄으으읍!"

왼손으로 입을 막은 채 검을 두들기는 청민의 모습에 송연걸은 신음을 흘리며 다급하게 벽우진을 바라봤다. 그러면 지금 어떤 상황이 벌어졌는지 모르지 않을 거라 생각했다.

그러나 겨우겨우 쳐다본 벽우진의 모습을 확인한 송연걸은 이내 몸을 축 늘어뜨렸다. 애초부터 비무에는 큰 관심이 없었다는 듯이 늘어지게 하품하는 모습을 보자 희망이 절로 사라졌던 것이다.

'제, 제기랄!'

말릴 생각이 보이지 않는 벽우진의 모습에 송연걸의 눈가에서 눈물이 한 방울 맺혔다.

하지만 그것은 이내 순식간에 사라졌다. 볼을 정확히 가격하는 차가운 감촉에 눈물이 허공으로 흩뿌려졌다.

"괘, 괜찮을까요?"

"상대를 괄시한 대가다. 어떻게 보면 좋은 인생 경험인 거지. 만약에 생사결 때 저랬어 봐. 아마 고문이란 고문은 다 당하고 죽었을걸? 그래도 이 자리는 서로 죽이는 자리는 아니잖아."

"그렇긴 한데요……."

양일우가 침을 꿀꺽 삼키며 개 패듯이 송연걸을 쥐어 패고 있는 청민을 바라봤다. 처음에는 싸가지가 없다고 생각했었는데 지금은 불쌍했다.

"아자!"

"아오, 시원하다!"

반면에 양이추와 심대현은 두 손을 번쩍 들어 올리며 흥을 주체하지 못했다. 예의를 차리면서도 거만하기 짝이 없던 송연걸을 두들겨 패자 그렇게 시원할 수가 없었다.

하지만 그들은 몰랐다. 지금 청민이 보여주는 모습이 누군가와 묘하게 닮았다는 사실을.

"다 자업자득인 것이지. 누굴 탓하겠어."

"선택은 본인이 했으니까요."

"다들 잘 봤지? 모르겠어도 계속 복기해. 그럼 얻는 게 있을 테니까."

"옙!"

철퍼덕!

벽우진이 가르침 아닌 가르침을 내리는 사이 비무가 끝났다. 패배 시인을 하지 못한 송연걸이 기절하는 것으로 결국 비무가 마무리된 것.

마치 짐짝 다루듯이 송연걸을 내다 던진 청민이 벽우진과 제자들이 있는 곳으로 성큼성큼 걸어왔다.

"많이 컸어, 우리 청민이. 근데 손속이 너무 과격해진 거 아냐?"

"저도 이제는 좀 마음대로 살아보려고요. 그동안 이 눈치 저 눈치 보며 살았으니까요. 그리고 좋은 예시를 보기도 했고요."

"지금 나 돌려 까는 거지?"

벽우진이 두 눈을 부라렸다.

하지만 그 표정에도 청민은 태연히 웃었다. 이 정도 갈굼에는 이제 면역이 된 상태였다.

"전 사형이라고 말하지 않았습니다만."

"정말 많이 컸어, 어후. 이제는 무서워서 말도 못 하겠네. 아주 사형을 잡아먹을 듯이 두 눈을 노려보고 대답을 하니."

"그렇게 말씀하셔도 수긍하는 사람은 아무도 없습니다."

"이제는 말발도 날 잡아먹는 수준이고."

벽우진이 동정심을 유발하듯 처연한 어조로 말했다.

그러나 청민은 넘어가지 않았다. 지금 하는 표정, 말투, 목소리 다 연기라는 걸 너무나 잘 알아서였다.

"그런데 사형, 앞으로도 계속 저에게 맡기실 생각이십니까?"

"네가 보기에도 이게 시작인 거 같지?"

"예, 물론 그렇게 생각한다는 사실이 거슬리기는 하지만요."

이제는 제법 고수다운 풍모를 보이는 청민의 모습에 벽우진이 흐뭇하게 웃었다. 아이였던 동생이 장성한 모습을 보는 느낌이랄까. 지금 벽우진이 받는 느낌이 그랬다.

그는 늘 눈치 보고 자신의 할 말을 억눌렀던 청민보다 지금처럼 하고 싶은 말을 다 하는 청민이 훨씬 보기 좋았다.

예전이야 그럴 수밖에 없는 상황이었다지만 지금은 아니었다. 청민의 앞에는 그가 있었다. 곤륜을 넘어, 청해성을 넘어 천하를 아우를 수 있는 그가 말이다.

'도대체 왜 나인지는 아직도 잘 모르겠지만 말이지.'

지이잉.

벽우진의 혼잣말을 유일하게 알아들은 일월쌍환이 미약하게 진동했다. 주변의 다른 이들은 듣지 못하고, 오로지 벽우진만이 느낄 수 있도록 뜻을 전했던 것이다.

"그러니까 차차 그 인식을 바꿔 나가야지. 곤륜에는 나만 있는 게 아니라고. 다른 검도 있다고 말이지."

"아, 아직 제가 곤륜이라는 이름을 달기에는 많이 부족한 것 같습니다."

"왜? 곤륜일검(崑崙一劍). 멋지잖아? 패선보다는 훨씬 나은 거 같은데."

부끄러워하는 청민을 향해 벽우진이 놀리듯이 말했다. 지금은 비록 그 별호로 불리기에 부족하지만, 나중에는 다를 터였다. 그렇게 만들 자신도 있었고.

"좋기는 하지만 아직은 부담스럽습니다."

"그러니까 이제부터 만들어 나가야지. 너의 이름을 알리는 것을 시작으로. 겸사겸사 아이들 안목도 키우고."

"다 저에게 돌리실 겁니까?"

"그럼 내가 하리? 이 나이 먹고?"

"크흠!"

청민이 헛기침을 했다. 겉으로만 보면 벽우진이 그에게 할아버지라고 불러야 하는 게 옳았기 때문이다. 게다가 신체 나이도 벽우진이 훨씬 어렸다.

"어쭈? 지금 항명하는 거야?"

"아닙니다. 제가 해야죠. 장문인인 사형께서 직접 나서시는 게 보기에도 좋지 않으니까요. 이제 멸문지화를 입었던 곤륜파가 아니잖습니까. 그리고 아이들을 위해서이기도 하니 당연히 제가 나서야지요."

"진즉에 그렇게 말할 것이지."

"다만 염려되는 게 있습니다."

청민이 얼굴을 굳혔다.

도전해 오는 이들을 상대하면 자신 역시 경험을 쌓을 수 있고, 제자들의 안목 역시 기를 수 있는 일석이조의 효과가 있지만 여기에는 한 가지 문제가 있었다.

"너보다 강한 녀석이 도전해 올까 봐?"

"그렇습니다."

"그건 걱정하지 마. 네 뒤에서 대기하는 사람이 한 명 더 있으니까."

"어, 혹시?"

"맞아. 우리의 태산권께서 나설 것이다."

"호법님이라면 걱정은 하지 않아도 되겠네요."

청민이 고개를 주억거렸다.

확실히 진구라면 자신이 지더라도 벽우진에게까지 가지 않게 잘 정리할 것이었다. 아니, 오히려 도전자를 걱정해야 할 판이었다.

"내가 애들 장단에 맞춰줘서야 쓰나. 지들이 내 장단에 맞춰야지. 내 체면도 있는데. 아무하고나 어울려 줄 수 없지!"

"맞습니다."

콧대를 세우는 벽우진을 향해 청민이 맞장구를 쳐주었다.

하지만 진심이기도 했다. 이제는 더 이상 둘만 있는 곤륜파가 아니었고, 벽우진도 그저 그런 고수가 아니었다.

여전히 본신의 무공이 어느 정도인지는 짐작이 가지 않지만 한 가지만은 확실했다. 절대 평범한 고수가 아니라는 사실을 말이다.

'비공식이기는 하지만 전대의 천하십대고수 중 한 명인 만천 독황 당 대협도 제압한 게 사형이시니까.'

그때의 충격은 아직도 청민의 뇌리에 고스란히 남아 있었다.

물론 당민호는 전성기가 한창 지난 상태였지만 그래도 만천 독황이라 불리는 무인이 바로 그였다. 독공의 특성상 육체적인 능력의 비중이 크게 높지 않은 편이었고 말이다.

"하지만 고수가 한 명뿐인 것보다는 둘인 게 낫지. 그러니까 부지런히 수련해서 얼른 강해져. 겸사겸사 네가 있다는 것도 알리고. 난 곤륜파와 함께 네가 비상했으면 좋겠구나."

"좀 더 노력하겠습니다."

"그래, 그래. 일 끝났으니 이제 밥 먹으러 가자."

"저자는요?"

"산문 밖에 버려. 일어나면 알아서 돌아가겠지. 다시 들어오면 내쫓으면 될 일이고."

벽우진은 송연걸에게는 시선 한 번 주지 않은 채로 심소혜의 손을 잡고 몸을 돌렸다. 그런데 웃긴 건 제자들 중 누구도 송연걸에게 관심을 두지 않는다는 사실이었다.

"허 참."

그 모습에 청민이 헛웃음을 흘렸다. 모양새를 보아하니 벽우진은 진짜 관심도 없는 듯했다.

"제가 데려다 놓겠습니다."

"같이 가자꾸나. 혹시 중간에 깨서 난리를 피울지 모르니."

"예."

유일하게 남아 있는 도일수와 함께 청민이 여전히 정신을 차리지 못하는 송연걸을 들쳐 메고서 산문을 향해 걸어갔다.

청해성의 성도 서녕에 수많은 사람이 모여들었다.

정확하게는 무인들이었는데, 그들의 중심에는 공동파가 있었다. 북해빙궁의 기습 공격으로 인해 멸문지화에 가까운 피해를 입은 공동파를 재건하고 공동산을 탈환하기 위해, 살아남은 본산제자와 속가제자들이 감숙성과 인접해 있는 서녕으로 집결했던 것이다.

그들 중 수뇌부라 할 수 있는 이들이 대호방을 찾았다.

"도와주십시오, 방주님."

죽은 공동파의 장문인의 막내 사제이자 유일하게 살아남은 장로인 목진자(木瑧子)가 허정근을 향해 간절한 목소리로 말했다.

그런 그의 옆에는 속가제자들을 대표하는 백상수가 앉아서 고개를 조아리고 있었다.

"이렇게 말씀하셔도 저는 힘이 없습니다."

"청해제일방이라 불리시는 대호방의 주인께서 힘이 없으시다니요."

"허명일 뿐입니다. 그저 모르는 사람들이나 그리 말하는 것이지요. 이유는 장로님께서도 알고 계실 거라 생각합니다."

"곤륜파를 말씀하시는 거군요."

"예, 비록 세력은 적을지 모르나 곤륜파의 강함은 이미 만천하에 드러났다고 생각합니다."

허정근이 조금도 기분 상한 기색 없이 담담히 말했다. 인정하기 싫다고 진실이 달라지는 것은 아니고, 곤륜파와의 사이가 나쁜 것도 아니었기 때문이다.

"하지만 그들은 숫자가 적습니다."

"그러나 일당백이죠. 특히 장문인과 호법들의 무위는 엄청납니다. 굳이 북해빙궁을 예로 들지 않아도요. 안 그런가?"

"맞습니다."

허정근의 시선이 잠자코 있던 백상수에게로 향했다. 목진자와 달리 백상수는 벽우진과 진구를 만난 적이 있었다.

"그러니 저보다는 곤륜파로 가보시는 게 어떨까 싶습니다."

"저희도 곤륜산에 오를 계획은 있습니다. 하지만 그전에 방주님께 확답을 듣고 싶습니다."

"으음!"

목진자의 끈질긴 부탁에 허정근의 얼굴이 난감한 기색이 서렸다. 공동파의 사정은 알지만 그렇다고 단순히 의기만으로 감숙성에 갈 수는 없었다. 그가 그 정도로 의협심이 강한 것도 아니었고.

"도와주신다면 본 파는 절대 은혜를 잊지 않을 것입니다, 방주님."

"나 혼자서는 결정할 수 없는 문제입니다. 또한 대호방만 나

선다고 해서 달라질 상황도 아니고요."

"물론 알고 있습니다. 그렇기에 다른 곳들도 제가 직접 방문할 생각입니다. 이미 인편을 보내 약속도 잡은 상태이고요. 그런데 한 곳만은 사람을 보내지 못했습니다."

"혹시 그곳이 곤륜파입니까?"

묘한 낌새를 느낀 허정근이 물었다. 목진자의 말을 들은 순간 왠지 모르게 곤륜파가 떠올라서였다.

"맞습니다. 아무래도 첫 대면이 썩 좋지 않다 보니 저희로서도 조심할 수밖에 없어서요."

"다른 무문들을 찾아가는 것보다 어쩌면 곤륜파의 도움을 받는 게 나을지도 모릅니다. 귀 파의 사람들을 제외하면 청해성에서 유일하게 북해빙궁과 싸워본 곳이 바로 곤륜파이니까요."

"저희도 잘 알고 있습니다만. 으음. 쉽지 않습니다."

백상수가 고개를 숙였다. 공동파가 선뜻 곤륜산을 오를 수 없는 이유 중 하나가 바로 그였다.

물론 오로지 그만의 책임은 아니었다. 선대가 저지른 과오도 목진자가 곤륜산에 오르는 걸 방해하고 있었다.

"곤륜파에 대해서는 저로서도 방도가 없습니다. 죄송합니다."

"자리를 마련해 주실 수는 있지 않으십니까? 곤륜파 장문인과 몇 번 만나본 것으로 알고 있습니다."

"대면만 몇 번 했을 뿐 친분이라고 할 것도 없는 사이입니다. 오히려 그런 부탁을 하시려면 청하상단을 찾아가는 게 더 낫지 않을까 생각합니다. 청하상단의 전대 단주가 곤륜파 장문인의 사제이니까요."

목진자의 표정이 심각해졌다.

그라고 청하상단을 떠올리지 않은 것은 아니었다. 다만 문제는 문전 박대를 당해도 할 말이 없다는 점이었다. 곤륜파가 멸문지화를 입고 나서 외면한 곳 중 하나가 바로 공동파였으니까.

'가장 가까운 곳 중 한 곳이었음에도 불구하고 말이지.'

사실 목진자가 잘못한 것은 아니었다. 정마대전 당시 그는 공동파에 입문하지도 않았던 어린아이에 불과했으니까.

그가 공동산에 올랐을 때 이미 곤륜파는 멸문지화를 당한 후였다. 즉, 엄밀히 말하면 선대가 저지른 잘못의 대가를 그가 치르고 있는 것이나 마찬가지였다.

'하지만 그럼에도 내가 감당해야 할 몫이지.'

현재 공동파는 곤륜파가 걸었던 멸문의 길을 걷고 있었다. 천년마교와의 전투 이후 곤륜파의 행보와 너무나 똑같은 길을 걷고 있었던 것이다.

다만 다른 점은 곤륜파는 어떻게든 스스로 일어나려고 노력하려는 반면에 공동파는 곳곳에 도움을 청하는 중이었다.

"빠른 길을 찾으신다면, 청하상단이 제일 빠를 거라 생각합니다."

"그렇긴 합니다만……."

"물론 쉽지는 않겠지만요."

벽우진의 성깔을 생각하면 청범이라고 해서 만만하게 볼 수 없었다.

오히려 속세에서 상인으로 평생을 살며 온갖 더러운 꼴이란 꼴은 다 본 위인이 서진후였다. 그런 만큼 어쩌면 벽우진보다 상대하기가 더 어려울 수 있었다. 더구나 그의 뒤에는 패선이라 불리는 벽우진이 있었으니까.

'별호 하나는 진짜 기똥차게 만들었다니까.'

패(覇)라는 뜻보다는 그냥 두들겨 패는 신선이라는 말이 더 잘 어울리는 벽우진의 모습에 허정근은 피식 웃고 말았다. 패선보다 더 잘 어울리는 별호는 생각나지 않았다.

"같이 가주시면 안 되겠습니까?"

"어디를 말씀하시는 겁니까? 청하상단입니까, 곤륜파입니까?"

"곤륜파입니다."

잠시 눈을 감고 고뇌하던 목진자가 결정을 내린 듯 입을 열었다. 그러나 그의 결단에도 불구하고 허정근의 표정은 복잡했다.

목진자를 데리고 곤륜파에 가는 게 그로서는 께름칙했다. 두 곳의 사이가 좋지 못하다는 걸 아는데 자신이 목진자를 데려간다? 자신까지도 피해를 볼 가능성이 컸다.

"흐으음."

"순망치한(脣亡齒寒)이라고 했습니다. 감숙성은 이미 북해빙궁의 손아귀에 떨어진 상태고 하남성의 코앞까지 진격해 있는 상태입니다. 그런데 과연 청해성을 가만히 놔둘까요? 언젠가는 반드시 청해성을 노릴 것입니다. 그러니 그전에 대비를 해야 합니다."

"지당하신 말씀이기는 한데, 전황이 반전될 가능성도 있습니다. 그렇다면 오히려 기다리는 게 더 안전한 방법일 터입니다."

목진자의 말도 일리는 있었다.

감숙성과 인접해 있는 곳이 바로 청해성이다. 그런 만큼 상황이 어느 정도 정리가 된다면, 진짜 강북 무림이 무너진다면 그 다음 목표는 청해성일 가능성이 높았다.

"양쪽에서 쳐야 합니다. 그래야 강북 무림도 힘을 낼 것입니다. 북해빙궁이 오독문을 이용해 중원의 전력을 양분시킨 것처럼 저희도 그래야 합니다."

목진자가 격앙된 어조로 말했다.

다른 곳도 아니고 무림의 정신적인 지주라 할 수 있는 소림사인 만큼 제아무리 북해빙궁이라고 하더라도 쉽게 무너질 가능성은 희박했다.

하지만 중요한 것은 이대로 전선이 고착화되었을 경우였다. 그렇게 되면 공동산을 탈환하기가 점점 더 어려워질 것이기에 목진자로서는 최대한 서둘러야 했다.

'본산에 있는 비밀 무고도 확인해야 하고.'

쉽게 드러나 있는 무고는 도주하면서 불태워 버렸다. 북해빙궁에게 넘기느니 아예 태워 버렸던 것이다.

하지만 진짜배기는 따로 있었다. 거대한 공동산의 한 비동에 몰래 숨겨놓았다.

그렇기에 목진자로서는 다급할 수밖에 없었다. 거기에 공동파를 부활시킬 모든 것이 담겨 있기에 최대한 빨리 공동산을 탈환해야 했다.

'절대로 북해빙궁에 넘어가면 안 돼.'

부자가 망해도 3대는 간다는 말처럼 비동만 보전되어 있다면 공동파를 다시 일으킬 수 있었다.

하지만 만약 북해빙궁이 그 비동을 찾았고, 공동파의 보물과 재산들을 몰수했다면 곤륜파가 걸었던 길을 고스란히 걸을 터였다.

"전략적으로 보면 맞는 말씀입니다. 하지만 냉정하게 보면 너무 위험합니다. 빙화파산존과 함께 온 무인들이 전멸해서 감숙성의 전력이 절반 가까이 날아갔다고 하나, 그럼에도 만만하게 볼 수 없습니다. 특히 빙혼강시가 있을 경우도 생각해야 합니다."

"으음!"

목진자가 침음을 흘렸다.

하나부터 열까지 모두 맞는 말이었기에 그가 할 수 있는 건 감정에 호소하는 것밖에는 없었다.

공동파의 속가제자들을 모조리 끌어모으고, 북해빙궁에 굴복하지 않고 자존심을 택했던 무문들의 생존자들까지 전부 다 불러 모았지만 그럼에도 감숙성의 탈환을 장담할 수 없었다. 숫자는 제법 되었지만 정작 중요한 고수라고 부를 만한 이들이 적었던 것이다.

"결정적으로 명분이 없습니다. 저는 물론이고 부하들을 납득시킬 명분이요."

"강호는, 공동파는 대호방의 협심과 의기를 잊지 않을 것입니다."

"그것만으로는 부족합니다. 죄송합니다."

협상 결렬을 알리는 듯한 사과에 목진자의 얼굴이 굳어졌다. 그리고 그건 옆에서 잠자코 듣고 있던 백상수 역시 마찬가지였다.

하지만 따질 수가 없는 게 대호방은 공동파는 물론이고 감숙성의 무문들과 아무런 연관이 없는 방파였다.

"……알겠습니다. 그리고 무리한 부탁을 드려서 죄송합니다."

"저야말로 힘이 되어드리지 못해서 죄송합니다. 하지만 한 방파의 수장으로서 이럴 수밖에 없었다는 점을 이해해 주셨으면 좋겠습니다."

"이해합니다. 저라도 쉽사리 결정하지 못했을 테니까요. 그런데 방주님. 한 가지만 더 묻고 싶습니다. 만약 곤륜파가 함께한다면 그때는 힘을 빌려주실 수 있으신지요."

"곤륜파가요?"

허정근이 자기도 모르게 반문했다.

그가 본 벽우진은 이성적이라기보다는 감정적인 무인이었다. 한데 공동파를 도와준다? 말도 안 되는 대가를 주지 않는 한 벽우진과 곤륜파의 마음을 돌리는 건 불가능했다.

'세월이 얼마인데.'

허정근은 내심 고개를 저었다. 그야말로 얼토당토않은 소리여서였다.

하지만 그렇기에 반대로 대답해 줄 수 있었다.

"예, 만약이라는 것도 있으니까요. 그리고 제가 찾아가서 선대의 잘못을 진심으로 사과한다면, 어쩌면 마음이 달라질 수도 있지 않겠습니까. 본 파와 곤륜파 모두 도가 수행을 하는 이들이지 않습니까."

"그렇다면 긍정적으로 생각해 볼 수도 있을 것 같습니다."

"알겠습니다."

확답은 아니었지만 적어도 여지는 충분히 있었기에 목진자는 만족했다. 오히려 곤륜파가 합류한다는 말에 곧바로 함께하겠다고 했으면 더 이상했을 테니까.

동시에 그는 곤륜파의 존재감이 어느새 이 정도로 커졌다는 점에 속으로 놀라워했다.

'아직 1년도 채 안 되었는데 말이지.'

다 무너진 곤륜파를 1년도 안 돼서 이만큼 복구한 벽우진이라는 존재에 목진자는 진심으로 궁금증이 일었다. 더불어 무슨 말을 해야 할지에 대해서 고민했다.

"부디 좋은 결과가 있었으면 좋겠습니다."

"노력해 봐야지요."

허정근의 응원에도 방 안에 내려앉은 무거운 분위기는 좀처럼 가시지 않았다.

○

보름달이 휘영청 떠올라 있는 야심한 시각에 벽우진이 처소를 나섰다. 이 늦은 시간까지 곤륜파의 무공에 주석을 단다고 잠자리에 들지 못했던 것이다.

하지만 피곤함을 느끼지는 못했다. 의외로 주석을 다는 게 재미있었다.

"얻는 것도 꽤 많고 말이지."

옛 성현들이 이르길, 가르치면서 배운다고 했었다. 벽우진은 그 말을 요즘 들어 아주 크게 공감했다.

제자들과 청민에게 무공을 사사하면서 알고 있던 것들을 새롭게 느끼고 깨달을 수 있었다. 무공을 보는 관점이 달라졌다고나 할까. 익히고 있던 것들을 새롭게 보게 되면서 정체되어 있던 무경을 돌파할 실마리를 찾았다. 그 결과 조금씩이지만 성장하고 있었고.

"여기서 더 강해질 줄은 몰랐는데 말이지."

벽우진의 자신감은 결코 과한 게 아니었다. 다른 이들은 허세다, 오만함이다, 떠들지만 벽우진은 그렇게 생각하지 않았다.

그 말들은 그에 대해서 정말 조금도 알지 못한 채 떠들어대는 말이어서였다. 만약 정말 그에 대해서 제대로 안다면 절대 그런 말을 하지는 못할 터였다.

"그래도 한 명 정도는 있지 않을까. 내가 괜히 존재하는 게 아닐 테니까."

태극처럼 세상은 균형을 이루며 나아갔다. 한쪽이 득세한 것 같으면서도 결국에는 균형을 맞췄다. 초승달이 만월을 이루고 다시 초승달로 돌아가는 것처럼 말이다. 그게 세상의 이치였고, 진리였다.

"하지만 그렇다고 해서 무너지는 역을 맡고 싶지는 않아. 자고로 남자라면 무조건 이겨야지!"

천하제일인이라는 자리에는 딱히 관심이 없지만, 그렇다고 누군가에게 지는 것도 싫었다. 이왕이면 이기는 게 기분 좋은 건 당연했으니까.

"으음?"

자정에 가까운 시각에 밤마실을 나왔던 벽우진이 순간 고개를 돌렸다. 연무장 쪽에서 인기척이 느껴지고 있었다.

파아앗!

기감에 그것이 잡히기 무섭게 벽우진은 땅을 박찼다.

이윽고 벽우진의 신형이 날 듯이 전각 위로 솟구치며 하늘을 갈랐다.

○

"후욱! 훅!"

구름 한 점 없는 하늘에 홀로 고고하게 떠올라 있는 보름달 덕분인지 연무장은 그리 어둡지 않아 대련은 힘들지 몰라도 혼자 수련하기에는 모자람이 없었다.

게다가 고요하면서 서늘한 공기를 느끼며 수련을 하는 게 그는 너무나 좋았다. 이 적막함 속에서 자신의 호흡과 육신을 올올히 느낄 수 있어서였다.

'성과는 별로 없지만 말이지.'

뒷골목의 왈패들도 다 알고 있다는 삼재검법을 어려서부터 수련했던 그였다. 기초가 중요하다는 말을 수도 없이 들었기에 어릴 때부터 단 하루도 빼먹지 않고 수련했다. 재능은 없지만 적어도 꾸준히 노력을 하면 아주 조금이라도, 개미 눈물만큼이라도 나아지지 않을까 싶어서 매일 연습했다.

하지만 이제 와서 느끼는 건, 그래 봤자 격차는 줄어들지 않는다는 점이었다.

문일지십(聞一知十)이라는 말처럼 재능이 넘치는 아이들은 그가 수년 동안 했던 노력을 단 며칠 만에 따라잡았다. 그의 숟가락이 동전만 하다면 수재들은 손바닥만 한 국자를 들고서 성취라는 바다에서 결과를 떠냈기 때문이다. 아무리 숟가락을 빠르게 놀려도 애초에 풀 수 있는 용량이 달랐기에 따라잡는 것도 불가능했다.

그러나 그 사실을 알았음에도 그는 포기하지 않았다.

"포기하는 순간이야말로 진짜 끝나는 순간이니까."

나이가 한참 어린 사형들이 보여주는 말도 안 되는 성장세에 그는 애써 열등감을 숨겼다. 드러내 봤자 좋을 게 없을뿐더러 사이가 어색해질 게 뻔해서였다.

대신 모두가 잠든 시각에 홀로 수련했다. 잠을 줄여서라도 격차가 더 이상 벌어지지 않게 하려는 것이었다.

그렇기에 비지땀을 흘리며 태청검법을 수련했다. 따라잡지는 못하더라도 최소한 격차는 유지하고자 했다. 그것만 하더라도 충분히 자신은 강해지는 것이나 마찬가지였으니까.

"일수야."

"헉!"

한데 고요한 연무장에 사부의 음성이 울려 퍼졌다.

"오늘도 나와 있구나."

"아, 알고 계셨는지요?"

"그렇게 기합이 바짝 들어간 검을 휘두르는데 모르는 게 더 이상하지 않겠느냐?"

"죄송합니다."

땀범벅인 얼굴을 하고서 도일수가 고개를 숙였다. 누구보다 기감이 예민한 벽우진인 만큼 자신이 그의 휴식을 방해한 것이라고 생각해서였다.

그러면서 그는 내일부터는 좀 더 먼 곳에서 수련을 해야겠다고 생각했다. 야밤에 홀로 산중에 있는 건 위험하지만, 적어도 지금은 맹수 정도에 죽지 않을 자신이 있었다.

'이 육체를 얻고도 맹수 정도에 죽으면 무인은 하지 말아야지.'

얼마 전의 기억을 떠올리며 도일수가 속으로 중얼거렸다. 그때의 감격은 아직도 그의 머리와 가슴에 선명하게 남아 있었다.

"죄송할 것까지야. 그런데 너무 혹사하는 것 같구나."

"내일 수련에 무리가 갈 정도로는 하지 않습니다."

"흠."

다부진 얼굴로 대답하는 도일수를 잠시 응시하던 벽우진이 바닥에 털썩 앉았다.

그러고는 손을 뻗어 옆자리를 두드렸다.

"사부님?"

"앉아라."

"예."

벽우진이 허례허식에 연연하지 않는 성격이란 걸 알았기에 도일수는 군말 없이 옆자리에 앉았다.

그러나 거리는 적당히 벌렸다. 혹시나 땀 냄새가 벽우진에게 갈까 싶어서였다. 의외로 냄새에 예민한 벽우진이었기에 도일수는 알아서 조심했다.

"그렇게 부럽더냐?"

"예?"

"다른 아이들 말이다."

"어……."

생각지도 못한 질문을 받아서일까. 도일수는 순간 말문이 막혔다.

"이렇게 하면 뛰어넘을 수 있을 것 같으냐?"

"적어도 격차가 더는 벌어지지 않을까 싶어서요."

"지금은 그런 생각이 들겠지. 하지만 말이다. 조급해한다고 해서 달라질 것은 없어. 오히려 자신의 몸을 망가뜨리기만 하지. 물론 남다른 사형제들의 재능을 부러워하지 않을 수는 없겠지. 사람인 이상, 남자인 이상 최고가 되고 싶어 하는 건 당연하니까."

"질투하고 시기하는 것만큼 속 좁은 것도 없다는 사실을 잘 알고 있습니다. 그런데 그게 좀처럼 쉽지가 않습니다. 아무래도 제가 없이 자라서, 밑바닥 생활을 해서 그런 것 같습니다."

도일수가 송구스럽다는 듯이 고개를 푹 숙이며 말했다. 한참이나 어린 사제들을 질투하는 게 어떻게 보면 나잇값을 하지 못하는 것으로 보일 수도 있어서였다. 적어도 벽우진에게는 말이다.

"그게 뭐 어때서. 그리고 상향심이 있어야 발전하고 성장할 수 있는 거야. 다만 내가 우려하는 건 네가 거기에 잡아먹히지 않을까 하는 거다."

"예에?"

도일수가 고개를 번쩍 들었다. 그러자 바닥이 보이지 않는 듯한 벽우진의 깊은 눈동자를 마주할 수 있었다.

"세상에 재능이 넘치는 애들은 많아. 심지어 천재라 불리는 이들도 많지. 이곳만 하더라도 이런데 천하로 범위를 넓히면 얼마나 많겠느냐? 그런데 너는 그런 이들과 계속 싸울 것이냐?"

"저 같은 이는 노력이라도 해야……."

"노력은 당연히 해야지. 내가 말하고 싶은 건 방향이다. 그 마음가짐으로 노력만 해봤자 몸이 망가질 뿐이다."

"……그럼 저는 어떻게 해야 하나요?"

지금껏 수도 없이 묻고 싶었지만 정작 입 밖으로 꺼낼 수는 없었던 한마디가 이제야 흘러나왔다.

뛰어나다 못해 엄청난 고수인 그가 자신의 상황을 정확히 이해하지는 못할 거라고 생각했다. 처음 제자를 받아들일 당시에도 벽우진은 자신이 어디까지 갈 수 있을지 궁금하다고도 했었고.

"나보다 재능이 뛰어난 이를 봐야 하는 건, 앞서가는 이의 등만 바라보는 건 너무나 큰 좌절감을 주지. 자존심의 문제가 아냐. 좌절과 열등감을 주니까. 괜히 사소한 것까지도 비교하게 되고. 자신감도 떨어지고."

도일수의 동공이 순간 크게 흔들렸다. 다른 이도 아니고 벽우진의 입에서 저런 말이 나올 줄은 몰랐다.

그렇다고 대충 들었던 말을 꺼내는 것도 아니었다. 직접 겪은 이만이 가진 우울한 감정이 그의 말에 담겨 있었다.

"사부님께서 그런 걸 느껴본 적이 있으신가요?"

"당연하지. 나도 사람인데. 괜히 세상은 넓고 사람도 많다라는 말이 있는 게 아냐. 정말 세상에는 말도 안 되는 천재들과 괴물들이 득실거리지. 반대로 그 재능을 모르는 이들도 수두룩하고. 하지만 그때 당시에는 그저 나와 상대방의 차이만 보이지. 내가 너무 모자란 거 같고, 부족한 거 같고. 절대 따라잡지 못할 것 같고."

"……맞습니다."

"내가 왜 게으름을 피웠는지 혹시 알고 있느냐?"

도일수가 두 눈을 끔뻑거렸다. 청민에게서 농땡이를 피웠다는 말은 몇 번 들었지만 왜 수련을 빼먹었는지에 대해서는 들은 바가 없어서였다.

"모릅니다."

"지는 게 싫었거든. 그렇다고 너처럼 티를 내고 싶지도 않았고. 하지만 그때의 난 일수 너보다 더 많이 어렸고, 표정이랑 감정을 조절하는 게 쉽지 않았어. 그러니 내가 자리를 피할 수밖에."

"아……."

"물론 그게 잘했다는 건 아냐. 하지만 모두가 너와 똑같은 생각을 할 수 있다는 거지. 가장 재능이 뛰어난 일우라고 해서 열등감을 느끼지 못할까? 아니, 아마 쫓아오는 다른 애들에게 따라잡히기 싫어 더욱 노력할 거다. 또한 앞으로 만나게 될 후기지수들에게서 자신감과 좌절감을 동시에 느끼겠지. 예지 역시 그러했었고."

꿀꺽!

도일수가 침을 삼켰다.

늘 자신만 생각했지 다른 사람의 입장에서는 생각해 본 적이 없었다. 더불어 정저지와(井底之蛙)라는 말이 떠오르며, 자기가 보는 세상이 얼마나 좁은지를 깨달았다.

"제가 생각이 너무 짧았습니다. 나름 세상을 제법 많이 돌아봤다고 여겼는데, 착각이었습니다."

"사람은 늘 그래. 원래부터 완전한 존재가 아니니까. 또한 완벽이란 말과도 어울리지 않고. 반대로 그러니까 노력하게 되는 것이기도 하지. 길게 봐야 한다, 일수야. 승패는 병가지상사라는 말을 가슴에 담아두어야 해. 이길 때도 있고, 질 때도 있어.

이건 천재들도 마찬가지야. 출발선은 다르지만, 마지막 도착점은 같아. 그러니까 조급해하지 마. 나만 하더라도 결국에는 노력으로 여기까지 올라왔으니까. 물론 나보다 앞서 나가던 이들이 먼저 죽은 것도 있고."

"명심하겠습니다."

"느리더라도 포기하지 마. 네 가장 큰 장점이자 재능은 바로 근성이니까. 그리고 너 역시 남들보다 훨씬 앞서 있는 상태라는 걸 잊지 말고. 다른 이들은 바라 마지않는 걸 너는 얻었잖아?"

벽우진의 시선이 도일수의 몸을 훑었다.

다른 이들과 마찬가지로 도일수 역시 말도 안 되는 행운을 얻은 상태였다. 재능을 부러워하면 안 될 정도로 말이다. 많이 늦기는 했지만, 또 어떻게 보면 아예 늦은 것도 아니고.

"사부님께 늘 감사하고 죄송한 마음을 가지고 있습니다."

"지금처럼만 해. 아니, 지금처럼 하면 골병이 들지. 적당히 해. 청민을 목표로. 차기 곤륜일검 정도는 노려야 하지 않겠어?"

"사부님을 목표로 하는 건, 역시 힘들겠죠?"

도일수가 진지한 표정으로 조심스럽게 물었다.

근래 들어 청민이 무서운 속도로 성장하고 있다지만 도일수는 이왕이면 벽우진처럼 되고 싶었다. 홀로 고고하게 우뚝 선 절대강자가 말이다.

'아직은 누구도 사부님이 어느 정도의 경지에 올라 있는지 모르지만, 그 모습조차도 멋있으니까.'

실상은 칠십이 넘은 노인이었지만 그것은 아는 사람들만 알고 있는 사실이었다. 다른 이들이 보기에는 그야말로 젊은 나이에 절세고수에 오른 모습으로 보일 터였고, 도일수가 원하는 이상향도 바로 그것이었다. 젊은 신비 고수. 생각만 해도 심장이 벌렁거렸다.

"꿈과 목표는 크게 잡는 게 좋다고 하지만. 나처럼이라. 방법이 아예 없는 건 아닌데."

"지, 진짜요?"

"응, 아무도 만나지 않고 홀로 58년 동안 수련하는 거야. 오직 먹고, 자고, 싸면서 무공 수련만 하는 거지. 물론 똑같이 한다고 될 수 있다는 보장이 없으니 더 오랜 세월을 폐관해야 할지도 모르지."

"……."

도일수는 순간 말문이 막혔다.

벽우진처럼 되고 싶은 마음은 굴뚝같았지만 그렇다고 그 오랜 세월을 홀로 무공만 생각하며 버틸 자신은 없었다. 아마 10년을 채 버티기도 전에 미치지 않을까? 동시에 벽우진이 왜 강할 수밖에 없는 지도 납득했다.

"가정이야, 가정. 실제로 그렇게 할 수는 없어. 아무리 나라고 해도 말이지. 그리고 군이 똑같은 길을 걸을 필요도 없고. 넌 너만의 길을 걸으면 돼. 지금처럼 묵묵히, 꿋꿋이 말이지."

"예!"

"그런 의미에서 오늘은 그만하고 쉬어. 잘 쉬는 것도 수련에 포함되니까."

벽우진이 자리에서 일어나 엉덩이를 털었다. 그러고는 나타났을 때와 마찬가지로 기척 없이 연무장에서 사라졌다. 하늘을 훨훨 날아서 연무장을 벗어난 것이다.

"언젠가는 나도 꼭."

그 뒷모습을 바라보며 도일수는 주먹을 불끈 쥐었다. 그러고는 언젠가는 자신도 벽우진과 같은 고수가 되겠다고 다짐했다.

다만 문제는 그렇게 생각하는 이들이 한둘이 아니라는 점이었다.

··· 제4장 ···

추락(墜落)

보름달이 뜨긴 했지만 가득한 구름으로 어둠이 더욱 짙게 내린 숭산의 한 전각에서 사마룡은 여전히 업무를 보고 있었다. 모두가 깊이 잠든 야심한 시각이었지만 그의 일과는 끝나지 않았기 때문이다.

특히 얼마 전 종남산이 북해빙궁의 손아귀에 넘어갔기에 더욱더 정신이 없는 상태였다.

"화산의 속가제자들이 힘을 합쳤음에도 십존, 아니, 이제는 구존(九尊)이 된 둘을 막지 못하다니……. 그리고 개방은 도대체 뭘 하고 있는 거지?"

문도 수로 따지면 누가 뭐래도 단연 1순위에 꼽히는 방파가 바로 개방이었다.

물론 무공을 전혀 익히지 않은 거지들이 태반이었지만 그럼에도 어마어마한 숫자에서 나오는 저력은 무시할 수가 없었다.

세상 어디에도 거지가 없는 곳은 없기에, 정보력 하나만큼은 천하제일이었다.

그런데 이상하게 북해빙궁을 상대로는 정보망에 구멍이 뻥뻥 뚫린 듯한 느낌을 받았다.

"아무리 오독문까지 신경 써야 한다지만. 그래도 이건 너무 심한데."

사마륭이 미간을 좁혔다. 개방이라는 위상에 전혀 어울리지 않는 정보력이라는 생각이 점점 더 들었다.

물론 황하수로채가 북배빙궁에 붙었고, 몇몇 산채들 역시 휘하로 들어갔다고 하지만 그럼에도 사마륭은 개방의 정보력이 마음에 들지 않았다. 그 많은 숫자를 가지고 뭘 하는지 알 수가 없었던 것이다.

"더 이상 밀리는 건 위험해. 북해빙궁의 기세를 더 살려주면 싸움은 점점 더 힘들어질 게야."

이미 기세가 오를 대로 오른 북해빙궁이었다. 전력 역시 줄어들기보다는 시간이 갈수록 늘고 있었고. 전체적인 질은 하락했을지 모르나 숫자는 몇 배나 불어난 상태였다.

게다가 사마륭은 미친 듯이 늘어나는 강시의 숫자가 부담스러웠다. 탈백강시가 빙혼강시에 비해 턱없이 약하다고 하지만 대신 숫자가 어마어마하게 많았다.

더구나 지치지도 않고 고통을 느끼지 않는 존재가 강시이기에 숫자가 많다는 것만으로도 두려움을 주기에는 충분했다.

"그나마 다행인 게 독강시가 아니라는 점인가."

죽은 시체를 다시 강시로 만들어 시독(屍毒)을 내뿜게 만드는 오독문보다는 탈백강시가 그나마 상대하기 수월했다. 적어도 독을 걱정하지는 않아도 되었으니까.

하지만 문제는 역시나 숫자였다.

"너무 많아. 짧은 시간에 숫자가 급격히 늘었어. 이 정도로 백도무림의 신망이 옅어졌단 말인가?"

한쪽 벽면에 붙여놓은 중원전도를 보며 사마룡이 인상을 썼다. 다른 곳도 아니고 세외무림이 쳐들어왔는데 냉큼 그쪽에 붙은 이유가 이해되지 않았다.

하지만 그는 알면서도 진실을 외면했다. 힘을 좇아서 그런 거라면, 북해빙궁을 밀어냈을 때 다시 자신들의 그늘 아래로 돌아올 것이 분명했으니까.

"지금은 잠시 맡겨둔 것이지. 근 시일 내에 되찾……."

뎅뎅뎅뎅!!

사방팔방에서 울려 퍼지는 종소리에 사마룡의 말이 도중에 끊어졌다. 그가 자리에서 벌떡 일어났다.

동시에 적막하던 소림사 경내가 한순간에 들썩거렸다. 적의 침입을 알리는 종소리에 경내에 있던 모든 승려들과 무인들이 일제히 일어나면서 난 소란이었다.

후다닥!

더불어 사마룡 역시 맨발로 처소를 나갔다. 그러자 거리가 상당함에도 사방에서 한겨울을 연상케 하는 지독한 한기가 느껴졌다. 한여름임에도 불구하고 얼음이 떠오를 정도의 냉기가 사방에서 활화산처럼 터져 나왔던 것.

"이, 이게 무슨! 개방에서는 별다른 말이 없었는데!"

사방에서 느껴지는 한기에 사마룡이 다급히 9층 전각의 지붕으로 올라갔다. 현재 상황을 정확하게 보기 위해 가장 높은 곳으로 이동한 것이었다.

"어어……."

지붕에 올라간 사마룡은 자기도 모르게 입을 벌렸다. 어둠에 물든 듯 새까만 파도가 사방에서 소림사를 향해 몰려오는 것을 보자 아무런 생각도 할 수 없었다.

특히 인영들은 하나같이 초립을 쓰고 있었는데 사마룡은 보는 즉시 알 수 있었다. 강시라는 걸 숨기기 위해 초립을 씌우고 펑퍼짐한 경장을 입혔다는 사실 말이다.

"이, 이러고 있을 때가 아니다!"

사방을 새까맣게 물들이며 달려드는 엄청난 숫자의 탈백강시에 사마룡은 개방을 욕하는 것도 잊었다.

지금은 야습을 알아차리지 못한 개방을 탓할 시간이 없었다. 어떻게든 진형을 구축해서 일단은 북해빙궁의 습격을 막아내는 게 먼저였다.

휘이이익!

거기까지 생각이 닿기 무섭게 사마룡은 사마세가의 전력이 모여 있는 숙소로 향해 몸을 날렸다. 우선은 가솔부터 확인해야 했다. 그리고 효율적으로 북해빙궁의 기습을 막아내기 위해서는 수하들의 존재가 필수였다.

'준비한 것을 사용하려면 본가의 무인들이 반드시 필요하다!'

사마룡이 전력 질주로 전각을 건너뛰었다. 그러면서도 그는 주변을 살피는 것을 잊지 않았다.

야밤의 기습이었지만 그래도 소림사와 남궁세가 그리고 개방의 무인들이 집결해 있었기에 초반에만 좀 우왕좌왕했을 뿐 지금은 각각의 세력끼리 모아서 전선을 만들고 있었다. 각 방파의 수장들이 수하들을 이끌고 빠르게 지휘를 시작했던 것이다.

"가주님!"

"기다리고 있었구나."

"예!"

"피해는?"

"다행히 소림사의 내원 근처 숙소에 있었기에 피해는 아직 없습니다."

수하의 대답에 사마룡이 안도의 한숨을 내쉬었다.

아무리 전우라고 하더라고 결국에 팔은 안으로 굽게 되어 있었다. 그리고 현시점에서 반전을 일으킬 수 있는 유일한 가문이 바로 그의 사마세가였다.

"장비는?"

"다들 챙겼습니다."

"좋아. 바로 이동한다."

사마룡이 호흡을 가다듬으며 지시를 내렸다.

그와 동시에 그는 북쪽으로 발걸음을 옮겼다. 이곳으로 오면서 북쪽 전선에 탈백강시들이 가장 많이 몰려 있음을 확인해서였다.

'다른 곳도 만만치 않지만 그래도 가장 무너지지 말아야 할 곳이 바로 북쪽이다.'

소림사의 전력이 모여 있는 곳인 만큼 사마륭은 북쪽 전선이 현재 가장 중요하다고 판단을 내렸다. 어쩌면 북해빙궁의 주력이 그곳에 있을 가능성도 높았고 말이다.

'허를 찔렀어. 설마하니 대뜸 중심부를 향해 진격할 줄이야.'

수하들을 이끌고 이동하던 사마륭이 입술을 깨물었다.

전선을 크게 넓히기에 그는 북해빙궁이 실수를 했다고 생각했다. 비옥한 대지를 점령하는 것에 눈이 멀어 무리수를 둔다고 말이다. 그런데 이 모든 게 바로 이 한 수를 위한 것이라는 생각이 들자 소름이 돋았다.

'하지만 반대로 기회이기도 해. 오늘 이 자리에서 북해빙궁의 주력을 쓸어버리면 단숨에 전쟁을 끝낼 수 있다.'

사마륭이 주먹을 불끈 쥐었다. 위기는 어떻게 보면 기회이기도 했기 때문이다.

게다가 전력으로 따지자면 결코 북해빙궁에 밀리지 않았다. 현재 숭산에는 소림사는 물론이고 오대세가에서 늘 수좌에 꼽혔던 남궁세가까지 합류한 상태였다. 거기다 소림에는 천하제일인을 논하는 거인이 있었다.

콰아아앙!

괜히 중원무림의 정신적 지주라는 말을 듣는 게 아니라는 듯이 곳곳에서 소림사의 무승(武僧)이 대활약을 펼치고 있었다.

그 중심에는 십팔나한과 팔대호법들이 있었다.

거기에 더해 힘을 보태러 온 군소방파의 무인들까지 정신을 차리고 본격적으로 전투에 들어가자 무지막지한 숫자로 밀고 들어오던 탈백강시들의 기세가 한풀 꺾였다.

아무리 고통을 느끼지 못하고 지치지 않는다고 하더라고 탈백강시는 빙혼강시처럼 도검불침은 아니었다.

그러나 문제는 역시나 빙혼강시였다.

"으아악!"

"사, 살려주시오!"

그간의 악명을 증명하듯 새하얀 무복을 입고 있는 빙혼강시는 등장과 함께 주변을 초토화시켰다. 강기가 아니면 모든 공격을 무효화시키는 무지막지한 몸뚱이를 이용해 무인들을 갈가리 찢어버렸던 것이다.

게다가 한두 구가 아닌 수백 구의 빙혼강시들로 인해 극한의 냉기는 더욱더 중첩되었다.

"절정고수들은 뭐하는 거야!"

"이쪽으로, 여기 와서 빙혼강시들을 상대하라…… 끄윽!"

게다가 문제는 빙혼강시가 전면에 나서자 탈백강시들의 더욱 날뛰기 시작했다는 점이었다.

비교적 딱딱한 움직임을 보이는 빙혼강시보다 완력이 떨어지는 탈백강시였지만 대신 진짜 사람처럼 부드럽게 움직였고, 짐승처럼 이빨로 사람들을 물어뜯었다. 그로 인해 수십 명의 무인들이 무너지자 애써 만든 전선이 끊어질 것처럼 출렁거렸다.

"이 더러운 마물들이!"

콰아아앙!

가까스로 만들었던 전선이 순식간에 흐트러지자 한 줄기 노호성과 함께 옥청색 권강이 강시들에서 떨어졌다. 그러자 탈백강시들은 벽력탄이라도 맞은 것처럼 산산조각이 나서 흩어졌고 빙혼강시들 역시 우그러진 채로 바닥을 나뒹굴었다.

"개, 개왕(丐王)이시다!"

"물러나라!"

"옙!"

괜히 거지 왕초가 아니라는 듯이 등장과 함께 무시무시한 악취가 사위를 뒤덮었지만, 그러한 냄새에도 눈살을 찌푸리는 이는 아무도 없었다. 죽다 살아난 것이나 마찬가지였기에 하나같이 고마움이 담긴 눈빛으로 개왕을 바라본 후 몸을 날렸다.

하지만 강맹한 권강이 떨어졌음에도 불구하고 빈 공간은 이내 사라졌다. 인해 전술을 펼치듯 수많은 탈백강시들이 이내 빈자리를 채웠기 때문이었다.

"흐으음."

그 모습에 개왕이 시커먼 얼굴을 굳혔다.

어마어마한 숫자에 기가 질렸다. 심지어 두려움도 느끼지 않는 강시들이었기에 그의 눈빛은 더더욱 침중해졌다. 단순무식하지만 숫자가 이 정도라면 결코 가볍게 볼 수 없었다.

'술법사를 잡아야 해.'

개왕의 눈빛이 날카로워졌다. 끝이 보이지 않는 탈백강시들도 문제였지만 더 큰 문제는 바로 빙혼강시였다.

빙혼강시의 무서움이야 공동파와 점창파, 화산파, 종남파를 통해 천하 방방곡곡에 알려졌다. 그런 만큼 개왕은 강시들을 상대하는 것보다는 강시를 조종하는 술법사를 처치하는 게 먼저라고 생각했다.

"막아!"

"밀려나지 마!"

"각자의 위치를 사수해!"

개왕이 술법사를 찾는 사이에도 무인들의 악전고투는 계속되었다. 무인들은 끊임없이 밀려드는 탈백강시들을 상대하느라 정신이 없었다. 하지만 그야말로 인해 전술, 물량 공세에 소림사에 집결한 무인들은 좀처럼 힘을 쓰지 못했다.

고수라 할 수 있는 몇몇 무인들이 개왕과 똑같이 술법사를 찾기 위해 몸을 날렸지만, 강시들 사이에서 얼마 버티지 못하고 찢겨 나가거나 온몸이 뜯겨서 절명했다.

'어중간한 고수는 안 돼. 적어도 구파일방이나 오대세가의 수장급은 되어야 마음대로 움직일 수 있다.'

개왕은 더 이상 생각하는 것을 멈추었다. 대신 개방의 절기이자 그가 평생 동안 고련한 파옥권(破玉拳)을 펼쳤다.

하지만 그의 뇌리에는 여전히 한 줄기 의문이 깊게 자리 잡고 있었다. 이 많은 숫자가 숭산에 오를 동안 그 많은 개방도들은 무엇을 하고 있나 의문이 들었던 것이다.

"역시 개왕이라고 해야 하나. 멀리서도 확 눈에 띄는군."

스스스슥!

사방을 향해 파옥권강을 뿌리던 개왕이 갑자기 파고드는 낯선 음성에 고개를 돌렸다. 그러자 탈백강시들이 마치 길을 여는 듯이 좌우로 갈라졌다.

"하나 개왕의 무명도 오늘로써 끝이다."

"추, 춘삼아!"

터벅터벅 걸어오는 백의무복의 거한은 안중에도 없다는 듯이 개왕이 소리쳤다. 왜냐하면 그의 시선이 향하는 곳에, 정확하게는 거한의 손에 들린 더벅머리 수급의 주인이 그의 하나뿐인 제자였기 때문이다. 그리고 그 말은 달리 말하면 개방의 후개가 죽었다는 뜻이기도 했다.

"역시 제자라 그런지 단박에 알아보는군. 근데 개인적으로 실망스러웠어. 개방의 후개라기에 실력이 좀 있을 줄 알았는데, 이거 원. 약해도 이렇게 약할 줄이야."

툭. 데구루루.

철탑을 연상케 하는 팔 척 장신의 거한이 들고 있던 후개의 머리를 던졌다. 정확히 개왕을 향해 뜯어낸 머리를 굴리자 개왕의 두 눈이 격렬하게 흔들렸다.

당장에라도 제자의 수급을 회수하고 싶었지만, 혹시라도 그 틈을 노리고 거한이 공격할 수도 있었기에 개왕은 선뜻 움직일 수가 없었다. 보는 순간 만만치 않은 적임을 그는 본능적으로 느낄 수 있어서였다.

"……누구냐."

"확실히 예전의 개방이 아니긴 한 모양이야. 천하의 개방주가 내 정체를 몰라서 물어볼 줄이야."

"구존이냐?"

이죽거리는 거한을 향해 개왕이 누렇게 썩은 이를 드러내며 으르렁거렸다. 그 기세는 마치 자식을 잃은 어미 호랑이처럼 살벌하기 그지없었다.

"아, 생각해 보니 모를 수도 있겠군. 우리를 본 이들은 대부분 죽었으니까. 용케 도망친 이들이야 아예 대면조차 하지 못할 애송이들일 테니."

"아이들을 죽인 것도 설마 네놈들이냐?"

"맞아. 그래도 눈치는 있는데? 오늘 이 공격을 위해 다른 이도 아닌 우리들이 진짜 발에 땀 나도록 뛰어다녔지. 오로지 이 숭산을 얻기 위해서 말이야."

"망상을 꾸고 있군."

"글쎄. 과연 망상일까? 내가 보기에는 얼마 버티지 못할 것 같은데."

거한이 히죽 웃으며 말했다.

그런데 그의 말이 끝나기 무섭게 사방에서 단말마가 폭발하듯 터져 나왔다. 기하급수적으로 늘어나는 탈백강시와 군데군데 섞여 있는 빙혼강시로 인해 수많은 영걸들이 채 꽃을 피워보지 못하고 주검으로 변했다.

반면에 북해빙궁 측의 피해는 거의 없다시피 했다. 강시들만 보내고 정작 주축이라 할 수 있는 북해빙궁의 무인들은 구경하듯 서 있기만 했기 때문이다.

쫘아아앙!

"중원의 저력을 무시하지 마라."

노도처럼 달려들던 강시들 쪽에서 굉음과 함께 거대한 폭발이 일어났다. 북해빙궁에서 구존이 나선 것처럼 중원 무림 쪽에서도 수장급 무인들이 본격적으로 움직이기 시작했기에.

그리고 그 중심에는 소림무제(少林武帝)와 검왕이라 불리는 제왕검(帝王劍)이 있었다. 소림사와 남궁세가를 넘어 천하를 논하는 거인들이 모습을 드러낸 것이다.

"저력이라. 별로 기대가 안 되는데. 다들 화산검제에 실망한 게 있어서 말이지."

으드득!

거구의 덩치에 어울리지 않게 비아냥거리는 말에 개왕이 이를 갈았다. 동시에 더 이상 참지 않았다. 시간을 끌면 강시들이 있는 북해빙궁에게 유리하기에 서둘러 끝장을 볼 셈이었다.

'춘삼이의 복수도 해야 하고!'

개왕의 두 눈에 시퍼런 살기가 번뜩였다. 가까스로 참고 있었을 뿐이지 그는 진즉에 거한에게 달려들고 싶었다. 다만 주변 정세를 생각해서 지금까지 참고 있었을 뿐이었다.

쫘아아앙!

이윽고 개왕과 거한이 정면으로 격돌했다. 둘 다 전초전 따위는 필요 없다는 듯이 제대로 충돌했다.

화르르륵!

그런데 그때 소림사 경내 곳곳에서 불꽃이 일어났다. 야공을 가르는 불화살과 함께 불꽃이 타오르기 시작했다.

"으음!"

그 모습에 소림사 제자들을 지휘하던 법우 대사가 침음을 흘렸다. 소림사 경내를 가르는 불화살에 다시 한번 사태의 심각성을 깨달을 수 있어서였다. 왜냐하면 화공을 끝끝내 반대했던 게 바로 그였으니까. 하지만 결과적으로 현재 상황은 화공을 써야 할 수밖에 없는 상황이었다.

'비록 이곳이 산속이더라도 말이지.'

화산과 종남산에서 화공을 쓰지 않은 이유는 딱 하나였다. 혹시라도 본산이 불에 탈까 봐 저어해서 사용하지 않은 것이었다. 화공에 익숙하지 않은 것도 한 가지 이유였고.

반면에 지금 이곳에는 화공을 비롯해서 다양한 전술 전략을 사용할 수 있는 존재가 있었다.

"생각이 많은 모양이야. 그런데 놀랍군. 천하의 소림사에서 화공을 사용할 줄이야."

"구존이신가?"

"천라혈존이다. 소림사 방장을 상대하려면 이쪽에서도 나름 급을 맞춰줘야 할 것 같아서 말이지. 그래야 저승길이 안 외롭지 않겠나."

곳곳에서 일어나는 화마에도 법우 대사의 표정은 담담했다.

불은 끄면 되는 것이고 건물은 다시 세우면 되었다. 하지만 소림사의 명예가 떨어지는 것만은 막아야 했다.

"아미타불. 그대로 돌려주겠소이다."

"그래, 다른 곳도 아니고 소림사의 방장인데 그 정도 패기는 있어줘야지. 공동파처럼 쉬우면 너무 재미없잖아?"

"재미로 싸우려는 것이오?"

"겸사겸사지. 설마 싸움 하나만을 가지고 전쟁을 일으켰 겠어?"

"오늘 이 자리에서 모든 것이 결판이 날 것이외다."

후우우웅!

법우 대사의 승복이 거칠게 펄럭였다. 거대한 진기에 승복 이 터질 듯이 부풀어 올랐다.

하지만 그 모습에도 천라혈존은 웃었다. 이 정도는 되어야 상대할 맛이 난다고 생각했기 때문.

"맞아. 우리도 그럴 목적으로 왔거든. 이 전쟁의 종지부를 찍기 위해서."

"커허허헉!"

"아무래도 승기는 우리 쪽으로 기우는 것 같군."

천라혈존이 히죽 웃었다.

반면에 법우 대사의 안색이 해쓱하게 변했다. 지금 비명의 주인공은, 바로 그의 하나뿐인 사형이자 다르게는 소림무제라 불리는 사람이었다.

"비겁한!"

"전쟁에 비겁한 게 어디 있어? 승자와 패자가 있을 뿐이지. 그리고 우린 애초에 정정당당하게 싸운다고 말한 적이 없다."

가슴과 등에서 피를 토하며 뒷걸음질 치는 사형의 모습에 법우 대사의 머릿속이 복잡해졌다. 어쩌면 이라는 불길한 생각이 갑자기 머리에 떠올랐다.

'아직이다. 아직 결정된 것은 아무것도 없다.'

법우 대사가 황급히 머리를 흔들었다. 그러고는 진기를 가일층 끌어 올리며 집중력을 높였다. 협공을 펼치는 것을 마다하지 않는다는 사실을 알았기에 천라혈존뿐만 아니라 주변도 살폈다.

'위기는 곧 기회다. 구존과 빙궁주만 쓰러뜨리면 전쟁은 끝난다.'

법우 대사도 사마륭과 똑같은 생각을 했다. 상황이 좋지 않지만 어떻게 보면 기회일 수도 있다고 말이다.

그러나 그는 몰랐다. 그가 생각하는 걸 북해빙궁 역시 똑같이 생각하고 있다는 것을.

콰콰콰쾅!

그러는 사이 소림사 외원의 고루거각들이 시시각각 무너져 내려갔다.

더불어 시체 역시 빠른 속도로 늘어났다. 원래부터 주검이었던 강시들은 물론이고 무인들 역시 뜨거운 선혈을 흘리며 스러져 갔다.

화창한 날씨와 달리 곤륜산을 오르는 목진자의 표정은 비구름이 잔뜩 낀 하늘처럼 어두침침했다. 한 걸음 한 걸음 올라가기가 너무나 어려웠다.

왠지 모르게 걸음을 옮길수록 점점 더 발이 무거워지는 느낌에 목진자는 자기도 모르게 연거푸 한숨을 내쉬었다.

"장로님."

"난 괜찮다. 그나저나 곤륜파를 찾는 사람들이 많아졌구나."

"사당도 있고, 사원도 개방해서 점점 더 많은 양민들이 곤륜파를 찾는다 합니다."

"허어."

"요즘에는 비무를 신청하는 무인들도 곤륜파를 많이 찾는다고 합니다."

부러움이 하나둘 떠오르는 목진자의 표정을 살피며 백상수가 말을 이었다.

말을 하는 백상수의 얼굴에도 부러운 기색이 떠올라 있었다. 곤륜파는 누가 봐도 빠르게 복구되고 있었기에.

"그런데 장문인이 만나줄까요?"

부러움이 짙게 서린 두 사람의 눈치를 살피며 종혁진이 입을 열었다.

목진자를 보필하기 위해 수행원 자격으로 따라오기는 했지만 벽우진을 만날 수 있을 거라고는 확신할 수 없었다. 특히나 장문인의 성격을 조금은 알고 있었기에 그는 만남에 대해서 회의적이었다.

"노력해 봐야지. 한 번이 안 되면, 두 번, 두 번이 안 되면 세 번이라도 찾아가서 부탁해야지. 지금 우리의 상황을 생각하면."

"상수의 말이 맞다. 지푸라기라도 잡아야 하는 우리의 상황 상 어떻게든 장문인을 만나야 한다. 비가 오고 눈이 오더라도 서서 기다려야 해."

"으음!"

목진자의 단호한 말에 종혁진의 얼굴이 굳어졌다. 곤륜파의 산문에서, 수많은 사람이 오고 가는 그곳에 서서 하염없이 기다려야 하는 자신의 모습을 떠올리자 가슴이 답답해졌다.

하지만 사문의 재건을 위해서는, 본산을 탈환하기 위해서는 곤륜파의 도움을 무조건 받아내야 했다. 곤륜파의 마음만 얻으면 청해성의 지원을 얻는 것이나 마찬가지였다.

'단기간 새에 이만큼이나……'

그 사실을 깨달은 종혁진이 입술을 깨물었다.

정말 말도 안 되는 사이에, 모두가 불가능하다고, 혹은 수십 년이 걸릴 거라고 했던 일을 벽우진은 단 몇 개월 사이에 이룩해 내었다.

그게 너무나 부러웠다. 같은 처지가 되어보니 문파를 재건하는 게, 명문을 다시 일으키는 게 얼마나 어려운지 절실히 깨달을 수 있었다.

'할 수 있을까.'

종혁진의 얼굴에 다시 한번 회의감이 떠올랐다.

곤륜파의 경우만 하더라도 벽우진이라는 걸출한 무인이 나타나기 전까지는 흔하디흔한, 멸문지화를 입은 무문의 길을 걸었다. 다시 재기하기가 불가능할 거라는 평가까지 들었다.

하지만 벽우진의 등장과 함께 곤륜파의 미래 역시 달라졌다. 그 말인즉슨 걸출한 무인만 있다면 공동파도 다시 일어설 수 있다는 뜻이었다.

하나 문제는 벽우진처럼 구심점이 되어줄 절대고수가 공동파에는 현재 없다는 사실이었다.

'장로님이 계시기는 하지만……'

다시 묵묵히 곤륜산을 오르는 목진자의 등을 종혁진이 무거운 눈빛으로 쳐다봤다.

분명 목진자는 구대문파의 일좌를 차지하고 있던 공동파의 장로답게 고수였다. 그러나 벽우진과 비교할 수는 없었다.

'우리에게도 벽 장문인 같은 인물이 하늘에서 뚝 떨어진다면 이렇게 애걸복걸하지 않아도 될 텐데.'

종혁진이 쓴웃음을 머금었다. 그럴 확률이 희박하다는 걸 그 자신이 너무나 잘 알아서였다.

"저기 산문입니다."

"들어가자꾸나."

"예."

머리가 복잡한 종혁진과 달리 무표정한 얼굴로 산을 오르던 백상수가 앞장서서 산문을 향해 뛰어갔다. 목진자가 왔음을 곤륜파의 사람들에게 알리기 위해서였다.

"허어."

한데 백상수가 조심스럽게 말은 건 소년을 본 목진자가 자기도 모르게 눈을 빛냈다. 곤륜파의 제자로 보이는 소년의 자질이 범상치가 않았다. 근골도 근골이지만 상당한 내력을 쌓은 듯한 소년의 모습에 목진자는 감탄이 절로 나왔다.

"왜 그러십니까?"

"저 아이, 대단하구나."

"사형이랑 대화하는 아이요?"

"그래, 쌓은 내공이 상당해. 육신도 더할 나위 없고. 저런 인재를 어디서 구했지?"

목진자가 연신 감탄을 내뱉자 종혁진이 고개를 갸웃거렸다. 확실히 근골은 좋은 편이지만 목진자가 이렇게나 놀랄 정도라고는 생각하지 않아서였다.

그리고 그건 곁에 있던 다른 이들도 마찬가지였다.

"나이에 비해 뛰어난 편인 것 같기는 하지만 장로님께서 감탄하실 정도인가요?"

"적어도 육체에 한해서는 저 아이보다 나은 아이를 지금까지 본 적이 없다."

"허어."

단언하듯 대답하는 목진자의 말에 종혁진은 물론이고 다른 속가제자들도 놀란 표정을 지었다. 설마하니 그 정도일 줄은 몰라서였다.

하지만 놀라는 속가제자들과 달리 목진자의 눈빛은 깊게 가라앉았다. 소년이 쌓은 내력은 결코 일이 년 만에 쌓을 수 있는 수준이 아니었다.

'도대체 어떻게 한 것이지?'

이해가 되지 않는 상황에 목진자가 미간을 좁힐 때 대화를 마친 백상수가 다가왔다.

그런데 그의 얼굴이 방금 전과 달라 밝았다.

"장로님. 접객당으로 안내해 주겠답니다."

"정말이더냐?"

"예, 그런데 이건 제 느낌이긴 한데 마치 저희가 올 걸 알고 있는 눈치였습니다."

"대호방도 있고, 백운산장과 청하상단도 있지 않더냐. 예상하는 건 어렵지 않지. 그보다 중요한 건 장문인께서 우리를 만나주시겠다는 것이냐?"

"일단 안내는 해주겠다고 했습니다."

백상수의 시선이 십 대로 보이는 소년에게로 향했다. 그 부분에 대해서는 소년도 확답을 하지 않아서였다.

"가자. 그래도 문전 박대는 안 당하지 않았더냐."

"예."

목진자는 긍정적으로 생각했다. 문전 박대까지 생각했던 그였기에 일단 산문을 넘었다는 사실에 의의를 두었던 것이다.

동시에 그는 벽우진을 설득할 방법들을 다시 한번 정리했다.

"저를 따라오시지요."

목진자가 결정을 내렸을 때 양일우가 공손하게 입을 열고는 몸을 돌렸다.

이윽고 목진자를 위시로 속가제자들이 양일우의 뒤를 따랐다.

　　　　　　　　○

또르륵.

양일우의 안내로 접객당에 도착한 목진자는 조용히 차를 따랐다. 그러나 접객당 그 어디에서도 벽우진의 모습은 보이지 않았다. 안내했던 양일우 역시 인사와 함께 나간 뒤 소식이 없었다.

"기를 죽이려는 것일까요?"

"그럴 수도 있겠지. 아니면 업무 때문에 지연되는 것일 수도 있고."

"제가 생각하기에는 전자 같습니다. 만약 후자 때문이라면 미리 언질을 해줄 수도 있지 않습니까?"

"굳이 그렇게 삐딱하게 생각할 필요는 없다. 혁진이 너도 알다시피 곤륜파는 지금 한창 바쁜 시기이지 않더냐. 북해빙궁의 상황도 신경 써야 하고."

목진자가 종혁진을 다독였다.

설사 이 기다림이 진짜 자신들의 기를 죽이려는 행위일 지라도 지금은 그저 감내할 수밖에 없었다. 아쉬운 쪽은 곤륜파가 아니라 자신들이었으니까.

달칵.

일각(대략 15분)의 시간이 흘렀을 때 문밖에서 인기척이 들렸다. 그리고 문이 열리며 낡은 도복을 입은 한 명이 접객당에 모습을 드러냈다.

그 인물을 본 백상수와 종혁진이 자리에서 벌떡 일어났다.

"자, 장문인을 뵙습니다."

"오랜만입니다, 장문인."

"어, 그래."

절도 있는 두 사람의 포권지례에도 벽우진은 심드렁하게 대답했다. 그러고는 자연스럽게 상석에 가서 앉았다.

"처음 뵙겠습니다. 공동의 목진자라고 합니다."

"그래, 나를 보자고 했다고."

나이로 따져도, 배분으로 따져도 자신이 높았기에 벽우진은 대뜸 말을 놓았다. 그러나 목진자는 전혀 기분 나쁜 기색을 띠지 않았다. 목진자 역시 보기와 달리 벽우진의 나이가 많다는 것을 알고 있어서였다. 게다가 일개 장로인 그와는 다르게 벽우진은 일파의 장문인이었다.

"예, 장문인."

"왜 찾아왔는지 짐작은 가지만 그래도 묻기는 해야겠지."

"우선 감사하단 말을 하고 싶습니다. 사실 저희는 문전 박대까지 각오했습니다. 본 파가 저지른 잘못을 생각하면 문전 박대를 당해도 할 말이 없다고 생각하니까요."

"고마워할 필요 없다. 난 그저 똑같은 놈이 되고 싶지 않았을 뿐이니까."

벽우진이 의자에 삐딱하게 앉으며 말했다.

사실 문전 박대할 수도 있었다. 하지만 그렇다고 한들 달라지는 것은 없었다. 선대가 저지른 죗값을 공동파는 이미 충분히 치르고 있었으니까.

"죄송합니다, 장문인."

"네가 사과할 문제가 아니다."

"그러나 저희가 감당하고 감내해야 할 문제입니다."

"이제 와서 그렇게 말해봤자 달라지는 것은 없다. 정 사과를 하려면 전대 공동파의 장문인이나 장로들을 데려와. 내 앞에."

싸늘하기 짝이 없는 벽우진의 말에 목진자를 비롯한 공동파의 제자들이 마른침을 삼켰다. 지금의 말이 결코 허언처럼 들리지 않아서였다. 동시에 머릿속에 하나의 장면이 떠올랐다. 살아 있다면 멱살부터 잡았을 것 같은 벽우진의 모습이 말이다.

"그, 그건……."

"사과는 그들이 해야 하는 것이다. 그리고 이건 구파일방, 오대세가 다 마찬가지야. 아, 당가는 빼고."

"으음!"

목진자가 무거운 침음을 흘렸다. 기세를 보니 결코 허튼 소리가 아니었다.

하지만 그렇다고 당황하지는 않았다. 이 정도는 충분히 예상했던 상황이었으니까.

"그리고 미리 말해두는데, 내 대답은 거절이다. 우린 여유가 없어."

"장문인."

단칼에 거절부터 하는 벽우진의 모습에 목진자가 다급하게 입을 열었다.

그러나 놀란 기색은 없었다.

"처지가 좋지 않다는 것은 알아. 그러나 안타깝게도 우리 역시 앞가림하기 급급한 상태라."

"조금만, 조금만 힘을 보태주시면 안 되겠습니까? 물론 이렇게 부탁하는 것이 얼마나 염치없는 짓인지 잘 알고 있습니다. 그렇기에 제가 말씀드리겠습니다. 본산을 탈환하는 일을 도와주신다면 본 파는 그 어떤 일이라도 곤륜파를 지지하겠습니다. 저 역시 평생의 은인으로 장문인을 모시겠습니다."

목진자가 간곡한 어조로 말했다. 심지어 그는 당장 무릎이라도 꿇을 것처럼 자리에서 일어나 몸을 움츠렸다.

하지만 그 모습에도 벽우진의 표정은 여전히 시큰둥했다.

"아까도 말했다시피 이제 와 아쉬워서 그러는 거잖아. 당장 도움이 필요하니까."

"부정하지 않겠습니다. 하지만 달리 말하면 그 정도로 절박하다는 뜻이기도 합니다, 장문인."

"우리도 절박해. 당장 내일 본 파가 무너지지는 않을까. 북해빙궁이 기습을 하지는 않을까 밤마다 전전긍긍하고 있다고."

벽우진이 몸을 부르르 떨며 손톱을 씹었다.

하지만 그 말을 곧이곧대로 믿는 이는 아무도 없었다.

"제발 한 번만 도와주십시오, 장문인."

"왜 나한테 그래. 구파일방이나 오대세가를 찾아가라고. 나한테 와서 그러지 말고."

벽우진이 앉은 채로 손을 크게 휘저었다.

마치 날벌레를 쫓아내듯이 건성으로 흔드는 모습에 백상수를 비롯한 속가제자들의 얼굴이 굳어졌다. 하지만 차마 그걸 따지지는 못했다.

"아시겠지만 중원의 상황이 좋지 않습니다. 저 역시 지원을 요청했지만, 상황이 상황인지라 힘들다는 답변만 받았습니다."

"이제는 불가능할 거야. 현재 숭산이 불바다가 되었거든."

"예?"

목진자는 물론이고 조용히 앉아 있던 속자제자들 전부 멍한 표정을 지었다. 순간적으로 무슨 말인지 이해하지 못했던 것이다.

"뭐, 불을 지른 것은 북해빙궁이 아니라 사마세가지만. 그래도 외원을 잃은 대신에 북해빙궁의 1차 공격을 막아냈으니 손해는 아니지. 다만 급한 불만 끈 상태라는 게 문제지."

"그, 그게 무슨 말씀이십니까?"

목진자가 당혹감이 가득한 표정으로 물었다. 숭산이 불바다가 되었다는 말이 믿기지가 않았다. 게다가 북해빙궁이라니? 그로서는 하나같이 처음 듣는 말이었다.

"어젯밤 북해빙궁의 주축이 소림사를 습격했어. 야밤에 기습 공격을 펼쳤지. 그로 인해 소림사에 모여 있던 전력의 반이 날아갔고."

"그, 그게 무슨……."

"거짓말 같으면 한번 직접 알아봐. 어차피 곧 알려질 소문이니."

"정말입니까?"

"내가 너한테 거짓말해서 뭐 해? 내게 뭔 이득이 있다고?"

목진자가 작게 고개를 주억거렸다.

확실히 벽우진이 거짓말을 할 이유는 없었다. 하지만 사실임이 분명할 텐데도 목진자는 좀처럼 믿기지가 않았다.

소림사가 어떤 곳이던가. 중원무림의 정신적 지주이기도 하지만 수백 년 동안 고고히 제자리를 지켜왔던 대문파가 소림사였다.

그런데 그 소림사가, 심지어 남궁세가를 비롯한 명문대파들이 집결해 있는데도 불구하고 반이 날아갔다고 하자 목진자는 믿을 수가 없었다.

'그런데 이 정보를 어떻게 알고 있는 거지? 청하상단과 비호표국 말고는 딱히 알 수 있는 방법이 없을 텐데?'

목진자가 의문스러운 눈빛으로 벽우진을 쳐다봤다.

근래 들어 청하상단과 비호표국이 무서운 기세로 성장하며 청해성을 주름 잡고 있다 하나, 그래 봤자 한 개 성 안에서 만이었다. 중원 전체로 보면 두 곳의 영향력은 극히 미비했다. 또한 정보력이 뛰어나다고 볼 수도 없었고.

'사천당가인가? 하지만 그렇다고 보기에는 거리가 너무 떨어져 있는데.'

대외적으로 사천당가가 유일하게 우호적인 곳이 곤륜파였다. 하나 사천당가는 독과 암기, 기관 쪽이 유명하지 정보력은 다른 곳과 별반 차이가 없었다.

물론 사천성에서는 어마어마한 영향력을 발휘하지만, 그것도 봉문 전의 이야기지 지금은 아직 그 정도까지 회복한 상태는 아니었다.

'혹시 다른 곳과도 손을 잡은 건가?'

상황이 상황이니만큼 목진자의 머리가 팽팽 회전했다.

지금의 정보는 어떻게 보면 벽우진이 돌려 말한 것이나 마찬가지였다. 곤륜파는 무력뿐만 아니라 정보력도 갖추었다고 말이다.

"그러니 차라리 섬서성으로 가 봐. 같은 처지끼리 뭉치면 좀 낫지 않겠어?"

"저희가 어떻게 하면 되겠습니까?"

"할 거 없다니까. 그냥 나는 내 갈 길 가고, 너희는 너희 갈 길 가면 되는 거야. 어차피 인생은 혼자 왔다가 혼자 가는 거잖아? 그러니 우리는 각자 갈 길 가자고."

"장문인."

"내가 허락하는 건 여기까지야. 더 이상 선을 넘지 말라고. 이 이상은 나도 참지 않을 거니까."

느물느물거렸던 벽우진의 분위기가 달라졌다. 언제 농담을 했냐는 듯이 그의 전신에서 삼엄한 기세가 뿜어져 나오며 좌중을 압도했다.

"자, 장문인. 제발 다시 한번만……."

"난 더 이상 할 말 없으니 이제 그만 나가보도록."

"후우……."

단호한 벽우진의 축객령에 목진자는 결국 몸을 돌릴 수밖에 없었다. 더 있어 봤자 달라질 것 같지 않아서였다.

일말의 동정심도 담겨 있지 않은 투명한 눈빛에 목진자는 이내 속가제자들을 이끌고서 접객당을 나섰다.

그러나 누구 하나 산문으로 걸어가는 그들을 불쌍하다 생각하지 않았다. 이 모든 게 자업자득이었으니까.

··· 제5장 ···
내 구역이다

"어때? 기분은."

"시원하기도 하고 불쌍하기도 하고. 복잡하네요. 그냥 소식으로 들었을 때는 통쾌하다고 생각했는데 막상 저 꼴을 보니 옛날이 떠오릅니다."

"네가 혼자 사문을 지키고 있을 때?"

"예."

문이 열리며 청민이 모습을 드러냈다. 옆방에 있던 그가 벽 우진이 있는 방으로 들어왔던 것이다.

"그래도 인원이 있으니 다시 일어서겠지. 우리 때와는 상황이 좀 다르잖아?"

"훨씬 낫죠. 제가 있었을 때는 여기 전체가 다 불탔으니까요. 무공서고 따위는 관심도 없다는 듯이 다 불태웠고요. 하지만 적어도 본 파는 구걸을 하지는 않았습니다."

"그거야 고리타분한 고집 때문이지. 막말로 무인보다는 도인에 가까웠던 분들이니까."

"그러면서도 신의와 협심을 지니고 계셨죠."

청민이 자부심이 가득한 표정으로 말했다. 그의 기억에 남아 있는 어른들은 너무나 멋지고 의로운 이들이었기 때문이다. 동시에 닮고 싶은 이들이기도 했고.

"그건 인정. 내가 그래서 많이 고민한 거 아냐. 내 성격상 그렇게 사는 건 불가능하니까."

"저는 지금도 나쁘지 않다고 생각합니다. 너무 퍼주기만 하면 호구가 되니까요."

"준 것 이상 받아내야지. 그래서 내가 열심히 작업 치고 있는 거 아냐."

"피독주 말인가요?"

"물건도 물건이지만 중요한 것은 사람이지. 자고로 인재는 많아서 나쁠 게 없어. 내가 요즘에 새삼 그 말을 절감하고 있잖아."

곤륜파가 성장하는 만큼 벽우진의 할 일 역시 비례해서 늘어났다. 장문인인 만큼 그가 결정해야 할 일들이 수두룩했던 것이다. 물론 서예지가 도와준다고 하지만 그럼에도 현재 곤륜파에는 사람이 부족했다.

"요즘 사람이 부족한 것 같기는 하더라고요. 인력을 뽑고 있기는 한데 중요한 건 믿을 수 있는 사람이냐는 것이죠."

"너도 아직 제 몫을 다 못하고 있고."

"대신 대벽검(大壁劍)이라는 별호를 얻지 않았습니까."

"무인으로서는 한참 멀었어. 장로로서의 업무 능력 역시 기준 이하고."

"크흠!"

통렬한 지적에 청민이 헛기침을 하며 고개를 돌렸다. 차마 아니라고 반박할 수가 없어서였다.

"뭐, 그래도 아직은 버틸 만해. 재미있기도 하고. 언제 또 이런 업무를 보겠어?"

"슬슬 준비를 해야 하지 않겠습니까? 사형의 말씀대로 최악의 상황이 벌어질 수도 있으니까요."

"넌 안 믿었잖아?"

"설마하니 이렇게 쉽게 밀릴 줄은 몰랐죠."

청민이 멋쩍게 웃었다.

사실 그는 중원무림이 이렇게나 밀릴 줄은 꿈에도 예상하지 못했다. 북해빙궁과 오독문이 세외의 패자라고 하나 그렇다고 중원 전체를 상대할 저력을 지니고 있을 거라고는 생각하지 못해서였다.

그런데 두 문파는 단독으로 중원무림을 상대하기보다는 서로 손을 잡고 침공해 왔다. 그 결과 지금의 모습이었고.

물론 청민이 보기에 중원무림이 북해빙궁과 오독문을 과소평가한 것도 없지 않아 있었다.

'역사적으로 늘 막아왔으니 이번에도 어렵지 않을 거라고 생각했을 수도 있고.'

어찌 보면 안일한 생각이었지만 그렇다고 너무 방심했다고도 볼 수 없는 게 단순히 숫자만 비교하더라도 북해빙궁과 오독문은 중원무림과 같은 선상에 놓을 수 없었다.

그런데 이 결과가 나온 것은 두 곳이 과거와 달리 손을 잡았고, 강시라는 막강한 패를 쥔 덕분이었다. 만약 그 두 요소가 없었다면 중원무림이 이렇게까지 밀리지는 않았을 터였다.

"세상에 절대적인 것은 없어. 늘 변수와 예외 그리고 기적이 난무하지. 그것을 너무 맹신해서도 안 되지만, 너무 배척해서도 안 된다."

"저는 사형만 믿고 있습니다."

"나보다는 너 자신을 믿을 수 있도록 노력했으면 좋겠는데 말이지."

"정말 복안이 있는 것이죠?"

"말했잖아. 이것저것 준비 중이라고. 전체적인 전력이 우리가 열세인 것은 분명하니까. 당가 역시 오독문을 막기 급급할 테고."

벽우진이 어깨를 으쓱거리며 대답했다.

남들이 보기에는 집무실에 처박혀 업무만 보는 것처럼 보이겠지만 실상은 달랐다. 그는 할 일을 다 하면서도 준비 역시 차곡차곡 진행 중이었다.

"강남의 상황도 썩 좋지 않다고 합니다."

"그래도 숭산보다는 낫잖아?"

"사형은 어찌 되리라 보십니까?"

"무너질 수도 있지. 말했다시피 이 세상에 절대적인 것은 없으니까. 어쩌면 역사 이래 최초로 소림사가 숭산을 포기할지도 모르고."

청민의 표정이 심각해졌다.

이제는 벽우진의 말이 허투루 들리지 않았다. 또한, 막연하게 그럴 리 없다고 생각하는 것만큼 위험한 것도 없다는 걸 깨달았기에 청민은 모든 가능성을 열어두었다.

"만약 그렇게 된다면, 중원은 정말 큰 충격에 빠질 겁니다."

"이미 충격에 빠져 있어. 정마대전 때에는 우리랑 당가만 죽을 둥 살 둥 했지만 지금 봐. 공동, 점창, 화산, 종남이 무너졌어. 하북팽가 역시 초반에 멸문지화를 입었고. 하지만 이것 역시 자연의 이치지. 약하면 도태되고 사라지는 거야. 대신 새롭게 부상한 강자가 그 빈자리를 차지하고. 우리와 형산파가 바로 그 예 중 하나지."

"우리에게 기회일 수도 있겠군요."

"그렇게 볼 수도 있지. 하지만 굳이 구대문파, 구파일방에 속해 있는 게 좋은 걸까? 난 꼭 그래야 한다고는 생각이 들지 않더라고. 구파일방의 곤륜파보다, 그냥 무림의 곤륜파가 더 멋있지 않아?"

벽우진이 씩 웃었다. 그 미소에는 자신감이 듬뿍 담겨 있었다. 마치 반드시 그렇게 되리라고 확신하는 것처럼.

"꼭 멋이 중요합니까?"

"당연하지. 구질구질한 것보다는 그래도 멋있는 게 좋잖아?

도인이라고 해서 늘 낡은 도복에 원시천존만 찾을 필요는 없지. 시끌벅적하고 친근하며 막강한 도인들이 있는 문파로 인식을 쇄신하는 것도 나쁘지 않다고 생각하는데."

"젊은 문파라. 확실히 지금의 아이들이 제대로 성장한다면, 그렇게 될 수도 있을 것 같습니다."

"우리에게 주어진 시간은 이제 4년 남짓이야. 이게 무슨 말인지 알지?"

호법들과 언약한 기간은 정확히 5년이었다.

물론 그 후에도 남고 싶다면 곤륜파에 남아도 상관없지만 벽우진이 생각하기에 그럴 가능성은 희박했다. 결국에는 제자리로 돌아가는 게 사람이었으니까.

다만 한 가닥 기대할 것은 바로 정이었다. 함께 보낸 시간만큼 정이라는 이름의 끈이 점점 더 굵어질 터였다.

"그때까지 호법님들만큼 강해지겠습니다. 적어도 한 분 몫은 할 수 있을 정도로요."

"그것만으로는 부족해. 제자들도 가르쳐야지. 본산제자는 물론 속가제자들도. 아마 그리 오랜 시간이 걸리지는 않을 거야."

벽우진의 시선이 푸른 하늘로 향했다. 새하얀 구름이 유유히 떠다니고 있는 하늘로.

"근데 사형."

"왜?"

"정말 자신 있으신 거죠?"

"무림의 전쟁은 국가의 전쟁과는 조금 달라. 그러니 넌 네 할 일만 제대로 수행하면 된다. 다른 아이들 역시 마찬가지고."

벽우진이 평소에 보기 힘든 믿음직스러운 표정을 지으며 청민의 어깨를 다독였다.

청민은 신기하게도 그 모습을 보니 점점 더 커져가던 걱정이 안개처럼 흩어지는 걸 느꼈다.

'만약 패배한다고 하더라도 다시 시작하면 된다. 죽지만 않으면 다시 일어설 수 있어.'

한 번 무너져 봐서일까. 아니면 끝없는 절망을 느껴봐서일까. 청민은 갑자기 마음이 편안해졌다. 방금 전까지만 해도 온갖 걱정들과 두려움들이 머릿속을 가득 채웠었는데 생각을 달리하자 마음이 평온해졌다.

"마지막까지 사형을 보필하겠습니다."

"아니, 너 죽을 때까지는 내가 널 지킬 것이다. 또한 곤륜파와 곤륜산을 지킬 것이고. 그게 내 사명이자 천명이니까."

어릴 때 해주던 것처럼 벽우진이 청민의 머리를 쓰다듬어 주었다.

그러나 벽우진은 몰랐다. 양팔에 걸려 있는 일월쌍환이 지금 이 순간 미약한 빛을 발했다는 사실을 말이다.

북해빙궁과 오독문으로 인해 일어난 전란을 피해 청해성으로 이동한 설향은 임시적으로 서녕에 있는 분타를 본부처럼 활용했다. 그녀가 생각하기에는 사천성의 성도보다 이곳이 더 안전하다고 생각해서였다.

물론 본부에 있을 때보다 지시 사항이나 명령이 조금 늦게 하달되겠지만 그렇다고 해서 그 차이가 큰 것은 아니었다. 그리고 진짜 중요한 것은 그게 아니었고.

"참 신기하단 말이지."

"북해빙궁이요?"

"짧게는 수십 년, 길게는 수백 년을 준비했을 게 분명해. 그게 아니라면 저 정도의 물량이 말이 되지 않아. 게다가 탈백강시가 빙혼강시에 비해 턱없이 약하다고 하나 그래도 저 많은 숫자의 강시를 만들려면 재룟값만 하더라도 엄청날 게야. 그런데도 북해빙궁은 그것을 가능케 했지."

"곧 한계가 오지 않을까 싶습니다. 어쩌면 그렇기에 소림사를 노린 것일 수도 있다고 생각해요."

직접 보지는 못했지만 숭산에서 얼마나 많은 숫자의 탈백강시들이 나타났는지는 보고를 받아서 알았다. 그리고 막판에 그것들이 어떻게 사용되었는지도.

"그럴 테지. 아무리 축적한 재화가 많더라도 한계가 없을 수는 없으니까. 더구나 다른 곳도 아니고 그 척박한 동토의 북해이니."

"속전속결로 끝을 보려는 것이 아닐까 생각합니다."

"점령한 성들에서 끌어모은 재화도 상당할 것이야. 그러니 그 부분도 간과해서는 안 되지."

"계속 주시하겠습니다."

옥쇄를 각오한 것처럼 싸우고 있다는 소식 이후 새로운 정보는 없었다. 둘 다 피해가 엄청났던 만큼 일시적인 고착화 상태에 빠진 것이다.

하지만 이런 상황은 오래 가지 않을 터. 전력을 추스른 후 2차전이 벌어질 게 자명했다.

"그나저나 이해가 가지 않는단 말이지. 도대체 무슨 수를 썼기에 그렇게 빨리 강해진 거지?"

"대벽검 청민 장로를 말씀하시는 건가요?"

"그도 그렇고, 얼마 전에 들어온 곤륜파의 제자들. 특히 청해일미. 서예지는 내공심법을 익히기는 했지만, 정식으로 무공에 입문한 건 얼마 되지 않았어. 그런데 파악한 바에 의하면 최소 초일류 이상이야."

"그 정도나요?"

양선이 놀란 표정을 지었다.

주안술을 주력으로 익히고 있다 하나 그녀 역시 무인이었다. 비록 경지는 높지 않았어도 웬만한 이류무사는 가지고 놀 정도는 되었다.

한데 열여덟밖에 되지 않은, 그것도 정식으로 무공에 입문한지 얼마 되지 않은 서예지의 무경이 자신을 가뿐히 뛰어넘는다고 하자 믿기지가 않았다.

"나도 놀랐어. 범상치 않은 인물이라고 생각하기는 했지만.

특히 비밀이 너무 많아. 알려진 것이 빙산의 일각이 아닐까 싶을 정도로."

톡톡톡.

설향이 손가락으로 탁자를 두드렸다. 그녀가 깊은 상념에 빠질 때마다 습관적으로 하는 행동이었다. 하지만 추측을 하려고 해도 알아낸 정보가 너무 적었다.

'장문인은 물론이고 호법들의 무공 수위 역시 제대로 알려지지 않았지. 대충 절정 이상이라고만 짐작할 수 있을 뿐.'

상대했던 모든 이들이 대부분 죽었다. 그나마 살아남은 이가 대호방의 부방주였기에 최소 부방주 이상이지 않을까 짐작하는 게 전부였다.

"확실히 비밀이 많긴 해요. 신비로운 분위기는 절대 아니지만요."

"그게 더 무서워. 종잡을 수가 없는 성격이니까. 게다가 다른 제자들도 크고 작은 변화가 있었어. 단순히 무재가 뛰어나다고 해서 가능한 수준이 아냐. 그렇다고 그 나이에 벌모세수를 해줬을 리는 없을 테고. 낭비이기도 하지만 그럴 만한 여력이 없지. 멸문 직후라면 모를까 지금의 곤륜파는 아직 수익이 크게 들어오는 수준이 아니니까."

"사천당가 쪽을 파보는 게 어떨까요? 단순히 친분 때문에 사천당가의 기술자들이 성도를 벗어나 곤륜산까지 올 리는 없으니까요."

"천하의 그 사천당가를 상대로 말이냐? 그 고집쟁이들에게서?

당가타도 거우거우 들어가는 상황인데."

설향이 고개를 저었다.

어떻게 보면 하오문보다 더 폐쇄적인 집단이 사천당가였다. 그런 만큼 사천당가를 들쑤시는 건 제아무리 하오문이라도 부담스러웠다.

"분명 무언가가 있는 것 같기는 해요."

"그러니까. 혹시 영초라도 구했나? 영물을 잡았다던가."

"영초나 영단은 씨가 말랐잖아요. 공청석유는 이제는 전설이 되어버렸고요."

"진짜 연단가도 없지. 죄다 사기꾼들만 있으니."

양선이 살짝 부끄러운 표정을 지었다. 그 사기꾼들의 대부분이 바로 하오문 소속이었기 때문이다.

반면에 설향은 여전히 알 수 없는 표정으로 고개를 저었다.

"그렇다고 직접적으로 물어볼 수도 없으니."

"물어볼 수는 있지. 눈치껏. 다만 대답해 주느냐 안 해주느냐가 문제지."

"의외로 말해줄 수도 있을 것 같기는 한데……."

"글쎄다. 내가 보기에는 역정부터 낼 것 같은데. 자기 사람에 대한 애착이 보기보다 심한 사람이라. 그리고 우리는 아직 그 정도까지 관계 진척이 되지는 않았고."

설향은 상황을 냉정하게 주시했다. 좋은 관계를 유지하고 있지만 그렇다고 아예 끈끈한 사이는 아니었다. 서로 언제라도 등을 돌릴 수 있는 사이. 이게 가장 정확한 표현이었다.

"일단 알아볼 수 있는 데까지는 알아보겠습니다."

"그래, 수고해다오. 어쩌면 이번 비밀로 인해 우리도 한 단계 더 도약할 수 있을지 모르니까."

설향은 본능적으로 촉이 왔다. 곤륜파에 무엇인지는 모르지만 대단한 비밀이 있다는 촉 말이다. 그렇기에 반드시 알아내고 싶었다. 아니면 벽우진과 더 가까운 사이가 되거나.

"최선을 다해보겠습니다."

"나가 보거라."

"예."

양선이 공손히 인사한 후 방을 나서자 이내 고요한 적막이 가라앉았다.

그러나 설향은 그 적막감을 즐겼다. 홀로 조용히 생각을 정리할 수 있어서였다.

"시기가 멀지 않은 듯해. 결단을 내려야 할 시기가."

만약 소림이 무너진다면 균형의 추는 더욱더 기울어질 것이다. 그리고 지금의 상황을 보면 절대 불가능한 일도 아니었고.

때문에 설향은 최악의 상황도 떠올렸다.

"복속이냐, 저항이냐를 고를 때가 오겠지. 안 오면 좋겠지만……"

설향의 시선이 곤륜산이 있는 방향으로 향했다. 물론 서녕에서 곤륜산이 보일 리 없었지만 그럼에도 그녀의 눈에는 곤륜산이 떠올라 있었다.

"한 사람이 천하를 지배할 수도 있는 게 무림이기도 하지."

역사적으로 천하제일인이라 불린 인물은 의외로 그리 많지 않았다. 세상에 강자는 많고 은거고수 역시 모래알처럼 많아서였다.

하지만 천하제일인이라 인정받는 이가 나타났을 때는 정말 전 중원이 평정되고, 모든 무인이 단 한 명을 우러러봤다.

"그럴 리는 없겠지."

고개를 저은 설향이 다탁을 두어 번 두드렸다. 그러자 문밖에서 대기하고 있던 수하들이 한 아름이나 되는 보고서들을 그녀 앞에 내려놓았다.

설향은 잠시 동안의 상념을 끝내고 다시 업무를 시작했다.

늘 그렇듯이 벽우진은 의자에 비스듬히 눕듯이 앉아 하오문에서 보내온 서신을 읽어 내려갔다.

서신이라기보다는 보고서에 더 가까울 정도로 양도 많고 내용도 다양했지만 벽우진은 지겨워하지 않고 천천히 읽었다. 집무실에서 세상 굴러가는 소식을 보는 것도 의외로 쏠쏠한 재미가 있었다.

게다가 서신에 중점적으로 적힌 내용이 바로 현재 숭산의 상황이었다. 거리가 거리인 만큼 실시간은 아니지만 그래도 하오문의 역량을 생각하면 시차가 길어야 하루 정도일 터였다.

"강시벽력탄이라. 이건 생각지도 못한 방법인데."

탈백강시가 일제히 폭발하며 무인들을 쓸어버렸다는 말에 벽우진은 고개를 절레절레 저었다. 상상하는 것만으로도 더럽고 끔찍했다. 더불어 주검을, 무인을 모욕하는 것 같아 기분이 좋지 않았다.

"그렇기에 마지막의 마지막까지 아껴둔 것이겠지."

일반 양민이 아닌 무인들로 만들어진 탈백강시는 생전에 지니고 있던 능력에 따라 폭발력이 다르다고 설명되어 있는 것을 보며, 벽우진은 다시 한번 북해빙궁의 강시술이 상당한 수준임을 파악할 수 있었다.

그렇다고 그들의 방식을 동조하거나 이해하지는 않았다. 어찌 됐든 정당한 방법은 아니었으니까.

"어쨌든 숭산이 날아갔단 말이지. 방장과 백팔나한, 팔대호법이 같이 옥쇄하고 생존자들은 두 무리로 나뉘어서 남쪽과 동쪽으로 향했다라."

벽우진이 의외라는 표정을 지었다.

무너질 수도 있다고 생각하기는 했지만 실제로 벌어질 가능성은 희박하다고 여겼었다. 그런데 북해빙궁은 그 일을 진짜로 해냈다. 소림사를 밀어내고 숭산을 차지했다.

"동쪽으로 향하는 이들은 남궁세가겠군. 안휘성이 동쪽에 있으니. 소림사와 나머지 무문들은 무당으로 향했을 테고."

짐작한 그대로 이어지는 보고서의 내용에 벽우진은 고개를 주억거렸다.

그때 문밖에서 인기척이 났다.

“사형, 접니다.”

“저도 왔습니다, 사부님.”

“들어와.”

벽우진의 허락에 문이 열리며 청민과 서예지가 모습을 드러냈다.

그런 둘의 등장에 벽우진은 여전히 앉은 채로 의자를 향해 손짓만 했다.

“나중에 다시 올까요?”

“그럴 필요까지야. 어차피 너희들도 알아야 하는 내용들인데. 여기까지 봐봐. 난 거기까지 봤으니까. 보고는 이걸 다 본 이후에 하자고.”

“예.”

자신이 본 것까지를 벽우진이 청민에게 넘겼다.

내용을 본 청민의 표정이 시시각각 변했다. 상황이 하필이면 최악으로 치닫고 있었다.

“왜 그러세요?”

“읽어보거라.”

“으음!”

심각해지는 청민의 표정에 조심스럽게 물었던 서예지가 이내 서신을 건네받고는 침음을 흘렸다.

소림사가 숭산을 빼앗겼다는 말에, 방장이 죽고 소림제일고수이자 삼제(三帝)의 일인인 소림무제가 치명상을 입고 남쪽으로 도주 중이라고 하자 믿기지가 않았던 것이다.

그리고 그건 삼왕칠성의 상황도 크게 다르지 않았다. 오히려 사분오열되어 더욱 위험한 상황이었다.

"진짜 소림사가 무너질 줄이야……."

"방심한 대가지. 아마 곧 무림맹을 결성하지 않을까 싶다. 근데 우리는 게네들 걱정할 때가 아냐."

"혹시?"

"어느 정도 정리가 되면 이곳으로 올 가능성이 높아. 정확하게는 우리를 노리고서 말이지."

강호의 모든 문파가 원한을 잊지 않는 건 똑같았다.

곤륜파만 하더라도 과거의 배신을 이유 삼아 구파일방과 오대세가를 철저히 외면하지 않았던가. 북해빙궁 역시 빙화파산존의 죽음을 빌미로 들어 청해성을 공격해 올 것이었다.

"다들 대비는 하고 있습니다. 또한 호법님들 역시 훈련에 박차를 가하고 있고요."

"필교는?"

"밤낮을 가리지 않고 작업 중입니다. 몸에 무리가 가지 않을까 걱정이 될 정도로요."

"걱정은 안 해도 돼. 엄청 튼튼해졌을 테니까."

다른 이도 아니고 그가 직접 비천단을 소화시키도록 도와주었다. 게다가 다른 당가의 식솔들과 달리 훨씬 더 꼼꼼하게 신경 써주었기에 단순히 몸 상태만 보면 청민과 다를 바가 없었다.

"역시 선견지명이 있으십니다."

"선견지명은 무슨. 조금이라도 피해를 줄이고자 어떻게든 잔머리를 굴린 거지. 그리고 이렇게 전심전력으로 도와줄 줄은 나도 몰랐고. 사람 마음이라는 게 얼마나 간사한지 잘 알잖아? 늘 자기중심적으로 생각하는 게 인간이니까."

"저는 아깝지 않은 투자라고 생각합니다."

"그래도 준비는 철저히 해야 해. 절대 방심하면 안 된다. 북해빙궁은 중원의 절반을 차지한 곳이야. 피해가 크긴 하지만 강시들의 존재를 잊어선 안 돼."

"저뿐만 아니라 다들 명심하고 있습니다. 호법님들도 긴장을 풀지 않은 상태고요."

"그렇다면 다행이고."

벽우진이 흡족한 표정을 지으며 서신과 함께 보내진 아홉 장의 용모파기를 확인했다. 하오문이 목숨을 걸고 알아낸 구존의 얼굴들이었다.

"아, 사형께 보고드릴 게 있습니다."

"말해. 귀는 열려 있으니."

"청하상단과 비호표국을 통해서 사형께 이런저런 초대장이 많이 옵니다."

"초대장?"

빙화파산존을 제외한 구존의 얼굴과 지금까지 알아낸 특징에 대해 정독하던 벽우진이 고개를 들었다. 난데없이 초대장이 왔다고 하자 의아했던 것이다.

"예, 지역 유지부터 새로이 탄생한 무문들. 그리고 청해표국

연합과 상단연합에서도 자리를 한번 갖고 싶어 하는 것 같습니다."

"속내가 너무 훤히 보이는데."

"지역 유지들 같은 경우는 선대와 알게 모르게 연이 닿아 있으니 가보시는 것도 나쁘지 않다고 생각합니다."

"돈 구해오라 이거지?"

청민이 허허 웃었다. 대답은 없었지만, 의미는 충분했다.

비호표국과 청하상단이 빠르게 커지고 있다고 하나 아무래도 성장과 함께 투자도 하는 만큼 실질적으로 곤륜파에 들어오는 금액은 그리 많지 않았다. 다다익선이라는 말처럼 돈은 많아서 나쁠 것이 없었고.

"얼굴 정도는 익혀도 되지 않겠습니까. 정 불편하시면 제가 청범과 함께 다녀오겠습니다. 사형만큼은 아니지만, 저도 곤륜파의 장로이지 않습니까."

"뭐, 그것도 괜찮지. 네 얼굴도 알릴 겸. 이제는 일개 무인이 아니라 대벽검이라 불리니까. 정 뭣하면 진 호법을 함께…… 뭐야?"

"왜 그러십니까?"

갑자기 말을 끊으며 눈썹을 꿈틀거리는 벽우진의 모습에 청민은 물론이고 서예지도 의아한 표정을 지었다.

표정도 표정이지만 눈빛이 한순간에 달라져서였다.

"이거, 이거 아무래도 선발대가 온 모양인데? 단 한 명이긴 하지만. 근데 배짱이 두둑한데. 내 구역에 홀로 온 것을 보면."

벽우진의 눈빛이 스산해졌다.

그러면서 한편으로는 대단하다는 생각도 했다. 강북 무림의 잔당을 뒤쫓고 있으면서도 곤륜파를 신경 쓴다는 소리였기 때문이다. 그 정도의 여력이 있다는 사실에 벽우진은 북해빙궁의 전력을 조금 더 상향평가했다.

"선발대요? 설마 북해빙궁입니까?"

"응, 아무래도 이 녀석 같은데. 기척을 숨기는 게 기가 막힌 걸 보면."

툭.

벽우진은 아홉 장의 용모파기 중 한 장을 손가락으로 짚었다. 그러자 청민과 서예지의 시선이 그의 손가락 끝으로 향했다.

"확실히 이자라면 홀로 움직이는 것도 이상하지 않겠네요."

"자신도 있었겠지. 이 정도의 기술이라면 웬만한 고수들은 죽음을 느끼지도 못한 채 죽었을 테니까."

"호법님들을 부를까요?"

"그럴 필요까지야. 단 한 명뿐인데. 그리고 대호법님도 눈치채셨을 거야. 얼마 떨어지지 않은 곳에 있으니까."

"혼자 가시게요?"

서예지가 조심스럽게 입을 열었다.

빙화파산존을 때려잡았다고 하지만 지금 본 서신에 의하면 십존이라고 해서 다 엇비슷한 게 아니었다. 무공의 고하(高下)가 명백했기에 서예지가 조금 걱정 어린 눈빛으로 벽우진을 바라봤다.

"나를 만나는 게 영광이지. 언제 또 나만 한 고수를 만나보겠어? 안타깝게도 이번이 처음이겠지만. 그리고 이 녀석 놓치면 골치 아파져. 방심하고 있는 지금 처리해야 해. 겸사겸사 구존을 팔존으로 만들 필요도 있고. 아직 강북 쪽을 다 점령하지 않았는데도 구존을 보냈다는 건, 어떻게든 우리와 끝장을 보겠다는 소리이니까."

"제가 모시겠습니다."

"그게 방해하는 거라니까. 나 혼자 다녀올 테니까 왔다는 초대장의 답장이나 적고 있어. 괜히 경내의 분위기 망치지 말고. 얼마 걸리지 않을 테니까."

"정말 괜찮으신 거죠?"

"내가 먼저 눈치 깐 거 보면 몰라? 그리고 여기는 내 구역이야. 곤륜산이 내 거라고. 즉, 내가 왕이라는 말이지."

벽우진이 살짝 경박스럽게 웃었다. 하지만 청민이나 서예지에게는 너무나 믿음직스러운 미소였다.

"하긴. 사형께서는 패션이시지요."

"영 마음에 들지는 않지만. 어쨌든 보고 있어. 주변 정세를 파악하는 것도 중요한 문제니까. 상황이 언제 어떻게 바뀔지 모르는 게 현실이기도 하고."

"알겠습니다."

"예지는 청민을 좀 도와주고."

서예지가 공손히 허리를 숙였다. 그런 그녀의 몸가짐에는 우아함과 기품이 깊게 서려 있었다.

"예, 사부님."

"그럼 이따 보자고."

벽우진이 창문을 통해 바람처럼 사라졌다.

"괜찮으시겠지요?"

"사형께서 괜찮다 하시니, 괜찮을 것이다. 짓궂은 농담을 자주 하긴 해도 빈말을 하는 성격은 아니시니까."

"그렇긴 한데……."

서예지의 시선이 용모파기로 향했다. 그리고 그 아래에는 냉막한 인상의 중년인이 하북성에서 어떤 이들을 살해했는지에 대해서 상세하게 적혀 있었다.

"너무 걱정하지 말 거라. 상대해 볼 만하니까 나서신 것일 게다. 우리는 우리의 일을 하면 된다."

"알겠습니다."

"그나저나 답장을 언제 다 쓸 수 있을지 감이 잡히지 않는구나."

곤륜파의 명성이 높아질수록, 세인들에게 거론될수록 벽우진을 만나고자 하는 사람들은 늘어났다. 어떻게든 안면을 터서 줄을 대고자 했던 것이다. 강호에서는 힘이 곧 정의였고, 법이었으니까.

물론 무력이 전부인 것은 아니지만, 무명이 높고 고수라서 나쁠 것은 없었다.

'그렇지만 본산제자가 되는 것에 대해 문의하는 곳은 단 한 곳도 없지.'

앞으로가 기대되지만 언제라도 다시 망할 수 있는 문파. 그게 세인들이 바라보는 곤륜파의 모습이었다. 아직은 알려진 것보다 알려지지 않은 게 더 많아서 벌어진 일이기도 하고.

하지만 그 인식이 곧 달라질 것이라 청민은 장담할 수 있었다.

'사형의 무위는 알려진 것보다 알려지지 않은 부분이 훨씬 더 크니까.'

청민의 두 눈이 반짝거렸다.

경지가 높아지면서 그는 벽우진의 실력을 점점 더 확실하게 느낄 수 있었다. 얼마나 대단한 무인인지, 벽우진이 이룩한 경지가 어느 정도인지 희미하게나마 가늠할 수 있었다.

때문에 그는 확신했다. 벽우진으로부터 곤륜파는 재건될 것이며 다시 한번 비상하리라고 말이다.

'어쩌면 과거 이상의 성세를 이룩할지도.'

청민이 흐뭇한 미소를 지었다.

그러는 사이 서예지는 문방사우를 준비했다. 맡기고 간 일이, 업무량이 적지 않았기에 부지런히 해야 했다.

··· 제6장 ···
무음살존(無音殺尊)

크고 작은 선박들이 황하강을 거슬러 올라갔다.

그런데 각기 다른 배들에게는 공통점이 하나 있었다. 마치 시체처럼 창백한 안색의 사람들을 빼곡히 싣고 있었던 것이다. 정말 시체인 것처럼 미동도 하지 않은 채로 서 있는 수십, 수백 명의 모습은 기괴하기 짝이 없었다.

"왠지 모르게 시체 처리조가 된 거 같은데."

"영 틀린 말은 아니지. 썩기 전에, 바스러지기 전에 사용해야 한다고 하니까."

"빙혼강시는 냉기 때문인가. 썩은 내도 전혀 안 나던데."

"탈백강시는 급조하듯 만든 거니까. 그렇다고 버리기에는 아깝지. 이거 만드는 데 돈 엄청 들어간다고 하던데."

삼십 대 중반으로 보이는 장정 둘 중 한 명이 어깨를 으쓱거렸다.

가냘픈 체구는 남자다움과는 거리가 멀었지만 그렇다고 그를 무시하는 사람은 없었다. 여리여리하다고 만만하게 봤다가 이 세상을 하직한 이들이 한둘이 아니었기 때문이다.

"그래도 그만한 가치를 하니까. 난 진짜 숭산에서 그거 보고 깜짝 놀랐다니까."

"나도. 탈백강시를 그렇게 사용할 줄은."

"소림사가 자랑하던 백팔나한진이 그거 한 방에 훅 갔잖아. 그 모습이 얼마나 시원하던지."

옆에 서 있던 깡마른 체구의 남자가 통쾌하다는 표정을 지었다. 지금껏 살아오면서 정파인들의 눈치만 봤었는데 그들의 정신적 지주라고 할 수 있는 소림사가 무너지자 그렇게 통쾌할 수가 없었다. 게다가 소림사 땡중들을 잡을 때의 손맛은 아직까지도 생생할 정도로 인상적이었다.

"천하의 소림도 영원하지 않은 거지. 다들 그렇게 믿었던 것일 뿐."

"그러니까. 진짜 소림이 무너질 줄이야. 방장이 옥쇄를 하고. 근데 비급들을 챙기지 못한 게 아쉽네. 칠십이종절기 중 하나라도 손에 넣었다면 더 높은 경지로 올라갈 방도를 찾았을지도 모르는데."

"뒤지고 있으니 곧 찾지 않을까 싶은데. 어쨌든 소림사의 땡중들은 본산을 버리고 도주 중이니까."

"무림맹이 결성된다는 말도 있어."

최근 들어 악명을 떨치며 당당히 육귀(六鬼)에 꼽힌 변양진이 나지막하게 말했다. 그러자 마찬가지로 육귀의 일인인 한상혁이 고개를 주억거렸다. 그 역시 들은 바가 있었다.

"나 역시 들었다. 그런데 너무 늦었어. 이미 기둥의 반이 무너졌는데."

"그래도 긴장해야 해. 정파 놈들이 얼마나 끈질기고 지독한지 알고 있잖아."

"끊임없이 저항하겠지. 그게 정파 놈들의 특성이니까. 하지만 대세를 거스르기가 쉽지 않을 거야. 강남 쪽은 오독문 애들로 정신없고."

"사천당가가 그렇게 냉정하게 연을 끊을 줄이야. 근데 그 선택이 자기들에게 독이 될 거라고는 생각하지 못하는 건가? 무당이 무너지면 그 다음은 사천당가인데. 우리가 곤륜파로 가는 것처럼."

변양진이 낄낄거렸다.

자존심과 고집을 지키는 것도 좋지만, 그보다 더 중요한 게 생존이었다. 특히 사천당가의 경우 홀로 싸우다가 큰 피해를 입고 봉문까지 하지 않았던가. 그런데 사천당가는 그 사실을 잊은 듯, 또 혼자서 싸우려는 듯이 행동했다.

"배신감이 그 정도라는 뜻이겠지. 사실 나 같아도 더럽고 꼴 보기 싫어서 손 안 잡겠다."

"그러다가 몰살하면? 죽으면 무슨 소용이야?"

"장원 자체가 요새화되어 있는 가문이 사천당가이니 해볼 만하다고 생각하는 것이겠지. 아니면 마지막에 어쩔 수 없이 받아주거나."

"매달리는 모양새가 되면? 반대로 무당산에 집결한 이들이 오독문을 몰아내면? 그러면 상황이 아주 이상해지잖아? 옹졸하기 짝이 없는 정파 놈들이 사천당가의 행태를 잊을 리가 없고."

변양진이 키득거렸다.

그로서는 어느 쪽이든 상관없었다. 구경하는 입장에서는 어떤 결과가 나오든 재미있었으니까.

"그럴 여유까지는 없을걸. 오독문이라는 문제를 해결해도 북해빙궁이 있으니까."

"근데 독강시가 있어서 만만치는 않을 거야. 그나저나 우리 궁주님께서는 곤륜파를 상당히 높게 평가하시나 봐. 무려 두 분이나 이곳에 배정하시다니."

"정확한 건 아닌데, 한 분이 더 계시다는 말도 있다."

"뭐라고?"

변양진이 화들짝 놀랐다. 두 명만 해도 과하다고 생각하는데 무려 한 명이 더 있을지도 모른다고 하나 놀란 것이다.

그 모습에 한상혁이 더욱 작게 입을 열었다.

"확실한 건 아니고. 그럴 수도 있다고."

"곤륜파를 너무 높게 상정한 거 아냐? 검제(劍帝)가 있던 화산파도 단 두 분만 보내셨는데."

"빙화파산존이 당했기에 이번에는 확실하게 마무리 짓고 싶으신 모양이지."

"사실 난 여기 있는 탈백강시들만 올려 보내도 반나절 안에 결판이 날 것 같은데. 아무리 날고 기는 고수라 한들 패선도 결국 사람이잖아? 쪽수에는 장사 없는 법이야."

변양진이 입술을 삐죽 내밀었다.

아무리 패선의 무위가 대단하다고 하나 그래 봤자 똑같은 사람이라고 생각했다. 그 대단하다던, 중원무림에서는 신성시되던 소림사도 결국 물량 공세에 무너졌고 말이다.

"나도 같은 생각인데, 별수 있나. 위에서 까라면 까야지."

"우리 솔직해지자고. 다 공을 쌓아서 눈도장 찍으려는 거 아냐? 어떻게든 패선의 모가지를 따려고 말이지. 근데 앞장서려는 녀석은 없을걸? 빙화파산존을 일대일로 쓰러뜨린 건 사실이니까."

"그렇지."

한상혁만 하더라도 먼저 나서서 패선을 상대할 마음은 없었다. 요즘에 그가 육귀에 포함되며 악명을 날리고 있다고는 하지만 감히 십존에 비할 바는 아니었다.

물론 나이를 생각하면 그 역시 십존만큼, 어쩌면 그 이상 강해질 가능성은 있었다. 하나 중요한 것은 아직 그 정도는 아니라는 점이었다.

"그래도 놀랍긴 하네. 변방에 그 정도 고수가 있다는 게."

"북해빙궁도 세외의 세력이다. 변방은커녕 오지 출신이라고."

"그것도 그러네. 근데 난 좀 아쉽다. 새로운 세상이 열렸는데 정작 마음대로 할 수가 없어서."

변양진이 허리를 튕겼다. 정확하게는 하물을 앞뒤로 움직였다.

그 행동에 한상혁이 눈살을 찌푸렸다.

"허리 좀 그만 튕길 수 없나?"

"에이. 같은 남자끼리 그러지 말자고. 넌 계집 안 좋아하나?"

"흥."

"뭐, 이해는 가. 민심을 잡아야 하니까. 근데 좀 아쉽다 이거지, 내 말은."

"대신 무가(武家)나 방파들은 마음대로 해도 되잖아? 그런데 아쉬울 게 뭐가 있어."

한상혁이 혀를 찼다.

냉정하게 따지면 북해빙궁의 선택이 옳았다. 괜히 일반 양민들을 건들면 관부가 움직일 게 분명했으니까. 무림인들의 일은 무림인들 손에서 끝나는 게 맞았다.

"내가 꿈꾼 세상은 더 막장이었거든. 크크큭!"

"대신 곤륜파에는 청해일미가 있잖아."

"아마 그것 때문에 가는 녀석들도 적지 않을걸. 계집에 환장한 애들이 한둘이냐고."

"너를 포함해서."

변양진이 키득거렸다. 그런 그의 두 눈에는 음욕이 짙게 서려 있었다. 단지 청해일미를 떠올리는 것만으로도 하물이 뻐근해져 왔다. 정작 얼굴 한 번 본 적이 없는데 말이다.

"지는 아닌 것처럼 말한다?"

"얼른 도착했으면 좋겠군. 손이 근질거리네."

"다른 데가 근질거리겠지. 흐흐흐!"

황하강물을 바라보는 한상혁을 쳐다보며 변양진이 음흉하게 웃었다. 그러나 한상혁은 능글맞은 변양진의 말에도 강물로 시선을 옮겼다.

도도히 흐르는 강물을 가르며 배는 묵묵히 서쪽으로 나아갔다.

크고 높은 나무들이 우거진 산속에 하나의 인영이 소리 없이 내려섰다. 그리고 새로 지은 티가 역력한 곤륜파의 전각들이 한눈에 내려다보이는 위치에 흑의복면인이 나타났다.

보이는 것이라고는 두 눈뿐인, 심지어 남자인지 여자인지 구분도 가지 않는 체형의 인영은 한없이 깊은 눈동자로 곤륜파를 내려다봤다.

'조사한 대로 인원이 별로 없군.'

앞서 그가 갔었던 화산파나 종남파 그리고 소림사와 비교하면 새 발의 피도 안 되는, 비교하기가 민망할 정도로 적은 인원에 무음살존은 속으로 조소를 머금었다. 장문인과 호법들을 제외하면 그야말로 소문파라고 해도 과언이 아닌 것 같았다.

'하나 그 무명도 오늘로써 끝이다.'

무음살존은 살법의 귀재였다. 수많은 암살을 통해 자신만의 살법을 이룩한 그는 자신이 있었다. 패선이라 불리는 벽우진을 죽일 자신이 말이다. 정면 대결이라면 확실하게 죽일 자신이 없지만, 암살이라면 얘기가 달랐다.

'아무리 고수라도 심장과 머리에 칼이 박히면 죽는 건 똑같다. 독에 중독되는 것도 마찬가지고.'

절대고수도 사람이었다. 전설로 내려오는 불사신공을 익히지 않는 한 심장이 꿰뚫리고 목이 잘리면 죽는 건 매한가지였다. 그렇기에 무음살존은 벽우진을 처리하는 게 어렵지 않을 거라고 생각했다.

다만 문제는 죽일 수 있느냐가 아니라 어떻게 죽이느냐였다.

'우선은 하나뿐인 사제부터 죽이는 것으로 시작해 볼까.'

벽우진의 과거와 현재를 이어주는 유일한 존재가 바로 청민이었다. 근래 들어 벽우진의 가르침을 받아 무공이 일취월장하여 대벽검이라 불린다고 하지만 그래 봤자 그에게는 애송이나 마찬가지였다.

얼마 전까지만 해도 일류 근처에도 가지 못한 무인. 때문에 그는 살법의 시작을 청민으로 끊는 것도 나쁘지 않다고 생각했다.

'수족들이 하나둘 죽어나가면 제아무리 오만한 녀석이라도 흔들리지 않을 수가 없지.'

사람은 강인하면서도 나약한 존재였다. 특히 주변인들이 자신으로 인해 죽음에 빠졌을 때 크게 흔들렸다. 제아무리 천하제일의 고수라고 해도 말이다.

'궁주님의 명령 때문에 그 모습을 길게 즐기지 못하는 게 아쉽지만, 그래도 임무가 먼저니까.'

무음살존은 아쉬운 마음을 애써 억눌렀다. 즐거움보다는 임무가 먼저였고, 본궁의 앞날에 거치적거리는 게 있다면 최대한 서둘러서 치우는 게 맞았다.

스스슥.

생각을 정리한 무음살존은 천천히 거리를 좁혔다. 그러면서 안력에 진기를 집중해 곤륜파 내부를 샅샅이 훑었다. 첫 표적인 청민은 물론이고 곤륜파 제자들의 위치를 파악하기 위해서였다. 하지만 역시나 가장 중요한 인물은 벽우진이었다.

휘이이잉.

제법 시원하게 느껴지는 산바람을 그대로 타며 무음살존이 귀신같이 움직였다. 그리고 일체의 소리도 없이 날랜 움직임으로 나무와 나무 사이를 건너뛰며 곤륜파 쪽으로 다가갔다.

자신의 기척을 알아챌 가능성은 극히 희박하다고 생각하지만 그래도 조심해서 나쁠 것은 없었기에 무음살존은 서두르지 않고 천천히 거리를 좁혀 나갔다.

쉬이익!

주도면밀하게 나뭇가지로 가려진 음영 사이사이로 이동하던 무음살존이 순간 멈칫거렸다.

난데없이 그를 향해 무언가가 빠른 속도로 날아와서였다.

툭.

반사적으로 이동을 멈춘 그의 앞으로 무언가가 떨어졌다.

그것을 본 무음살존의 두 눈은 눈알이 튀어나올 것처럼 크게 떠졌다. 왜냐하면, 발 앞에 정확히 떨어진 것은 바로 그의 용모파기였기 때문이다.

'무, 무슨!'

제법 비슷하게 그려진 용모파기에 무음살존의 동공이 격렬하게 흔들렸다. 자신의 용모파기가 있다는 점도 놀라웠지만, 그보다는 누군가가 그의 위치를 파악했다는 사실이 믿기지가 않아서였다. 방심한 것도 아니었는데 말이다.

"이렇게 빨리 다시 올 줄은 몰랐는데. 확실히 내가 눈엣가시이기는 한가 봐?"

휙휙!

무음살존이 빠르게 주변을 훑었다. 그러나 어디에서도 목소리의 주인공은 보이지 않았다. 또한 위치 역시 감이 잡히지 않았다. 목소리의 주인은 영악하게도 자신의 모습을 감추고서 육합전성(六合傳聲)을 펼쳤다.

스르륵.

그것을 파악한 것과 동시에 무음살존은 은신술을 극성으로 펼쳤다. 지금까지는 기척을 죽이는 것에만 신경 썼다면 이제는 아예 모습까지 감춘 것이다. 그러자 마치 연기가 흩어지듯 무음살존의 모습이 허공에 녹아들었다.

"호오. 그게 은신술이라는 건가? 신기하기는 하네."

다시 한번 사방에서 정체를 알 수 없는 목소리가 쩌렁쩌렁 울렸다.

무음살존은 본능적으로 알았다. 이 목소리의 주인이 누구인지 말이다.

'도대체 어떻게?'

보잘것없는 곤륜파에서 그나마 자신의 기척을 알아챌 만한 인물은 단 한 명뿐이었다.

하지만 그렇다고 해서 납득이 되는 건 아니었다. 같은 십존이라고 해도 그의 기척을 잡아낼 수 있는 이는 정말 소수였다. 그런데 벽우진이 그것을 해내자 무음살존은 너무나도 당혹스러웠다.

'일단은 상황부터 파악한다.'

무음살존이 차분히 가슴을 가라앉혔다. 지금은 놀라기보다는 현 상황을 정확히 파악하고 대처해야 했다. 또한 물러날 것인지 아니면 여기서 승부를 볼 것인지도 결정해야 했다.

'물러나는 건 안 돼. 이미 내가 온 걸 알아챘으니 암습은 쉽지 않을 거야. 그렇다면……'

결정을 내린 무음살존의 눈이 차갑게 가라앉았다. 계획했던 것과 달리 여기서 결판을 보기로 마음먹은 것이다.

'일단은 위치부터 파악해야 한다.'

무음살존의 두 눈이 빠르게 주변을 훑었다. 우선 벽우진의 위치부터 파악하려는 것이었다. 동시에 그의 오감 역시 극도로 예민해졌다.

'분명 이 근처에 있어.'

자신을 봤다는 건 달리 말하면 육안으로 보이는 곳에 벽우진이 있다는 소리였다. 그렇기에 무음살존은 조급해하지 않고서 천천히, 그러나 꼼꼼하게 주위를 살폈다. 근처에 반드시 있을 것이라는 확신이 있었기 때문이었다.

쌔애액!

그런데 그때 한 줄기 날카로운 소성이 적막한 숲속을 갈랐다. 그리고 등 뒤에서 맹렬한 기세로 또다시 무언가가 날아왔다.

'어, 어떻게……!'

정확히 그가 있는 곳을 노리고서 쇄도해 오는 무언가에 무음살존이 대경실색했다.

방금 전이야 기척만 죽이고 은신술을 펼치지 않았다고 하나, 지금은 아니었다. 전력을 다해 은신술을 펼치고 있는데도 자신의 위치를 정확히 파악하고서 공격하는 모습에 무음살존은 이게 꿈인지 생시인지 감이 잡히지 않았다.

그러나 그의 몸은 경악과 달리 본능적으로 반응하며 정체를 알 수 없는 무언가를 피했다.

푹!

'허!'

반사적으로 몸을 피한 무음살존이 이내 허탈한 표정을 지었다. 방금 전까지 그가 서 있던 곳에 초록색 나뭇잎 하나가 박혀 있어서였다.

절정에 달한 적엽비화(摘葉飛花)의 수법에 무음살존은 마른 침을 삼켰다. 이 한 수만 봐도 벽우진의 경지를 새삼 느낄 수 있었다.

쌔애애액!

그러나 무음살존은 놀라고 있을 틈이 없었다. 이번에는 다섯 개의 나뭇잎이 맹렬한 기세로 그를 향해 날아왔다.

물론 무음살존도 가만히 당하고만 있지는 않았다. 쇄도하는 적엽비화의 궤적을 파악하면서 날아온 방향을 읽으려 애썼다.

'교활한 놈!'

하지만 벽우진도 만만치 않았다. 직선으로 날리면 자신의 위치가 탄로 난다는 것을 알았기에 다섯 개의 나뭇잎에 각기 다른 회전력을 실어 보낸 것이다. 물론 그렇게 해도 방향을 어느 정도 읽을 수는 있겠지만 정확한 위치를 파악하기는 힘들었다.

'도대체 어떻게 숨어 있는 거지? 분명 무인이라고 했는데……!'

날아오는 다섯 개의 암기를 피하며 무음살존이 분통을 터뜨렸다.

그가 알아본 바에 의하면 벽우진은 전형적인 무인이었다. 한데 지금은 살수나 다름없는 모습을 보여주고 있었다.

"초조한 모양이야."

쉬지 않고 움직이는 그의 귓전으로 다시 한번 벽우진의 음성이 들려왔다. 그러나 어디에서도 벽우진의 모습은 보이지 않았다. 머리카락 한 올조차 그에게 허용하지 않은 것.

스스슥!

하지만 그건 무음살존도 마찬가지였다.

그는 끊임없이 움직이며 끈질기게 기다렸다. 인내심은 그가 암살자의 길을 걸으면서 가장 먼저 습득한 능력이었다. 그리고 이런 싸움은 보통 누가 먼저 지치느냐에 따라 승부가 결정되었다.

'예상치 못한 모습이지만 그렇다고 언제까지 이 상황을 유지하지는 못할 것이다.'

무음살존이 냉정하게 판단을 내렸다.

전문적인 훈련을 받은 그와 달리 벽우진은 도인이자 무인이었다. 그런 만큼 초반에는 살수와 다름없는 모습을 보여주고 있지만, 그 한계가 얼마 남지 않았으리라고 생각했다.

'내 위치만 들키지 않으면 된다.'

호흡을 최대한 죽이고 심장 박동도 조절하며 무음살존이 주변을 탐색했다. 어떻게든 빨리 벽우진을 찾아내기 위해서였다. 하지만 아무리 집중하고 면밀히 살펴도 벽우진의 모습은, 기척은 좀처럼 잡히지 않았다.

휘이잉!

무음살존이 최대한 기척을 감추고서 천천히 탐색하며 이동할 때 벽우진은 우거진 나뭇가지들 속에서 그 모습을 지켜보고 있었다.

따로 은신술을 익히지 않았기에 벽우진은 가장 먼저 엄폐물부터 확보했다. 그런 다음 존재감을 없앴다. 뛰어난 살수인 무음살존이 시각에만 의존하지 않을 것임을 알기에 아예 존재감 자체를 지워 버렸던 것이다.

'이런 방식도 재미있네.'

조심스럽게 사방을 탐색하며 이동하는 무음살존을 내려다 보며 벽우진이 히죽 웃었다. 그가 어떤 심정일지 얼굴을 보지 않아도 충분히 짐작할 수 있었다.

하지만 그렇다고 방심하지는 않았다.

'나에게나 쉽지 다른 사람들은 아니니까.'

청민은 물론이고 몇몇 호법들도 위험한 실력자가 무음살존 이었다. 적어도 그의 실력만큼은 진짜였기 때문이다. 다만 벽 우진과의 상성이 좋지 않았을 뿐.

"슬슬 끝내볼까."

벽우진이 몸을 일으켰다.

무음살존을 잡아두면서 혹시나 다른 이들이 더 있나 살펴 봤는데 더 이상의 적은 없었다. 진짜로 혼자 온 것이다.

그 사실을 확인한 벽우진은 가볍게 나뭇가지를 박차며 무 음살존의 머리 위로 날아갔다.

파아앗!

머리 위에서 들려오는 미세한 파공성에 무음살존의 두 눈 이 번뜩였다. 그는 바람을 가르는 그 순간 벽우진의 위치를 파 악해 냈다.

그와 동시에 그의 손에서 비침이 비산하듯 폭발했다. 피할 여지를 주지 않겠다는 듯이 독침을 뿌린 것이다.

티티티팅!

그러나 날카로운 독침 중 벽우진의 몸에 닿은 것은 단 하나 도 없었다.

벽우진은 피할 필요도 없다는 듯이 고고한 자세로 호신강기를 일으켜 무음살존의 독침들을 튕겨냈다.

퍼엉!

그때 갑자기 벽우진의 발밑에서 새카만 연기가 자욱하게 피어올랐다. 무음살존이 독침을 날리면서 교묘하게 연막탄도 같이 던졌기 때문이었다.

그 순간 무음살존의 신형 역시 사라졌다. 사위에 연기가 가득 피어오르기 무섭게 몸을 감춘 것이다.

"독연인가."

맡지 않아도 느껴지는 기분 나쁜 끈적끈적한 연기에 벽우진이 미간을 좁히며 손을 휘저었다. 역시나 암살자답게 온갖 얍삽한 방법은 다 쓰는 것 같았다.

잠시 후 연기가 가라앉았으나 예상했던 대로 무음살존의 모습은 보이지 않았다. 그는 독연을 터뜨리고 감쪽같이 모습을 숨겼다.

"흐음."

그런데 무음살존을 놓쳤음에도 벽우진은 그리 다급한 기색이 아니었다. 오히려 재미있다는 표정을 지었다.

"그렇게 나간단 말이지?"

의미심장한 얼굴로 중얼거린 벽우진이 땅을 박찼다.

연막탄을 터뜨린 것과 동시에 지둔술을 펼친 무음살존은 쉴 새 없이 이동했다.

그가 향하는 방향은 놀랍게도 곤륜파가 자리 잡은 쪽이었다. 도망을 치는 척하면서 허를 찔러 곤륜파로 나아갔던 것이다.

'아마 꿈에도 예상하지 못하겠지.'

무음살존이 속으로 히죽거렸다. 자신을 찾기 위해 온 산을 헤집고 다닐 벽우진을 떠올리자 웃음이 절로 나왔다.

그리고 그사이에 그는 청민을 비롯해서 벽우진의 제자들을 모조리 죽일 생각이었다. 집으로 돌아왔을 때 소중한 이들이 시체가 되어 벽우진을 맞아주도록 말이다.

'그때가 바로 기회다.'

무음살존의 두 눈이 스산하게 빛났다.

격돌한 순간 그는 본능적으로 느꼈다. 정면으로 싸우면 자신의 필패라는 점을 말이다. 만나기 전에는 그래도 4할의 승산은 있지 않을까 생각했는데 지금은 달랐다.

'무조건 빈틈을 노려야 해. 정면 대결로는 승산이 없어.'

소문은 과대평가되지 않았다. 오히려 축소된 감이 없지 않아 있을 정도로 벽우진이 뿌리는 기도는 예상 밖이었다. 그렇기에 충돌을 하자마자 연막탄을 터뜨린 것이었고.

하지만 죽이지 못하리라고는 생각하지 않았다.

'가족이나 다름없는 이들이 죽으면 사람은 흔들리지 않을 수가 없지. 후후후.'

지금은 조금의 틈도 보이지 않지만 청민과 제자들이 죽으면 제아무리 벽우진이라 하더라도 평정심을 유지하기가 힘들 터였다.

그리고 그 틈을 타 벽우진을 죽일 생각이었다. 아주 작은 틈만 있다면 상대를 죽일 수 있는 게 살수였으니까.

'승부는 경지가 높다고 해서 정해지는 것이 아니야. 결국에는 살아남는 자가 강한 것이지. 처음에 날 죽이지 않은 걸 넌 땅을 치고 후회하게 될 거다. 사제와 제자들의 시체를 보면서 말이지.'

차갑게 식어버린 시체를 앞에 두고 울부짖을 벽우진의 모습을 상상하며 무음살존이 더욱더 빠르게 양손을 움직였다. 조금이라도 빨리 도착하기 위해서였다.

그런데 그때 그의 뒷골에서 찌릿한 감각이 솟구쳤다. 수십 년 동안 누적된 그의 경험이 경고를 보내왔다.

콰아앙!

무음살존은 본능이 알려주는 경고를 무시하지 않았다. 지금껏 이 경고로 몇 번이나 사선을 넘긴 적이 있었기에. 그리고 이번 역시 경고로 인해 죽음을 가까스로 피해냈다.

"무, 무슨……!"

"피했나? 살수라서 그런가. 감각이 확실히 예민해."

"어떻게 여기를!"

솟구치는 흙덩이와 함께 땅 위로 올라온 무음살존이 자기도 모르게 입을 열었다. 너무나 놀라 몇십 년 만에 처음으로 육성을 냈던 것이다.

"큼직한 두더지가 움직이는 게 느껴지더라고."

"그럴 리가 없다!"

"인정하기 싫으면 하지 마. 강요할 생각은 없으니. 대신 목 위에 있는 건 내려놔라."

피이잉!

긴장감이라고는 전혀 느껴지지 않는 얼굴로 벽우진이 손가락을 튕겼다. 그것도 오른손은 여전히 뒷짐을 지고서 왼손 엄지와 검지만으로.

한데 건성으로 날리는 지풍의 위력은 어마어마했다.

"흡!"

전광석화처럼 뿌려지는 지풍의 세례에 무음살존이 반사적으로 철판교를 펼쳤다.

몸을 최대한 뒤로 젖혀 날아오는 지풍을 피해낸 무음살존은 빠르게 머리를 굴렸다. 도대체 이 상황을 어떻게 타개해야 할지 궁리하기 시작했다.

'모습을 숨겨봤자 소용없어. 그렇다고 정면 대결을 하면 승산이 없고.'

평소 때와는 비교도 할 수 없을 정도로 머리가 회전했지만 마땅한 해결책이 떠오르지 않았다. 모습이 드러난 순간 이미 그의 열세였기 때문이다.

그렇다고 도망을 치자니 등을 보이는 게 너무나 위험했다. 또한 같은 수법에 벽우진이 당할 것 같지도 않았고.

'결국 승부를 봐야 하는 건가.'

무음살존의 얼굴이 굳어졌다. 가장 피하고 싶은 선택지 하나밖에 남지 않았다는 사실에 마음이 무거워졌다.

'그렇다면 방심하고 있는 지금밖에 기회는 없다.'

무음살존의 시선이 여전히 뒷짐 지고 있는 벽우진의 손으로 향했다.

오른손잡이인 벽우진이 왼손을 사용하고 있는 지금이야말로, 오른손이 등 뒤에 있는 지금이 어쩌면 그에게 주어진 마지막 기회일지도 몰랐다. 그렇다면 이 순간을 최대한 이용해야 했다.

'정 안 되면 도망칠 틈이라도 만들어야 한다.'

무음살존의 기세가 달라졌다. 있는 듯 없는 듯 흐릿했던 그의 존재감이 갑자기 폭발했다.

동시에 그의 전신에서 노도와도 같은 기운이 뿜어져 나왔다. 죽음을 각오한 듯이 진기를 전부 끌어올린 것이다.

스이이익!

이윽고 역수로 쥔 두 자루의 단검에서 예리한 검강이 솟구쳤다.

하나 무서운 건 검강이 아니었다. 두 자루의 단검이 그리는 궤적이, 오로지 목숨을 끊는 데 특화된 초식이 훨씬 더 위험했다.

오직 살인만을 위한 공격이 벽우진에게 쏟아졌다.

스슥. 슥.

사혈만을 노리고서 쇄도하는 무음살존의 공격을 벽우진은 가까스로 피해냈다. 조금만 삐끗하면 칼에 찍힐 것처럼 아슬아슬하게 공격을 회피한 것이다.

하지만 무음살존의 공격은 두 자루 단검만이 아니었다. 두

다리 역시 벽우진의 하체를 노리고 쉴 새 없이 파고들어 왔다.

'한 번만! 딱 한 번만 걸리면 된다!'

체력 소모가 극심했지만, 무음살존은 멈추지 않았다. 자신이 멈춘 틈을 타 벽우진이 반격할 거라는 걸 알았기에 멈출 수가 없었다. 그리고 어떻게든 기세를 탔을 때 승부를 봐야 했다. 죽이든지 아니면 치명상을 입히든지 말이다.

'맞아라, 좀!'

무음살존이 이를 악물었다. 딱 한 번만 맞추면 되는데 그게 좀처럼 되지가 않았다.

얄미울 정도로 요리조리 피해내는 벽우진의 모습에 무음살존의 얼굴에 다급함이 떠올랐다. 체력과 공력은 빠르게 떨어지는데 정작 실속은 없었다.

'이익!'

난도질하듯 뿌려지는 검초가 허공을 갈랐다.

그러나 줄기줄기 뿜어져 나오는 검강에도 벽우진의 옷은 조금도 베어지지 않았다. 자유자재로 늘어났다가 줄어들기를 반복하는 검강을 벽우진은 그야말로 완벽하게 피해냈다.

꿀꺽!

그 모습에 무음살존의 눈빛이 착 가라앉았다. 이제는 승부수를 띄워야 하는 때가 왔음을 느낀 것이다.

다만 지금까지 미루고 미룬 이유는 이 승부수가 진짜 마지막에만 펼칠 수 있는 것이어서였다.

'이렇게 된 이상 어쩔 수 없지.'

지금껏 무음살존은 생환을 1순위에 두었다. 살행을 실패하더라도 일단은 살아서 돌아갈 것을 우선시했다.

하지만 지금 이 순간 무음살존은 그것을 포기했다.

쌔애애앵!

검강을 잔뜩 머금은 두 자루의 단검이 벽우진의 심장과 단전을 노리고서 벼락처럼 날아갔다. 무음살존이 공격하는 척하며 단검을 던진 것이다.

동시에 그는 허리춤에 감싸놓았던 또 다른 애병인 묵사편(黙死鞭)을 번개 같이 꺼내서 벽우진의 허리를 노렸다.

"흡!"

세 개의 공격은 거의 동시에 이루어졌다.

그뿐만 아니라 무음살존은 덮치듯이 벽우진에게 달려들었다. 묵사편으로 벽우진의 허리를 감싸서 끌어당기고는 자신역시 쇄도한 것!

지금까지와는 전혀 다른 방식의 공격에 벽우진이 살짝 당황한 사이 무음살존은 어느새 그의 지척까지 다가와 있었다.

"나와 같이 가자!"

새하얀 검강이 서린 단검이 벽우진의 몸을 얇게 감싼 호신강기에 덧없이 튕겨 나갔음에도 무음살존은 실망하지 않았다. 어차피 진짜는 따로 있었다. 단검은 그저 시선을 끄는 용도에 불과했다.

뻐어어엉!

단검이 튕겨져 나감과 동시에 무음살존의 몸이 폭발했다.

선천진기를 이용해 자신을 몸을 폭사시켜 벽우진과 동귀어진을 하려 한 것이다.

투둑. 투두둑.

무지막지한 폭발과 함께 주변에 짙은 먼지구름이 일어났다. 그리고 하늘 높이 솟구쳤던 흙덩이들이 하나둘 땅바닥으로 떨어졌다.

하지만 그 어디에서도 인기척은 느껴지지 않았다. 간헐적으로 흙덩이들과 돌멩이들이 떨어지는 소리만 들렸다.

"일말의 고민도 없이 자신의 목숨을 내던질 정도로 충성심이 깊단 말이지."

동귀어진을 선택할 정도로 어떻게든 임무를 수행하려 했던 무음살존을 떠올리며 벽우진이 걸어 나왔다.

그런데 지근거리에서 무음살존이 폭사했음에도 벽우진의 모습은 상당히 깔끔했다. 그는 조금도 그을린 기색 없이 멀쩡하게 먼지구름 사이를 걸어 나왔다.

"흐음."

멀쩡히 걸어 나왔지만 벽우진의 표정은 썩 좋지 않았다. 십존씩이나 되는 무인이 북해빙궁주의 명에 목숨을 초개 같이 버리는 모습을 보자 다시 한번 쉽지 않은 상대라는 걸 알 수 있어서였다.

더불어 아직도 정체가 드러나지 않은 북해빙궁주가 궁금했다. 도대체 얼마나 대단한 인물이기에 무음살존 정도나 되는 무인이 조금의 망설임도 없이 죽음을 선택하는지 너무나 궁금했다.

"찝찝하네. 손해만 본 것 같은 느낌이야."

핏자국 하나 없이 오로지 폭발의 흔적만 남아 있는 주변을 둘러보며 벽우진이 입맛을 다셨다.

사로잡아서 이것저것 캐물어보려고 했는데 아무것도 남아 있지 않았다. 십존이면 북해빙궁에서는 거물급 인사인데 말이다.

"어째 중원무림을 도와준 것 같기도 하고."

벽우진이 찝찝한 가장 큰 이유가 바로 이것이었다.

얕잡아 보인 것도 기분 나빴지만, 결과적으로 그는 빙화파산존에 이어 무음살존까지 처리했다. 십존 중 무려 둘을 그 혼자서 쓰러뜨린 것이다.

그리고 이건 중원무림에 있어 호재였다.

"제발 중원 쪽부터 정리하고 와라. 괜히 여기에 찝쩍대지말고."

북해빙궁의 주력이 온다고 해서 겁먹을 벽우진이 아니었다. 쳐들어오면 족족 깨부술 생각이었다. 그가 있는 한 또다시 곤륜파가 무너지는 일은 없게 만들 테니까.

하지만 이왕이면 나중에, 모든 상황이 정리된 후에 왔으면싶었다.

휘이이잉.

옅게 남아 있던 먼지구름이 한 줄기 바람에 의해 모조리 날려가자 폭발로 인한 흔적이 적나라하게 드러나고, 거대한 구덩이가 어느 정도의 폭발이었는지 여지없이 보여주었다.

벽우진은 그것을 잠시 지켜보고는 이내 몸을 돌렸다.

그러나 머릿속에는 무음살존과 북해빙궁이 깊게 뿌리를 내리고 있었다.

○

푸드득!

북해의 동토를 닮은 새하얀 깃털의 백응이 허공에 유려한 선을 그리며 창문을 통과해 탁자 위에 내려섰다. 그러고는 냉랭한 인상의 중년인을 향해 척 하니 한쪽 다리를 내밀었다.

"고생했다."

영리한 백응의 모습에 중년인이 평소에는 보기 힘든 옅은 미소를 짓고는 미리 준비해 두었던 육포 하나를 집어서 내밀었다.

삐익! 삑!

수고했다는 의미로 건네주는 육포에 백응이 기쁜 듯 뾰족한 비명을 내질렀다.

하지만 교육이 잘 되어 있는지 이내 얌전히 서서 육포를 쪼아 먹었다.

"흠."

백응이 조용히 혼자만의 식사 시간을 즐기고 있을 때 중년인은 발목에 있는 작은 통에 담겨 있던 서신을 꺼냈다. 그러고는 청해성에서 온 서신을 빠르게 읽어 내려갔다.

"상황이 썩 좋지 않은 모양이야."

"……이틀 전부터 무음살존에게서 아무런 연락이 없다고 합니다."

"죽은 모양이군."

"그렇게 됐을 가능성이 크다고 생각합니다."

십존이 어느새 팔존이 되었음에도 여인의 표정은 담담했다.

중원을 침공했을 때부터 누군가는 죽을 수밖에 없다는 걸 잘 알고 있었다. 그리고 그중에는 그녀가 포함될 수도 있다.

"죄송합니다."

"사과할 필요 없다. 최종적으로 허락한 이가 바로 나이니. 다만 놀랍구나. 변방 중의 변방이라 할 수 있는, 그것도 몰락한 문파에 그 정도의 고수가 있다는 사실이."

무표정한 여인의 두 눈에 미약하지만 호기심이 일었다.

곤륜파에 빙화파산존과 무음살존을 쓰러뜨릴 만한 무인이 있다는 사실이 놀라웠다. 더구나 두 사람의 유형은 극명하게 달랐기에 그녀는 더더욱 신기했다.

"저 역시 믿기지가 않습니다. 빙화파산존이야 그럴 수 있다고 치더라도 무음살존은 암습이 특기인데 이렇게 허무하게 당할 줄은."

"자세한 내용은 없느냐?"

"예, 연락이 두절되었다는 내용만 있습니다. 따로 알아보는 중이기는 하겠으나 다른 곳도 아니고 청해성의 일인 만큼 정확하게 알아내는 데 시간이 걸릴 거라 사료됩니다."

"정보 조직을 확대할 필요가 있기는 하지. 언제까지 주먹

구구식으로 움직일 수는 없으니."

여인의 뇌리에 하나의 문파가 떠올랐다. 개방과는 돌아올 수 없는 강을 건넜으니, 그녀가 선택할 수 있는 선택지는 하나뿐이었다.

하지만 세상 어디에도 있지만 쉽게 만날 수 없는 인물이 바로 그곳의 주인이었다. 때문에 여인은 입맛을 다셨다.

"지금은 그리 급한 문제는 아니라고 생각합니다. 지금은 남궁세가가 먼저입니다. 이제 안휘성만 남은 상태이니까요. 다만 한 가지 짚고 넘어가야 할 문제가 더 생겼습니다만."

"청해성의 일 말이지?"

"그렇습니다."

"어떻게 해야 할 것 같으냐?"

여인은 우선 파천도존의 생각을 물었다. 무조건 그의 의견에 따를 마음은 없지만 어떤 생각을 가지고 있는지는 궁금했다.

"할 수만 있다면 원래 계획했던 대로 깔끔하게 쓸어버리는 게 좋다고 생각합니다. 무음살존의 죽음으로 확실히 변수가 될 만한 존재라는 확신이 생겼습니다. 그런데 한 가지 우려가 되는 건 혹시나 이번에도 과소평가를 한 것은 아닐까 하는 생각이 자꾸 들고 있습니다."

"둘로도 부족할 것 같다?"

"예, 이미 두 명이 당하기도 했고, 둘만으로 확실하게 처치할 수 있을 거라는 확신이 들지 않습니다."

"흠."

여인이 다시 한번 차를 들이켰다. 그러고는 찬찬히 이번에 청해성으로 보낸 전력을 떠올렸다. 폐기 처분 목적으로 보낸 탈백강시들을 말이다.

"곤륜패선은 분명 고수다. 약한 자에게 당할 자가 절대 아니니. 그러나 곤륜파로 가고 있는 둘 역시 고수이니라."

"만약에, 정말 만약이지만 둘마저 당한다면 피해가 막심합니다, 궁주님."

"이번에도 막아낸다면, 그때는 우리도 전력을 다해야겠지. 소림사와 같은 급으로 생각하고 말이야."

결과적으로 숭산을 차지하기는 했지만 북해빙궁이 입은 피해 역시 적지 않았다. 탈백강시는 갈아 넣다시피 폭사시켜서 사용했고 빙혼강시 역시 반 이상이 파괴당했다.

하지만 가장 큰 피해는 구존 중 절반이 상당한 부상을 입었다는 점이었다. 치명상은 아니지만 그래도 제법 요양해야 할 정도의 부상을 입었기에 현재 북해빙궁의 전력은 썩 여유롭지 못한 상황이었다.

"저도 궁주님과 같은 생각입니다. 다른 이들은 과하다고 할지 모르나, 자꾸 변수를 일으키는 점을 심각하게 여겨야 한다고 생각합니다."

"하지만 지금은 남궁세가가 먼저야. 변방은 나중에 신경 써도 돼. 비록 둘을 잃더라도 말이지."

"알겠습니다."

결정을 내린 그녀의 말에 파천도존 역시 더 이상 고민하지 않았다.

이미 화살은 활시위를 떠난 후였다. 그러니 이제는 결과를 기다려야만 했다.

"오독문 쪽에서 따로 온 연락은 없나?"

"소림사와의 합류로 인해 말이 있을 줄 알았는데, 아직은 별다른 소식이 없습니다."

"패잔병들에 신경 쓸 정도였으면 애초에 시작도 하지 말았어야지."

"그렇습니다."

그녀가 덤덤히 말했다.

소림무제가 살아 있다고 하나 상당한 기간을 요양해야 할 정도의 치명상을 입은 상태였다. 전력도 반 이상이 날아간 상태였고. 그러니 오독문의 전력이라면 충분히 감당할 터.

"몰이는?"

"계획대로 진행되고 있습니다."

"좋아. 이번에야말로 확실하게 마무리 짓자고."

"예."

파천도존이 그녀의 지시를 이행하기 위해 자리에서 일어났다.

이윽고 홀로 남은 여인은 조용히 벽에 걸린 중원전도를 응시했다. 그런 그녀의 시선은 호북성이 아닌 안휘성의 합비로 향해 있었다.

··· 제7장 ···
곤륜파의 사람들

양일우가 마른침을 꿀꺽 삼켰다. 대련과 비무는 많이 해봤지만, 실전은 처음이었기에 잔뜩 긴장해 있었다. 그리고 그건 다른 아이들도 마찬가지였다.

하지만 긴장은 하되 두려워하는 이는 아무도 없었다.

'내 손으로 지켜야 해. 사문을, 우리의 집을, 우리의 터전을!'

양일우가 입술을 깨물었다.

평범한 무인도 아니고 강시를 상대해야 했지만, 그것도 악명이 자자한 탈백강시를 막아야 했지만, 양일우는 도망칠 생각이 전혀 없었다. 만약 오늘 이 자리에서 죽더라도 그는 어떻게든 자리를 지킬 생각이었다.

'내가 지켜야 해. 다른 누구도 아닌 내가.'

긴장으로 인해 손은 떨렸지만 두 눈동자만큼은 굳건했다. 적어도 각오만큼은 그 누구에게도 뒤지지 않았다.

"너무 긴장할 것 없다. 준비한 대로만 하면 돼."

"예, 장로님."

"너희들에게 너무 많은 걸 바라고 있지도 않고. 그저 너희들이 맡은 것만 해주면 된단다."

"최선을 다하겠습니다!"

청민의 말에 아이들이 힘차게 대답했다. 적어도 각자 1인분 이상은 하겠다는 의지가 굳게 서려 있었다.

"저희들이 꼭 막아낼 거예요."

"우리 집이니까요."

"절대 넘어가지 못하게 할게요!"

심대현에 이어 심소천과 심소혜가 다부진 얼굴로 검을 쥐고서 대답하는 모습에 청민이 인자한 미소를 머금었다. 그저 보는 것만으로도 기분이 좋아지는 모습이었다.

동시에 그는 다시 한번 마음을 다잡았다. 오늘 이 자리에서 그 누구도 살려 보내지 않겠다고 말이다.

'시작은 북해빙궁이 먼저 했으나 끝은 우리가 낼 것이야.'

청민의 눈빛이 서늘해졌다.

북해빙궁이 중원을 노렸을 때부터 전쟁은 피할 수 없었다. 다만 시기의 문제였을 뿐. 그렇기에 청민은 북해빙궁이 공격해 온다고 해서 크게 놀라지 않았다.

"오는구려."

"어후, 더럽다. 아주 그냥 새까맣게 몰려오네."

"소림사에서 펼쳐진 광경이 저거랑 똑같지 않겠소?"

호전적인 성격의 진구마저도 고개를 내저었다. 숲을 까맣게 물들일 정도로 탈백강시들의 숫자가 어마어마했다.

"그렇겠지요."

"독도 바짝 올라 있고. 아마도 장문인이 구존을 팔존으로 만들어서 그런 것 같은데."

"굳이 무음살존이 아니더라도 독은 바짝 올라 있었을 겁니다. 빙화파산존 하나냐, 무음살존까지 둘이냐는 크게 다르지 않은 문제라."

벽우진이 뒷짐을 진 채로 어깨를 으쓱거렸다. 하나든 둘이든 그가 보기에는 딱히 차이가 없었다.

"역시나 물량 공세로 시작할 모양입니다."

"그게 제일 깔끔하니까요. 이미 훌륭한 전술임을 증명해 보이기도 했고요."

설백조차도 이렇게 많은 강시를 보는 건 처음이었기에 고개를 절레절레 저었다.

다른 호법들은 시큼하면서도 불쾌한 시취를 참기 힘든 듯 눈살을 찌푸리고 있었다.

"저게 폭발을 한단 말이지요?"

"예, 벽력탄처럼 몸을 터뜨려서 공격하기도 한답니다. 폭발력도 상당하고요. 벽력탄만큼은 아니지만 조심할 필요는 있습니다."

설백의 시선이 아이들에게로 향했다. 그나 다른 호법들 그리고 청민은 괜찮겠지만, 아이들은 아니었다. 내력이야 충분하다지만 아직 그 진기를 제대로 활용할 수 있는 이는 서예지 정도였기에 난전이 벌어지면 위험한 상황이 펼쳐질 가능성이 높았다.

"아이들은 제가 지킬 것입니다, 대호법님."

"그렇다면 안심이로군."

"물론 사형께서도 가만히 지켜보고 있지만은 않을 테고요."

"잘 알지. 자기 사람은 확실하게 챙기시는 분이 아닌가. 다만 선 밖에 있는 이들에게 한없이 가차 없어서 그렇지."

대답할 말이 궁색해진 청민이 어색하게 웃었다.

그런데 재미있는 건 아이들도 그와 비슷한 미소를 짓고 있다는 점이었다.

"필교야."

"예, 장문인."

일렬로 쭉 서 있는 호법들과 달리 한쪽에 숨어 있듯이 서 있던 당필교가 벽우진의 부름에 곧장 대답했다.

당가 사람은 그 혼자만이 아니었다. 다른 기술자들 역시 당필교의 지휘 아래 각자의 자리를 지키고 서 있었다.

"손님들이 힘들게 올라오시는데 반갑게 맞이해 줘야 하지 않겠어?"

"그게 인지상정이지요."

"시작해."

"예!"

벽우진의 지시에 당필교가 손을 번쩍 들어 올렸다.

그 순간 지친 기색 없이 곤륜산을 오르던 탈백강시들의 앞으로 수십 개의 두꺼운 통나무들이 비탈길을 타고 빠른 속도로 굴러 내려가기 시작했다.

북해빙궁의 본대가 온다는 소식을 들은 벽우진이 제자들과 사천당가의 기술자들과 함께 밤새 준비한 일격이었다.

쿠르르릉!

최소 수십 년을 묵은 두꺼운 통나무들이 일제히 굉음을 일으키며 굴러 내려와 탈백강시들을 밀어버렸다.

단순하지만 굉장한 위력. 그러나 전투 불능이 된 탈백강시는 의외로 많지 않았다. 강시들은 튕겨져 나가거나 깔리긴 했어도 금세 벌떡 일어났다.

"제법 단단한데."

피범벅이 되고 팔다리가 기괴하게 꺾였음에도 아무렇지 않게 오르막길을 뛰어오르는 탈백강시들의 모습에 벽우진이 역시나 예상했던 대로라는 듯이 중얼거렸다.

그러면서 그는 먼 곳을 바라봤다. 파도처럼 달려드는 탈백강시들의 뒤쪽에 본대라고 할 수 있는 이들이 모여 있었는데, 그중 넷은 제법 강한 축에 들어가는 무인들이었다.

"호오."

스윽.

벽우진과 가장 강한 둘의 시선이 허공에서 맞부딪쳤다.

세 사람의 눈빛은 많이 달랐다. 흥미로워하는 벽우진과 달리 둘의 눈빛에는 놀람과 옅은 긴장감이 담겨 있었다.

하지만 벽우진의 시선은 이내 둘의 뒤쪽으로 향했다.

찌릿찌릿.

한눈에 알아본 두 사람과 달리 그들의 뒤에 서 있는 둘은 처음 보는 이들이었는데 초면임에도 불구하고 둘에게서 흘러나오는 눈빛은 상당히 도전적이었다. 벽우진을 죽이겠다는 듯이 살기를 감추지 않았던 것. 게다가 살기 가득한 눈빛에는 탐욕과 야망도 한가득 담겨 있었다.

"내 목이 탐나는 모양이로고."

자신의 모가지를 따내겠다는 의지가 완연한 시선에 벽우진이 피식 웃었다. 저런 도전 정신이야말로 벽우진이 좋아하는 것이었다. 물론 그렇다고 해서 순순히 목을 내어줄 생각은 전혀 없었지만.

"차륜전이나 펼치려는 녀석들에게는 더욱더 줄 수 없지."

적들을 쭉 둘러본 벽우진이 뒷짐을 지고 있던 오른손을 풀었다. 그러고는 자연스럽게 팔을 늘어뜨린 후 검결지를 짚었다. 검지와 중지만 활짝 펼쳐서 붙였던 것이다.

한데 그 모습에 머리카락이고 얼굴이고 온통 새하얀 빛깔인 중년인이 일갈했다.

"죽여라!"

별거 아닌 행동이었지만 왠지 모르게 불길한 느낌이 들자, 중년은 후방에 있던 술법사들에게 지시를 내렸다.

그 외침에 탈백강시들의 움직임이 달라졌다. 지금까지는 수적 압박과 위압감을 주려는 듯 천천히 비탈길을 올랐던 탈백강시들이 일제히 뜀박질을 시작했다.

스윽.

하지만 탈백강시들의 전력 질주보다 벽우진의 행동이 더 빨랐다. 그는 가슴께 정도로 든 팔을 오른쪽에서 왼쪽으로 가볍게 그었다.

그리고 그로 인해 벌어진 일은 결코 가볍지 않았다.

쩌어억!

오른손 검결지에서 피어난 푸른빛이 허공에 한 줄기 선을 긋자 전력으로 곤륜산을 오르던 탈백강시들이 일제히 고꾸라졌다.

탈백강시들이 썩은 짚단처럼 썰려 나가고, 그와 동시에 잘려 나간 부위에서 피가 솟구쳤다.

"미, 미친!"

"으음!"

그 말도 안 되는 광경에 사파인들이 경호성을 터뜨렸다. 보고도 믿겨지지 않는 광경에 자기도 모르게 괴성을 질러댄 것이다.

"뭐 해? 안 오고."

벽우진이 손가락을 까딱거렸다. 그러나 누구 하나 선뜻 움직이지 못했다. 방금 전의 일격이 그 정도로 충격적이어서였다.

물론 할 수 있는 이들이 없는 건 아니었다. 하지만 저렇게 무모하면서도 아름답게 그리고 아무렇지 않게 펼칠 수 있는 이는 없었다. 일단 비효율적일뿐더러 낭비도 저런 낭비가 없었기 때문이다.

"역시 노물이야."

"괜히 패선으로 불리는 건 아니라는 건가."

"하지만 내공 소모가 엄청났을 거야. 검기라고 해도 검도 없이 검결지로 뿌렸으니."

"기선 제압은 확실하지만, 글쎄. 앞으로도 잘 싸울 수 있을까."

두두두두!

변양진과 한상혁의 중얼거림이 끝나기 무섭게 탈백강시들이 다시 진군을 시작했다. 정신을 차린 술법사들이 재차 탈백강시들에게 돌격 명령을 내린 것이다. 그러자 다시 한번 곤륜산이 새까맣게 물들었다.

벽우진의 손에 수백 구가 썰려 나갔음에도 여전히 탈백강시들의 숫자는 많았다.

"우리는 자리만 지키면 돼!"

"혹시 폭발할 것 같으면 미리 말해주고!"

"낌새가 이상하다 싶으면 바로바로 말해!"

양일우와 양이추 형제가 소리쳤다. 그러면서 자연스럽게 다른 아이들과 진형을 구축했다. 며칠 밤낮을 새며 연습한 합격진이었다. 두 개의 소청검진을 합친 태청검진을 펼치며 아이들이 탈백강시들을 상대했다.

콰직!

그중 가장 큰 활약을 펼치는 이는 단연 서예지였다.

첫 번째 제자라는 사실을 만천하에 알리듯 서예지는 태청검진의 가장 선두에서 탈백강시들을 몰아붙였다. 그녀는 첫 실전이라는 말이 무색할 정도로 망설임 없이 베어버렸다.

스극! 극!

그다음으로 활약을 펼치는 이는 의외로 도일수였다. 그는 가장 많은 실전 경험 소유자답게, 비록 화려하지는 않지만 간결하게 탈백강시들을 상대했다. 그러면서도 그는 어린 사형들과 사저들을 챙기는 것도 잊지 않았다.

내력이야 충만하다지만 실전은 단순히 내력이 많다고 해서 살아남는 게 아니었기에 도일수는 서예지와 마찬가지로 가장 앞장서서 탈백강시들을 쓰러뜨렸다.

"밀어내!"

"억지로 쓰러뜨리지 마! 우리는 밀어내기만 하면 돼!"

"응!"

"알았어!"

아이들은 진형을 탄탄하게 구축하고서 노도처럼 달려드는 탈백강시들을 제법 견고하게 막아냈다.

하지만 그렇다고 해서 방심하는 아이들은 없었다. 숭산에서 탈백강시들이 몸을 폭사시켜 백팔나한진을 쓸어버렸다는 사실을 전해 들었기에 다들 긴장감을 풀지 않았다.

'허허허!'

그 모습을 옆에서 지켜보고 있던 청민이 속으로 흡족한 웃음을 흘렸다. 마냥 어리게만 보였던 아이들이 이제는 어엿한 무인의 모습으로 사문의 위기를 함께 막아내고 있자 그렇게 기꺼울 수가 없었다.

그러나 그가 흐뭇하게만 바라보고 있기만 하는 건 아니었다. 언제라도 아이들을 보호할 수 있는 위치에서 탈백강시들을 쓰러뜨렸다.

'만약 폭사한다면 내가 막아야 해.'

미래의 곤륜파를 이끌어갈 이들이 바로 이 아이들이었다. 또한 현재 곤륜파의 일대제자들이기도 했고. 그런 만큼 청민은 자신의 목숨보다 아이들의 목숨이 더욱 중요했다.

'사형은 내 목숨이 제일 중요하다고 하셨지만, 나와는 다르지.'

벽우진의 지원과 가르침으로 고수의 반열에 올랐다고 하나 청민은 자신의 한계를 잘 알았다. 사실 지금의 경지만으로도 감지덕지하고 있었고.

하나 그렇다고 현재의 경지에 정체될 생각은 없었다. 자신이 더욱더 강해져야만 곤륜파 역시 강성해졌기 때문이다.

'또한 아이들이 걸어갈 길을 다져줘야 하기도 하고!'

늦게 시작해서 늦게 이룬 자신과 달리 아이들의 미래는 상상하기 힘들 정도로 창창했다.

그렇기에 청민은 생각했다. 자신이 먼저 길을 다져서 아이들이 맘껏 질주할 수 있도록 만들어줘야 한다고 말이다.

"그 길에 마물 따위가 있어서는 안 되느니라!"

퍼퍼퍼펑!

강맹한 일격에 청민 주위에 있던 탈백강시들이 터져 나갔다. 검세에 담긴 힘을 감당하지 못하고 속절없이 파괴당했던 것이다.

그 모습에 한상혁과 변양진이 의외라는 표정을 지었다. 대벽검이라 불린다고 하나 저 정도로 강해졌을 줄은 몰라서였다.

"터뜨려."

"존명."

소수 인원이지만 제법 방어 진형을 구축해서 잘 막아내고 있는 곤륜파의 모습에 말수가 적은 빙마존(氷魔尊)을 대신해 백귀존(白鬼尊)이 지시를 내렸다.

용케 막아내고는 있었지만 그뿐이었다. 커다란 구멍이 있는 한 곤륜파의 방어선은 언제 터질지 모르는 벽력탄을 가지고 있는 것이나 마찬가지였다.

콰과과광!

이윽고 첫 번째 탈백강시가 폭발했다. 역시나 목표는 백귀존의 시선이 향해 있던, 아이들이 있는 바로 그곳이었다.

"무모한 자신감은 결국 독이 되어 되돌아오는 법이지."

"글쎄. 과연 그럴까?"

"음?"

연달아 폭사하는 탈백강시들을 무심한 눈으로 주시하며 중얼거리던 백귀존이 순간 눈을 부릅떴다. 마치 그의 말에 응답하듯 들려오는 목소리 때문이었다.

"너희들은 아직도 우리를 만만하게 보고 있구나."

"아니!"

손수 받아들인 제자들이 있던 장소에서 폭발이 일어났음에도 벽우진의 음성은 너무나 담담했다. 죽었을지도 모르는 상황인데도 말이다.

그러나 백귀존은 그 이유를 곧 알 수 있었다.

"숫자가 적다고 만만하게 보지 말라고. 여기 곤륜산에서 네 친구들이 무려 둘이나 뒈졌어. 우리를 얕잡아 보다가 말이지. 그리고 오늘은 묏자리가 두 개 더 늘 예정이지."

"모두 터뜨려!"

어린아이들 쪽에 있던 탈백강시들뿐만 아니라 다른 탈백강시들이 일제히 폭발했다. 강시들은 인간 벽력탄이라는 사실을 증명하듯 죄다 달려들면서 육신을 터뜨렸다.

그 결과 사방팔방에서 폭발이 일어나며 굉음이 산을 흔들었다. 그리고 산 전체를 날려 버릴 기세로 탈백강시들이 터져 나갔다.

투둑. 투두둑.

이윽고 장내가 뿌연 먼지구름으로 가득 찼다.

탈백강시들의 폭발로 주변이 초토화되었으나, 후방에 있던 백귀존의 표정은 어두웠다.

분명 탈백강시들의 폭사는 위력적이었지만 확실하게 벽우진을 죽였을 거라는 생각은 들지 않았다.

'백팔나한진은 탈백강시들이 터질 거라 예상하지 못했기에 속수무책으로 당했던 거고. 곤륜파는 알고 있었으니까.'

처음 대면했을 때 백귀존은 진심으로 놀랐다.

벽우진도 벽우진이지만 세간에 잘 알려지지 않은 호법들의 실력 역시 범상치 않았다. 장문인이라는 벽우진과 다른 무공을 익힌 듯해 보였지만 그럼에도 만만하게 볼 수 있는 자들이 없었다. 일대일이라면 승리할 자신이 있었지만, 이대일이라면 힘들 정도라는 생각이 바로 들 정도.

'어디서 저런 고수들이.'

서서히 가라앉기 시작하는 먼지구름을 주시하며 백귀존이 한숨을 내쉬었다.

탈백강시들의 숫자가 많다고 하나 그렇다고 모조리 날려 버릴 정도는 아니었기에 백귀존은 손을 들어 사파인들에게 수신호를 보냈다. 생존자를 확인함과 동시에 공격 명령을 내리려는 것이었다.

"허어."

근데 그때 빙마존이 묘한 탄식을 내뱉었다. 백귀존보다 먼저 그는 생존자를 확인한 것이다.

"땅거죽을 이용했군."

"저런 방법을 쓸 줄이야."

형체를 알아볼 수 없는 시체 조각들의 앞에는 깊게 파인 흔적이 있었다.

탈백강시가 폭발하기 직전 땅을 가격해서 한순간이지만 흙벽을 만들고, 그게 폭발을 막아냈음을 한눈에 꿰뚫어 본 두 사람이 옅게 감탄 어린 표정을 지었다. 저런 식으로 탈백강시의 폭사를 막아낼 줄은 몰라서였다.

"가자!"

"공격해라!"

그때 빙마존과 백귀존을 따라 왔던 일백여 명가량의 사파인들이 일제히 달려들었다.

그들은 백귀존의 지시를 따르지 않고 자발적으로 공격했다. 하지만 아무 생각 없이 달려든 것은 절대 아니었다. 지금껏 탈백강시들을 상대하기도 했고, 폭사를 막아내느라 내공 소모가 심할 테니 그 틈을 타 공격한 것이다.

"쯧쯧."

즉, 믿는 바가 있었기에 몸을 날린 것이다.

그런데 벽우진은 그런 그들을 보며 혀를 찼다. 나름 머리를 굴리기는 했지만 안타깝게도 보는 눈은 없는 것 같았다. 그들은 왜 백귀존과 빙마존이 바로 움직이지 않았는지를 한 번쯤은 생각해 봤어야 했다.

"패선은 우리가 상대한다!"

"넘보지 마라!"

변양진과 한상혁이 메뚜기처럼 훌쩍 날아올랐다. 그들은 가장 빠른 움직임으로 오로지 벽우진만을 노리고서 쇄도했다.

그런 두 사람의 눈에는 야망이 활활 불타오르고 있었다. 패선이라 불리는 벽우진을 잡고 중원에 자신들의 이름을 널리 알릴 생각으로 가득 찬 눈빛이었다.

'비어버린 천하고수의 자리에 내 이름을 올린다!'

'천하에 내 이름을 널리 알리리라!'

성격은 달랐으나 야망으로 번들거리는 눈빛만큼은 똑같았다.

그러나 득달같이 벽우진에게 쇄도했으나 정작 그들의 검과도는 벽우진에게 닿지 못했다.

따아앙!

청아한 소리와 함께 두 개의 인영이 그들의 앞을 가로막았다.

물론 단순히 가로막기만 한 건 절대 아니었다.

"흡!"

"크흠!"

충돌하는 순간 손목에서 느껴지는 반탄력에 두 사람이 똑같이 비틀거렸다. 손목에서부터 시작된 고통이 순식간에 전신으로 퍼져 나갔다.

그 충격을 해소하기 위해 두 사람은 네댓 걸음 정도 뒷걸음질 쳐야 했다.

"아해들이 너무 제 주제를 모르는구나."

"핏덩이들이 어딜 감히. 팔존이 와도 모자랄 판에!"

변양진과 한상혁을 튕겨낸 자리에 두 사람이 내려섰다.

단 한 번의 격돌로 안색이 달라진 둘과 달리 너무나 태연한 신색의 두 노인을 발견한 변양진과 한상혁의 얼굴이 잔뜩 일그러졌다. 벽우진도 아니고 호법들의 등장에 기분이 상한 것이었다.

하지만 그 생각은 이내 사라졌다.

'둘을 쓰러뜨리고 곧바로 패선에게 간다!'

벽우진만큼은 아니었지만, 곤륜파의 호법들 역시 명성이 상당했다. 패선이라 불리는 벽우진에게 가려 있어서 그렇지 호법들의 무명도 청해성을 넘어 중원까지 퍼져 있었기에, 둘은 다소 아쉬움을 느끼기는 했으나 지금의 상황도 나쁘지 않다고 생각했다. 패선을 잡기 전에 호법들로 몸을 푸는 것도 괜찮다 여긴 것이다.

"허어. 두 눈에 탐욕이 가득하도다."

"그래 봤자 한낱 부나방에 불과합니다, 형님."

"차합!"

두 호법이 지껄이거나 말거나 변양진과 한상혁은 각자 앞에 놓인 노인을 향해 저돌적으로 짓쳐 들었다.

특히 변양진은 쌍섬귀(雙閃鬼)라는 자신의 별호답게 무지막지한 쾌검을 펼치며 작고 호리호리한 호법을 향해 쌍검을 휘둘렀다.

그런데 섬전과도 같은 그의 공격을 받아내야 하는 작고 호리호리한 체격의 노인은 너무나 느리게 반응했다.

'역시 소문이 과대평가되었던 것이었어!'

하품이 나올 정도로 느린 움직임도 움직임이었지만 노인이 들고 있는 건 다름 아닌 낡은 부채였다. 철선(鐵扇)도 아닌 나무로 만든, 더울 때 부채질을 하는 바로 그 평범한 부채를 천천히 들어 올리는 모습에 변양진은 득의에 찬 미소를 지었다. 저 부채가 다 들려지기 전에 자신의 쌍검이 노인의 목과 심장을 꿰뚫을 게 분명해서였다.

그러나 결과는 정반대였다.

텅. 텅. 푹.

"어?"

변양진의 두 눈이 화등잔만 하게 커졌다. 분면 느리기 짝이 없던 움직임이었는데, 어느 순간 그의 쌍검을 튕겨낼 정도로 빨라졌다. 일순간 그의 육안에서 벗어날 정도로 말이다.

주르륵.

그러고는 어느새 자신의 심장을 찌르고 있는 낡은 부채를 바라보며 변양진이 어이없는 표정을 지었다. 도저히 믿기지가 않았다.

"후, 후발선제(後發先制)의 묘리인가."

"알면서 왜 묻나."

이름 대신 파풍(擺風)이라 불리는 노도인이 무덤덤하게 대답했다. 마지막으로 남기는 말치고는 참으로 허무한 질문이었다.

"제, 젠장……."

그 사실을 변양진도 뒤늦게 알아차렸는지 욕지거리를 내뱉으며 고개를 숙였다. 그는 결국 부귀영화의 꿈은 이루지 못하고 고향도 아닌 외딴곳에서 죽게 되었다.

하지만 이 모든 게 자업자득이었다.

터엉! 텅!

그리고 함께 온 한상혁에 비하면 그의 죽음은 차라리 나은 편이었다. 적어도 깔끔하게, 고통 없이 죽었으니까 말이다.

"커헉!"

"어허! 아까 전의 그 패기는 어디 갔느냐! 패선을 때려잡겠다는 그 호기 말이다!"

"크흐읍!"

혈광도귀(血狂刀鬼)라 불리며 감숙성을 공포로 물들였던 신진

고수 한상혁은 그 위명에 어울리지 않게 진구에게 두들겨 맞고 있었다.

피만 보면 미쳐서 달려든다던 그가 오히려 얼굴에서 피를 줄줄 흘리며 연신 뒷걸음질 쳤다.

'자, 잘못 생각했다.'

단순하고 우악스럽지만 그럼에도 피할 수가 없는, 보이는데도 피하지 못하는 진구의 주먹질에 한상혁이 입술을 깨물었다. 보이는데도 피할 수 없다면 그건 오직 한 가지만을 뜻했기 때문이다.

그리고 자신이 얼마나 오만했는지 한상혁은 뒤늦게 깨달았다. 호법들은 허장성세를 부린 게 아니라 애초에 지치지가 않은 것이었다.

'아무리 탈백강시들에 대해서 알고 있었다고 하지만 이건 너무하잖아!'

소림사를 비롯하여 강북 무림의 정예들마저 공포에 떨게 한 게 바로 강시였다. 그런데 그 강시들을 곤륜파의 사람들은 너무나 쉽게 상대했다. 미리 알고 있었다고 해도 말이다.

'이대로는 위험해.'

여기까지 함께 왔던 변양진이 단 삼 초식에 싸늘한 시체로 화한 걸 두 눈으로 똑똑히 본 그였다. 그렇기에 한상혁은 냉정하게 생각했다. 지금의 자신으로는 호법 한 명도 상대하기 버겁다는 사실을 말이다.

"잔머리 굴리는 소리가 여기까지 들리는구나."

콰아앙!

한상혁은 노인의 주먹이라고는 보기 힘들 정도로 솥뚜껑을 방불케 하는 진구의 정권 찌르기를 도신으로 가까스로 막아 냈다.

그런데 권기 하나 서려 있지 않은 일권을 막았음에도 오히려 그의 애병에 잔금이 갔다. 도강으로 휩싸여 있던 그의 도가 주먹질 한 방에 금방이라도 부서질 것처럼 위태롭게 변했다.

'도, 도움을 청해야……!'

그 모습에 한상혁의 얼굴에 다급함이 떠올랐다. 애병의 상태로 보건대, 앞으로 많이 버텨야 세 번을 버티지 못할 것 같았다. 게다가 충돌할수록 몸에 가해지는 충격의 강도 역시 중첩되었기에 어떻게 해서든 서둘러 빠져 나와야 했다.

'빙마존과 백귀존은 도대체 뭘 하는 거지?'

한상혁의 시선이 전방이 아닌 후방으로 향했다. 본대에서 가장 강력한 전력이라 할 수 있는 두 사람이 왜 아직도 움직이지 않는지 의문이 들었기 때문.

"이제는 한눈까지 팔고. 역시 젊음이 좋긴 좋아. 이런 상황에서도 여유가 넘치는 것을 보면!"

"켁!"

번개 같이 복부로 파고드는 일권에 한상혁의 두 눈알이 튀어나올 것처럼 솟구쳤다. 그리고 입에서는 자기도 모르게 신음 소리가 흘러나왔다. 하지만 그럼에도 백귀존과 빙마존은 끝끝내 움직이지 않았다.

더불어 무명을 얻기 위해 달려들었던 사파인들 역시 빠르게 시체로 화하고 있었다.

"이런 녀석이 육귀라니. 다른 성에는 고수라 불릴 만한 무인이 별로 없는 모양이군."

쩌저적!

손날에 부딪친 거패도가 손잡이만 남기고 산산이 조각났다. 결국 더 이상 견뎌내지 못하고 박살 난 것이었다.

그리고 한상혁 역시 시커멓게 죽은 피를 토하며 바닥에 엎어졌다.

"수준 차이는 있을 수밖에 없지. 괴물이 흔한 것도 아니고."

"그렇긴 하죠."

진구의 시선이 벽우진에게로 향했다. 그가 생각하기에 현존하는 가장 크고 강력한 괴물이 바로 벽우진이었으니까.

"다 들으셨을걸?"

"제가 솔직한 성격이란 걸 알고 있으시잖습니까. 장문인도 마찬가지고."

"그래도 선은 지켜. 장문인이시기 전에 종주이시니까."

"저도 잘 알고 있죠. 그런데 보아하니 안 달려들 것 같은데요?"

진구의 시선이 여전히 제자리를 지키고 있는 팔존들에게로 향했다. 탈백강시들도 모두 소비하고 이끌고 온 사파인들도 전멸한 상태였다. 즉, 이제는 둘밖에 남지 않은 것이다.

"간을 보는 것이지. 이길 수 있나, 없나. 허장성세가 아닌 것은 확인했고. 그리고 차륜전까지 사용했으니까."

"역시 비겁하고 교활한 놈들답군요."

진구가 주먹을 팡팡 부딪쳤다.

도인이자 무인인 그에게 강시는 존재해서는 안 될 마물이었다. 괜히 중원무림에서 강시가 사라진 게 아니었다.

"그래도 만만하게 보면 안 돼. 우리도 아예 안 지친 것은 아니니까."

"저희가 지더라도 뒤에는 장문인이 있지 않습니까. 청민도 이제는 제 몫을 하고 있고."

"그렇긴 하지."

파풍의 시선이 제자들과 함께 있는 청민에게로 향했다. 그런데 그의 눈빛이 조금 묘했다.

한편 모두의 시선을 받고 있는 백귀존과 빙마존의 머릿속은 복잡했다. 무음살존의 죽음으로 둘 다 쉽지 않은 전투가 되리라고는 예상했었다. 하지만 실제로 부딪쳐 보니 곤륜파의 전력은 짐작했던 것보다 더 대단했다.

특히 호법들의 무위가 예상했던 것 이상이었다.

-돌아가야 할 것 같다.

-내 생각에도.

백귀존은 머뭇거리지 않고 결단을 내렸다. 굳이 개죽음을 당할 필요는 없었다.

게다가 이 보 전진을 위한 일 보 후퇴 정도는 얼마든지 할 수 있었다. 그는 무인이기에 앞서 북해빙궁에 충성을 맹세한 전사였으니까.

휘이익!

결정을 내림과 동시에 둘은 뒤도 돌아보지 않고 몸을 내뺐다. 승산이 없다고 생각되자 망설이지 않고 도주를 택했던 것.

하지만 생각 없이 몸만 돌린 것은 아니었다. 둘은 각기 다른 방향으로 도주했다.

"호오."

혹시 모를 추격까지 예상하고 각자 다른 쪽으로 도주하는 두 사람의 모습에 벽우진이 의외라는 표정을 지었다.

무음살존도 그렇고 여기까지 온 둘도 북해빙궁주에 대한 충성심이 대단한 것 같았다. 저 정도 되는 무인들이 자존심을 꺾는 게 쉽지 않을 텐데 말이다.

"상황 판단이 빠르군요. 도망치는 선택을 하기가 쉽지 않았을 텐데."

"그래서 더욱 주의해야 한다고 생각합니다. 명예가 아닌 실리를 택하는 강자만큼 상대하기 까다로운 적은 없으니까요."

"저런 이들이 모여 있으니 중원의 반 가까이를 차지한 것이겠지요."

설백이 상당히 놀란 기색으로 말을 이었다. 팔존씩이나 되는 인물들이 이렇게 쉽게 몸을 내뺄 줄은 몰라서였다.

"추후를 생각하지 않을 수가 없을 테니까요. 둘마저 여기서 죽으면 십존이 육존으로 쪼그라들 테고, 그러면 북해빙궁 입장에서는 너무나 큰 손해이니까요."

"이대로 보내실 생각이십니까?"

"그럴 수는 없죠."

뒤도 돌아보지 않고서 전력을 다해 도망치는 둘을 차례대로 응시하며 벽우진이 오른손을 들어 올렸다. 그러자 바닥을 나뒹굴고 있던 두 자루의 검이 허공으로 두둥실 떠올랐다. 가장 가까이에 떨어져 있던 검 두 자루를 허공섭물의 수법으로 들어 올린 것이었다.

쌔애애액!

벽우진의 손짓에 따라 하늘 높이 솟구친 두 자루의 철검이 이내 허공을 맹렬히 갈랐다. 그러고는 허공을 찢어발기겠다는 기세로 무시무시한 파공음을 토해내며 한 줄기 섬광으로 화했다.

그 두 자루의 철검이 향하는 곳에는 바로 빙마존과 백귀존이 있었다.

"어후."

손으로 직접 잡아서 던진 것도 아니고 허공섭물로 들어서 뿌려 버리는 공격에 멀찍이 떨어져서 지켜보던 진구가 고개를 절레절레 저었다.

정말 공력도 말이 안 되는 수준이지만 통제력 역시 상상을 초월했다. 보기에는 쉬웠지만 정말 어려운 기술이 바로 지금 벽우진이 보여주는 것이었기 때문이다.

심지어 지금 이 순간에도 두 팔존과의 거리는 빠르게 벌어지고 있었는데 벽우진이 날린 철검은 처음의 기세를 고스란히 간직한 채로 날아가고 있었다.

흠칫!

그러는 사이 전력 질주로 도주하던 백귀존과 빙마존도 철검의 기세를 알아챘다. 아니, 알아채지 못하는 게 이상했다. 저렇게 살벌하게 날아가는데 팔존씩이나 되는 고수들이 느끼지 못할 리가 없었다.

콰앙! 쾅!

무지막지한 기세로 날아오는 두 자루의 철검을 두 사람은 피하지 않고 막았다. 피하기에는 이미 늦었기에 차라리 몸을 돌려 정면으로 막은 것이다.

그런데 굉음과 달리 신음 소리는 들리지 않았다. 대신 두 사람은 벽우진을 똑바로 주시하는 채로 쭉 날아갔다.

"허어!"

"충돌로 일어난 반발력을 그대로 이용할 줄이야."

호법들이 탄성을 내질렀다. 기습과도 같은 벽우진의 공격을 막아낸 것을 넘어 충돌로 인해서 발생한 반발력을 이용해 날아가자 자기도 모르게 감탄이 흘러나왔다.

하지만 충격까지는 어쩔 수 없던 모양이었는지 둘 다 입가에 옅은 핏줄기가 흐르고 있었다.

"진기를 좀 더 때려 박을 걸 그랬나."

"허어. 지금보다 더 강력하게 날릴 수 있으셨던 겁니까?"

"예, 검이 부서질까 봐 진기를 조절해서 날렸는데, 좀 더 넣었어도 될 것 같았습니다. 충돌 직후 부서지도록 만들었으면 둘 다 사로잡을 수 있었을 텐데."

벽우진이 진심 어린 표정으로 중얼거렸다. 하필이면 이 좋은 생각이 뒤늦게 떠올라서였다. 그러면서 그는 역시 아직은 경험이 부족하다는 것을 깨달았다.

"허허허."

"역시 이런저런 경험을 좀 더 쌓아야 할 것 같습니다."

"추격하라고 지시할까요?"

"이미 늦었습니다. 저 정도 되는 고수들이 마음먹고 도주하는데요. 그리고 체력들도 신경 써야 하고."

설백이 고개를 주억거렸다.

살아온 세월 덕분에 내력은 충분하다 못해 넘칠 지경이지만 노쇠화된 육체는 아무래도 추격전을 펼치기에 적합하지 않았다. 그렇다고 벽우진이 직접 움직여도 한 명을 잡는 게 고작일 터였고. 게다가 함정일 가능성도 생각해야 했다.

'희박하기는 하지만 조심해서 나쁠 것은 없지. 하오문의 정보를 맹신해서도 안 되고.'

어차피 북해빙궁과는 부딪칠 수밖에 없는 상황이기에 벽우진은 욕심을 버렸다. 만약 황하강에서 배를 탄다면 제아무리 그라도 쫓는 데 한계가 있을 수밖에 없었으니까.

"거리가 조금만 더 가까웠어도 잡을 수 있었을 텐데 말이지요."

"영악한 녀석들이라 아마 도주도 생각하고 있었을 겁니다. 그리고 다시 찾아올 때는 저희 역시 더 강해져 있을 테니까요."

"그렇지요."

벽우진은 조금의 아쉬움도 없다는 듯이 몸을 돌렸다. 청민과 제자들의 상태를 확인하기 위해서였다.

쿨럭!

그런데 그때 청민이 검붉은 피를 토했다. 아직은 호신강기를 여유롭게 펼칠 수준이 되지 못했기에 검벽으로 탈백강시를 막았는데 그로 인해 미약하게나마 내상을 입은 것이었다.

"장로님!"

"난 괜찮다."

"웅, 정말 괜찮아. 조금 다친 것뿐이니까. 운기요상 며칠 하면 금방 나을 거야."

"맞습니다."

걱정 어린 눈으로 다가오는 제자들을 물리며 청민이 고개를 끄덕였다. 벽우진의 말마따나 심하지 않은 내상이어서였다. 다만 바로 조치하지 않은 이유는 혹시라도 피를 토하는 자신을 보고 팔존이 달려들지는 않을까 싶어 아무렇지 않은 척을 한 것이었다.

"그냥 토하고 유인하는 것도 나쁘지 않았을 것 같은데."

"……저를 그렇게 이용하고 싶으신 겁니까?"

"이용하긴. 환경을 적절히 활용하는 거지. 그것도 다 전략 전술 아니겠냐."

"하아."

"한숨 쉬지 마라. 복 달아난다. 너희들은?"

청민을 일별한 벽우진이 제자들을 살폈다.

그나마 경험이 좀 있는 서예지와 도일수가 선두에서 잘 막아주었기에 큰 부상을 입은 아이들은 없어 보였다.

하지만 그렇다고 멀쩡하지도 않았다. 각자 자잘한 상처가 상당했다.

"저희들은 괜찮아요!"

"이 정도쯤은 아무것도 아닙니다."

마치 상처가 훈장이라도 되는 것처럼 의연하게 대답하는 제자들의 모습에 벽우진이 씩 웃었다. 아닌 척 하고 있었지만 걱정이 되는 건 어쩔 수가 없었는데, 잘 버텨준 것 같아 흐뭇했다.

벽우진은 웃는 얼굴로 아이들의 어깨를 한 차례씩 두드려 주었다.

··· 제8장 ···
반전의 시작

고풍스럽게 꾸며진 방 안에서 설향이 양선의 보고를 듣고 있었다.

그런데 평소와 달리 방 안에는 한 명이 더 있었다. 아직은 앳된 티가 남아 있는 십 대 후반의 소녀였는데, 그녀는 조용히 두 사람의 대화를 경청하고 있었다.

"빙마존과 백귀존이 도주를 선택했다라."

"예."

"둘을 제외한 나머지는 모두 죽고?"

"예, 근래 들어 악명을 떨치는 쌍섬귀와 혈광도귀가 참전했음에도 전부 도륙당했다고 합니다."

담담히 이어지는 양선의 보고에 설향의 주름 가득한 얼굴에 짙은 놀람이 떠올랐다. 곤륜의 승산이 높다고는 생각했지만 이렇게 압도적인 격차를 보여줄 줄은 몰라서였다.

특히 벽우진은 아예 나서지도 않았다는 말에 설향은 경악을 금치 못했다.

"팔존이 아무 이유 없이 물러나지는 않았을 터."

"승산이 없다고 판단한 것 같습니다. 무리하게 싸우기보다는 다음을 기약한 게 아닐까 생각합니다. 이미 십존의 둘을 잃은 상태이기도 하고요."

"대단하구나."

설향은 진심으로 감탄했다. 십존 중 둘을 쓰러뜨린 것만으로도 대단한 성과인데, 또다시 두 명을 물리친 것이나 다름없어서였다. 현재까지 이런 성과를 낸 이는 중원무림에서 벽우진이 유일했다.

"저도 이렇게 수월하게 막아낼 줄은 예상치 못했습니다. 아무리 저희가 정보를 주었다고는 하지만 피해가 거의 없다시피 하다는 건 불가능한 일이니까요. 천하의 소림사조차 숭산을 버리고 도망쳤는데……."

양선이 여전히 믿기지 않는다는 투로 중얼거렸다.

물론 규모로 따지면 곤륜파가 상대한 강시들의 숫자는 감히 숭산에서의 전력과 비교할 수 없었다.

그런데도 놀라운 이유는 곤륜파의 전력 역시 숭산에 집결해 있던 전력과 비교할 수 없는 수준이었기 때문이다. 아무리 사천당가의 기술자들이 있다고 하나 그들의 수준은 곤륜파 전력에 크게 영향을 끼치는 수준이 결코 아니었다.

"자잘한 부상만 입었다고?"

"예."

"우리가 여전히 곤륜파를 과소평가한 모양이구나. 곤륜파
에는 패선만 있는 게 아니었어."

설향이 담담히 한숨을 내쉬었다. 나름 평가를 높게 했다고
했는데, 그마저도 과소평가를 한 듯했다.

특히 그녀는 제자들의 성장에 가장 놀랐다. 무공에 입문한
지 1년도 채 안 된 이들이 어엿한 한 명의 무인이 되어 탈백강
시들을 상대했다고 하자 믿기지가 않았다.

빙혼강시처럼 도검불침이 아니라고 하나 탈백강시도 결코
만만한 마물은 아니었다. 한데 그런 탈백강시들을 상대로 단
한 명도 죽지 않았다고 하자 설향은 가슴 깊은 곳에서 욕심이
났다.

'우리 아이들도 패선의 가르침을 받는다면……'

수없이 오랜 세월 동안 핍박 아닌 핍박을 받아온 하오문은
좀처럼 고수를 키워내지 못했다. 상승절학이 없는 것도 있었
지만, 앞에서 이끌어줄 스승이 없었기에 제대로 된 고수를 육
성하지 못했던 것이다.

'하지만 쉽지 않겠지.'

벽우진 정도나 되는 고수가 아무 이유 없이 하오문을 도와
줄 리가 없었다.

다른 이들과 달리 편견이 없다고 하나 딱 거기까지였다. 서
로 상부상조하는 관계이지 그리 깊은 관계가 아니기에 도와달
라고 해봤자 콧방귀만 뀔 게 분명했다.

그렇다고 주고받으려고 해도 하오문으로서는 딱히 줄 게 없었다.

'내밀 패가 없어.'

지금이야 규모가 작기에 하오문과 사천당가의 도움을 받지만, 이번 습격을 막아낸 것이 알려지면 곤륜파는 다시 한번 급속도로 성장할 터였다. 눈치만 보던 이들이 좀 더 적극적으로 움직일 가능성이 컸다.

"하아."

거기까지 생각이 닿자 나오는 것은 한숨뿐이었다. 얻고 싶은 게 있는데 도통 그것을 받아낼 방도가 떠오르지 않았다.

특히 그녀는 제자들을 빠르게 키워낸 비밀을 가장 알고 싶었다. 단순히 무공이 뛰어나서, 혹은 잘 가르친다고 해서 경지가 쑥쑥 늘어나는 것은 아니었으니까.

"조심스럽게 알아봤는데 비현이라는 호법이 가장 수상합니다."

"이번에도 나서지 않았다지?"

"예, 아무래도 무공을 익히지 않은 것 같습니다."

"무공을 익히지 않았는데 호법의 자리에 앉아 있단 말이지."

설향이 턱을 쓰다듬었다.

확실히 냄새가 나는 것 같았다. 벽우진의 성격상 아무 이유 없이 호법이라는 직위를 주지는 않았을 테니까.

"비밀 병기일 수도 있지만, 그럴 가능성은 희박하다고 생각합니다. 사천당가의 기술자들까지 이번 전투에 나섰으니까요."

"굳이 건물을 지킬 필요도 없고 말이지."

"예."

"얻고 싶은 건 많은데 방법이 없구나. 그렇다고 미인계를 쓴다고 해서 넘어올 것 같지도 않고. 제자로 들어가는 게 가장 확실하기는 한데, 위험 부담이 너무 크지."

지금의 상황으로 보건대 청해성의 어린아이들이 곤륜파의 제자가 되겠다고 달려들어도 하등 이상할 것이 없었다. 과거 구대문파의 한 자리를 차지하던 시절 산문에는 제자가 되고 싶다며 찾아온 이들이 한둘이 아니었으니까. 그게 다시 재현될 가능성이 높았다.

게다가 소림사의 패배로 인해 강북 무림의 분위기도 전체적으로 흉흉하고 말이다.

"저도 같은 생각입니다."

"그나마 다행스러운 점은 분위기가 조금은 달라졌다는 거지. 북해빙궁의 기세가 꺾였으니까. 탈백강시들의 숫자도 확연히 줄었고."

"빙혼강시도 더 이상 추가되지 않는 상태입니다."

"그럴 때가 되기는 했지."

설향은 고개를 주억거리면서도 머릿속 한구석에는 곤륜파에 대해 생각했다. 아니, 정확하게는 제자들의 성장세가 떠나지 않았다. 대체 어떤 묘수를 부렸기에 단기간에 그만큼 성장했는지 너무나 궁금했다.

"거기다 이번 곤륜파의 일로 인해 다른 성의 분위기도 반등

될 기미가 보이고 있습니다. 무너지긴 했지만, 명문이 괜히 명문이 아니니까요. 공동, 화산, 종남, 하북팽가 모두 저력을 보이고 있습니다. 물론 남궁세가가 어떻게 되느냐에 따라 분위기가 다시 한번 달라질 테지만요."

"남궁세가가 마지막 보루이기는 하지. 안휘성의 남궁세가마저 무너진다면 강북 무림은 북해빙궁의 손아귀에 넘어간 것이나 마찬가지니까."

"그래서 빙마존과 백귀존이 물러난 게 아닐까 싶습니다. 곤륜파는 분명 눈엣가시이지만 남궁세가와 비교하면 중요도가 확 떨어지니까요."

"그렇지."

설향이 머리를 흔들었다. 우선은 강북 무림의 정세부터 파악하는 게 먼저였다.

"현재 합비 쪽으로 창왕과 낭왕이 가고 있습니다. 확실한 건 아니지만 둘의 목적지가 남궁세가가 아닐까 생각합니다."

"오왕 중 넷이 모이게 되는구나."

죽은 벽력도왕을 제외한 나머지 넷이 전부 모이게 되는 상황이었지만 설향은 크게 기대하는 기색이 아니었다.

지금까지의 결과로 보면 팔존의 무위는 결코 오왕과 비교해도 떨어지지 않는 수준이었다. 게다가 중요한 건 아직까지도 북해빙궁주는 모습을 드러내지 않았다는 점.

"예."

"그걸 알고 몸을 내뺐을 수도 있겠어."

"정황상 그럴 가능성이 높다고 생각합니다."

"흠."

설향이 알 수 없는 표정을 지었다.

양선의 보고는 계속 이어졌다. 초토화된 것은 강북 무림만이 아니었다. 강남 무림 쪽 역시 오독문으로 만만치 않게 박살이 난 상태.

'곤륜파라.'

소림사의 잔존 병력과 강남 무림의 전력이 무당산에 집결해 있다는 말에도 설향은 다른 생각을 하고 있었다. 좀처럼 곤륜파와 벽우진에 대한 생각을 떨쳐내지 못했던 것.

더불어 그녀는 근시일 내에 다시 한번 곤륜산에 올라야겠다고 생각했다. 아무래도 직접 부딪쳐 봐야 할 것 같았다.

'비록 실패하더라도 말이지.'

설향의 눈동자가 깊게 가라앉으며 묘한 빛을 발했다.

운무가 짙게 내린 이른 시간에 벽우진은 연무장으로 나왔다.

서늘한 기운이 오히려 잠을 깨우는 듯한 느낌에 벽우진은 입가에 미소를 띠었다.

남들은 춥다고 할지 모르나 벽우진은 이런 자연의 조화가 너무나 좋았다. 시공간의 진에 갇혀 있을 때는 느끼고 싶어도 느낄 수가 없었던 것이었기 때문이다.

"좋구나."

바람결에 따라 이리저리 흔들거리는 새벽안개를 보며 벽우진이 어제 있었던 전투를 떠올렸다.

솔직히 말해 전투라고 할 수도 없는 싸움이었지만 그래도 얻은 게 전혀 없지는 않았다. 제자들이 실전을 경험했으며 사문의 명성 역시 드높였다. 벽우진도 나름 얻은 게 있었고 말이다.

"역시 아직 배우고 경험할 게 많아. 아직도 나아갈 길이 멀었다는 뜻이지."

시공간의 진에서 벽우진은 늘 자기 자신과 싸워야 했다. 자신과 똑같은 경지의 또 다른 자기와 싸워서 이겨야만 했기에 일대일의 경험은 그 누구보다 많은 상태였다.

하지만 그렇기에 편협하다고도 볼 수 있었다. 온갖 잔머리와 변초가 난무했지만 그건 자신에게 한정된 경험이었다.

스윽. 스으윽.

그 사실을 벽우진도 잘 알고 있었기에 탈출과 동시에 새로운 이와 많이 대결해 보려고 했다.

하지만 그 생각은 결과적으로 실패했다. 다른 이와의 비무가 분명 도움이 되기는 했으나 성장에는 크게 영향을 끼치지 못했던 것이다.

그걸 알게 된 후 벽우진은 고민하고 고뇌했다. 이대로 정체되어 있을 수 없기에, 사문을 재건해야 하기에 벽우진은 무공에 매진했다. 자신이 강해져야만, 무너지지 않고 굳건히 자리를 지켜야지만 곤륜파를 다시 일으킬 수 있어서였다.

그럴 때마다 벽우진은 홀로 무공을 수련했는데 그게 어느 새 지금의 춤사위가 되었다.

휘리릭. 휘릭.

바람을 타듯 너울너울 움직이는 벽우진의 움직임은 결코 무인의 것이라고 보기 힘들었다. 힘이라고는 전혀 느껴지지 않았기 때문이다.

그렇다고 곤륜파 무공의 진의가 담겨 있는 것도 아니었다. 하지만 너무나 자연스러웠다.

스으으윽.

바람을 거스르지 않고, 자연에 순응하는 듯한 벽우진의 움직임에는 신묘함이 있었다. 묘하게 자연을 닮은 듯한 느낌을 풍기는 모습.

그리고 그건 사실이기도 했다. 벽우진은 사람이 아닌 자연에게서 많은 걸 배우고 있었으니까.

"무공의 극의라."

한껏 신나게 춤사위를 추던 벽우진이 멈춰 서며 중얼거렸다. 문득 이런 생각이 들어서였다.

더불어 곤륜파의 무공에 대해 다시 한번 곱씹었다.

사실 곤륜파의 무공은 파괴와 거리가 멀었다. 오히려 무(武)를 쌓아 신선이 되고자 하는 공부가 바로 곤륜파의 무공이었다. 다만 속세에서 살기에 다툼을 피할 수가 없는 것일 뿐.

"어쩌면 시공간의 진에서 나올 수 있었던 것도 거기서 배울 수 있는 걸 다 배워서인 걸지도."

아는 만큼 보인다는 말이 있었다. 그리고 그 말을 벽우진은 근래 들어 실감하는 중이었다. 경지가 완숙해질수록 자연의 위대함을 절절히 깨닫고 있어서였다. 또한 인간은 자연을 이길 수 없다는 말도 절감하고 있었다.

"하지만 그전에 자신의 육체부터 완벽하게 다룰 줄 알아야 하지."

무릇 모든 일이든 기초가 중요했다.

그리고 벽우진이 깨달은 사실은 자신의 몸을 완벽하게 제어하는 게 가장 먼저였다. 머리로 이해하고 깨달아도 몸이 그걸 따라가지 못하면 아무 소용이 없었다.

그렇기에 벽우진은 스스로의 몸을 완벽하게 통제하고 다루는 것에 중점을 두었다.

"가볼까나."

이른 시간이지만 이미 일어나서 수련하고 있을 게 뻔한 제자들이었기에 벽우진이 땅을 박찼다.

이윽고 벽우진의 신형이 마치 신선처럼 하늘로 두둥실 떠올라 제자들의 숙소로 향했다.

까가가강!

뒷짐을 지고서 바람을 타듯이 훌쩍 날아간 벽우진이 숙소의 지붕에 내려섰다.

하지만 아이들은 그런 벽우진의 기척을 전혀 느끼지 못한 채 새벽 수련에 열중하고 있었다. 고요한 새벽에 숙소 뒤쪽에 마련된 연무장에서 각자 짝을 지어 대련하고 있었던 것이다.

"흠."

각자 크고 작은 부상을 달고 있었지만 의외로 움직임이 가벼웠다.

하지만 그렇다고 해서 건성으로 대련을 하는 이는 아무도 없었다. 오히려 어제의 전투를 복기하듯이 평소보다 더욱 투지 넘치게 대련에 임했다.

"확실히 경험이 크다니까."

벽우진의 입가에 흡족한 미소가 맺혔다.

무인도 아닌 강시들을 상대했을 뿐이지만 수련에 임하는 자세가 확연히 달라져 있어서였다.

물론 예전에도 열심히는 했었다. 하지만 지금처럼 각오와 결의가 넘치지는 않았다.

"확실히 한층 더 성장했어."

눈빛만 봐도 마음가짐 자체가 달라졌다는 걸 느낄 수 있었기에 벽우진은 미소가 절로 나왔다.

아무리 실전 같은 수련을 해도 진짜 실전과는 엄연히 다를 수밖에 없었다. 하지만 저런 마음가짐으로 지독하게 수련을 하면 실전과의 차이를 어느 정도까지는 좁힐 수 있었다.

"물론 그전에 체력부터 길러야 하지만 말이지."

"사부님!"

"아침부터 너무 무리하는 거 아냐?"

"죄송합니다!"

깃털처럼 가볍게 땅에 착지하는 벽우진의 모습에 제자들이 일제히 수련하던 것을 멈췄다. 그러고는 동시에 고개를 숙였다.

"그렇다고 죄송해할 필요는 없고. 수련하는 것도, 휴식하는 것도 너희들 선택이니까. 알겠지만 난 강요하는 성격이 아냐."

"좀 더 보탬이 되고 싶어서요."

"사문에 먹칠을 하고 싶지는 않습니다."

양일우, 양이추 형제가 한껏 진지한 표정으로 말했다. 다른 제자들의 표정도 비슷했다.

"너희들은 가끔 쓸데없이 진지할 때가 있어. 다쳤으면 좀 쉬고 그래야지."

"움직일 수 있습니다."

"어제는 체력 단련도 했는걸요."

아이들이 아무렇지도 않다는 얼굴로 대답했다. 몇몇은 붕대를 감고 있으면서도 말이다.

"그럼 오랜만에 내가 직접 지도해 줘볼까."

"감사합니다!"

"한 명씩 와도 좋고, 다 같이 와도 좋고. 쓰러져도 다시 덤벼도 좋아. 부딪치고 깨지다 보면 얻는 게 분명히 있을 테니까."

벽우진의 말에 아이들이 번개 같이 서로를 돌아봤다. 이제는 직접 말하지 않아도, 눈빛만 봐도 서로의 생각을 알 수 있을 정도였기에 의견은 빠르게 일치되었다.

"전음도 할 수 있는 녀석들이 눈치를 왜 봐. 그냥 전음으로 말하면 되지."

"왠지 사부님은 훔쳐 들을 수 있을 것 같아서요."

"내가?"

"예, 사부님은 가능하실 것 같아요."

앙증맞은 체구의 심소혜가 자신의 체형에 맞는 작은 소검을 들고서 말했다.

그 말에 모두가 고개를 주억거렸다. 어제 벽우진이 펼친 무위만 해도 아무나 할 수 있는 게 아니어서였다.

"해보지 않아서 모르겠는데. 언젠가 기회가 되면 해봐야겠다. 근데 만약에 들을 수 있다고 쳐도 내가 너희들 전음 들어서 뭐 해? 기습이라도 하게?"

"할 수 있는 건 뭐든지 해보게요."

"뭐, 그것도 나쁘지 않지. 근데 이미 너무 훤히 드러나 있다고 생각하지 않니?"

벽우진이 히죽 웃었다.

그러나 그 미소를 본 이는 몇 없었다. 말이 끝나기도 전에 벽우진이 움직여서였다.

"으힙!"

단순한 움직임이지만 호흡을 빼앗아서 이동하는 것이기에 제대로 반응한 이는 아무도 없었다. 특히 막내인 심소혜는 아예 기겁을 하며 깜짝 놀랐는데, 다행히 벽우진이 목표한 사람은 그녀가 아니라 서예지였다.

터엉!

"흡!"

맨손인데도 마치 철퇴라도 막은 것처럼 묵직하게 파고드는 반동에 서예지가 자기도 모르게 신음을 흘렸다. 강하게 내지른 것도 아니고 그저 수도로 휘두른 것뿐인데도 몸이 휘청거릴 정도였다. 때문에 그녀는 감히 반격할 생각도 하지 못했다.

"끝."

상반신이 흔들리는 순간 벽우진의 왼손은 이미 그녀의 목젖 앞에 다가와 있었다. 쫙 펴진 손가락 끝이 그녀의 목전에 닿을락 말락 했다.

"네에."

"그렇다고 포기하지는 말고. 계속 이어지는 거니까. 하지만 몇 번 죽었는지는 기억해. 그래야 다른 애들과 비교할 수 있을 테니까."

스슥!

벽우진의 신형이 다시 움직였다. 그러나 아이들도 순순히 당하고만 있지는 않았다.

아이들은 북해빙궁의 공격에 대비해 수없이 훈련한 태청검진을 펼치며 벽우진을 공격했다. 하지만 그 반격에 당해주기에는 벽우진이 아는 게 너무 많았다.

"으아앗!"

"켁!"

제자들 중에서 가장 강한 서예지와 똑같은 수준으로 대응을 했음에도 오히려 무너지는 쪽은 아이들이었다. 제자들은 그야말로 속수무책으로 바닥을 나뒹굴었다.

하지만 손속에 사정을 두었기에 받은 충격은 그리 크지 않았다. 대신 악이 바짝 오른 제자들이 넘어지고 쓰러져도 계속해서 벽우진에게 달려들었다.

"그래, 바로 그 정신이지!"

독과 깡으로 밀고 들어오는 제자들의 모습에 벽우진도 흥이 솟구치는 듯 움직임이 더욱 격렬해졌다. 그러나 일정 수준이상의 힘은 절대 사용하지 않았다. 아무리 상황이 급박하고 어려워도 왼손 하나만 사용했다.

'무럭무럭 자라거라.'

어떻게든 오른손을 사용하도록 만들겠다는 듯이 악착같이 달려드는 제자들의 모습에 벽우진이 속으로 웃으며 중얼거렸다.

그러면서 그는 새삼 제자들을 잘 뽑았다는 생각을 다시 한 번 했다. 입문한 지 얼마 되지도 않은 상태에서 전쟁을 치르고 있음에도 누구 하나 싫은 소리 내지 않는 게 그로서는 너무나 대견스러웠다. 그리고 하나라도 더 알려주고 가르치고 싶었다.

'미래는 너희들의 몫이니까.'

수명이 늘었다고 하나 인간은 결국 죽게 되어 있었다. 불사(不死)는 존재하지 않았다. 다만 또 다른 시작이 있을 뿐.

그렇기에 벽우진에게 있어 제자들은 너무나 소중했다. 그의 뒤를 이어 곤륜의 명맥을 이어갈 존재들이었으니까.

회의실로 사람들이 하나둘 들어왔다.

하지만 상석에 앉아 있는 남궁진의 표정은 좀처럼 풀릴 기미를 보이지 않고 있었다. 시간이 흐를수록 상황이 호전되기는커녕 점점 나빠지고 있어서였다.

"다 들어오셨습니다, 가주님."

두 눈을 감고 있는 그의 귀로 남동생의 목소리가 들려왔다. 어느새 비어 있던 자리가 다 차 있었다.

"상처는 어떠십니까?"

"보다시피 별로 좋지 않아. 아무래도 약발이 제대로 들 나이는 아니니까."

"그래도 얼른 완쾌되셔야 합니다."

"그리 말하지 않아도 서두르고 있다네. 제자의 원수를 갚기 위해서는 얼른 회복이 되어야 하니까. 참고로 투존(鬪尊)은 나의 것이네."

개왕이 형형한 안광을 뿌리며 말했다. 그는 온몸에 붕대를 감고 있음에도 살기를 감추지 못했다.

하지만 자리에 앉아 있는 누구도 그 점에 대해 지적하지 못했다. 개방의 후개가 죽었는데 개방주가 흥분하지 않는다면 그게 더 이상했기 때문이다.

"그건 모두가 알고 있습니다."

"궁금한 것은 창왕과 낭왕의 위치겠지?"

"그렇습니다."

남궁진의 대답에 앉아 있던 몇몇 이들이 눈을 빛냈다.

그중에는 사마룡도 있었다.

특히 숭산전투에서 반수가 넘는 수하들을 잃은 그에게 있어 창왕과 낭왕의 합류는 가뭄 끝의 단비와 같았다. 반등을 위해서는 둘의 합류가 필수였다.

"지금의 이동 속도라면 모레 오후에는 도착하지 않을까 싶네. 그런데 애매한 소식도 하나 있네."

"애매한 소식이라. 어떤 소식입니까?"

"빙마존과 백귀존이 본대로 오고 있다는 소식이네."

"곤륜파가 결국 무너진 겁니까?"

남궁진이 굳은 얼굴로 물었다. 곤륜파의 선전에 그들 역시 알게 모르게 도움을 받고 있어서였다. 특히 십존 중 둘을 쓰러뜨린 게 곤륜파의 장문인이었기에 남궁진은 내심 그에 대해서 호기심과 궁금증을 가지고 있었다.

"무너지지 않았네. 오히려 북해빙궁의 공격을 대파했지."

"오오오!"

"역시 명문의 저력이란!"

개왕의 말이 끝나기 무섭게 여기저기에서 탄성이 터져 나왔다. 연전연패만 하고 있는 그들에게 있어 희망을 주는 소식이어서였다.

하지만 남궁진의 표정은 여전히 굳어 있었다. 어째서 애매하다고 한 것인지 그는 이해했던 것이다.

"백귀존과 빙마존을 놓친 모양이군요."

"아닐세. 둘이 물러났다고 하더군. 하지만 실질적으로는 도망쳤다고 봐야지."

"으음! 곤륜파 장문인의 무위가 보통이 아닌 것 같습니다."

"그건 이미 증명했지. 빙화파산존과 무음살존을 죽인 게 패선이니까."

패선이라는 별호에 남궁진은 다시 한번 궁금증이 치솟았다. 도대체 어떤 무인이기에 패선이라는 별호가 붙었는지 궁금했다. 보통은 검선이니 도선이니 하는 별호가 붙는데 말이다.

"두 괴물이 도망쳤다니."

"도대체 어느 정도의 실력자기에 두 괴물이 도망친 거지?"

"방주님, 어떻게 도움을 요청할 방도가 없겠습니까?"

남궁진이 상념에 잠겨 있을 때 몇몇 사람들이 입을 열었다. 하나같이 명문대파이자 가문의 수장들이었다. 지금은 비록 그 위세가 급격히 꺾이긴 했지만.

그리고 그들 중에는 사마룡도 눈을 빛내며 얌전히 앉아 있었다.

"곤륜파에게 말이더냐?"

"예, 십존 중 둘을 쓰러뜨리고 둘을 쫓아낼 정도의 실력자라면 저희들에게 정말 큰 힘이 되지 않겠습니까?"

"그건 네 생각이고. 그쪽 생각이 그럴까?"

"사해가 동도라는 말도 있지 않습니까. 지금이야 소원해진 관계이지만 과거에만 해도……."

"정말 끝까지 이기적인 말만 지껄이는구나. 정작 곤륜파가 어려울 때는 시선 한 번 주지 않은 놈이. 물론 나 역시 너에게 이런 지적을 할 자격도 없는 놈이지만."

개왕이 씁쓸한 표정을 지었다. 힘들고 어려웠던 곤륜파를 외면했던 문파 중에는 개방도 있어서였다.

물론 애초에 거지들의 소굴이자 집단인 개방이 누군가를 지원해 준다는 말은 어불성설이었다. 빌어먹는 거지들이 무슨 돈이 있을까.

'하지만 그럼에도 잘못한 건 사실이지.'

그간의 정리를 생각하자고 말하는데 반대로 곤륜파가 그렇게 말하면 이쪽에서는 할 말이 없었다. 아무리 정마대전이 끝난 직후라고 하나 그간의 정리가 있는데 곤륜파를 외면한 건 그들이었기 때문이다.

게다가 곤륜파가 여력이 없다는 이유로 거절하면 자신들로서는 할 말이 없었다. 과거에 그들이 했던 말을 그대로 돌려받는 것이었으니까.

"그래도 상황이……."

"우리 상황이 이런 거지, 곤륜파 쪽은 아니지. 더구나 그쪽은 피해가 거의 전무한 것이나 마찬가지던데. 잔부상만 좀 입었을 뿐."

"허어."

"전체적인 전력이 상당한 모양입니다."

"하지만 숫자가 소수지. 일종의 소수 정예라고나 할까."

개왕이 입맛을 다셨다.

누가 뭐래도 아쉬운 사람은 그였다. 만약 패선과 무명이 급속도로 뜨고 있는 곤륜파의 호법들까지 합류한다면 그야 말로 천군만마를 얻는 것이나 마찬가지였으니까.

"하지만 패선의 성향을 보면 쉽지 않겠죠."

"분타주가 이미 까였어. 애걸복걸 매달려도 눈 한 번 깜빡이지 않는다더군."

"으음."

남궁진이 침음을 흘렸다.

그러나 이해가 안 가는 것은 아니었다. 사천당가만 해도 더하면 더했지 덜하지는 않았다.

"와준다면야 우리로서는 더할 나위 없이 좋겠지만, 현실적으로는 가능성이 희박하지."

"방법이 없겠습니까?"

"있었으면 내가 가만히 있지는 않았겠지. 게다가 누군가가, 혹은 둘이 야료를 부린 정황도 있어서."

개왕의 시선이 어느 한 곳으로 향했다. 그러자 그 시선이 향한 곳에 앉아 있던 이가 슬그머니 고개를 돌렸다.

"허어!"

"도대체 누가 그딴 짓을……!"

"시끄러워. 너희들은 그런 말조차도 할 자격 없다니까? 입 다물고 있어라."

전신에 붕대를 칭칭 감고 있던 개왕이 두 눈을 부라렸다. 그 눈빛에 모두가 시선을 피했다.

"무림맹 결성은 힘들겠지요?"

"상황이 여의치 않잖나. 시간도 없고. 북해빙궁이나 오독문이 기다려 줄 리도 없고. 이미 점령지 안정화 작업까지 들어간 상태인데. 그동안 숨죽이고 있는 사마외도 놈들도 날뛰고 있는 상황이고."

개왕의 말에 여기저기에서 깊은 한숨이 흘러나왔다.

그리고 그건 남궁진도 마찬가지였다. 아무리 살펴보고 고민해 봐도 좀처럼 돌파구가 보이지 않았다. 그렇다고 건곤일척의 승부를 벌이기에는 전력이 아직 부족했다.

'승리해도 모든 걸 잃는다면 그건 절대 이긴 게 아니니.'

한 명의 무인이기에 앞서 남궁진은 한 가문의 수장이었다. 그것도 오랫동안 오대세가의 수좌를 지켜온 가문의 가주였다. 때문에 동귀어진은 생각도 하고 싶지 않았다.

'이마저도 욕심인가.'

자신의 대에서는 힘들더라도 후대가 번창할 기반은 남겨두어야 했다. 그런데 지금 문득 그 생각마저도 욕심이 아닐까 하는 마음이 들었다.

똑똑똑!

한데 그때 누군가가 회의실의 문을 두드렸다. 왠지 모르게 다급함이 느껴지는 두드림에 남궁진은 물론이고 수뇌부라 할 수 있는 모두의 시선이 출입문으로 향했다.

"무슨 일이냐."

"가, 가주님. 북해빙궁 측에서 서신을 보내왔습니다."

"서신?"

"예, 북해빙궁주가 직접 작성한 서신을 옥면검존이 가져왔습니다."

벌떡!

옥면검존이라는 말에 남궁진과 개왕을 제외한 모든 이가 자리에서 일어났다. 그 정도로 옥면검존이라는 이름이 주는 무게감은 남달랐다.

"오, 옥면검존이 왔다고!"

"혼자 왔느냐?"

화산검제를 일대일로 쓰러뜨리며 단번에 무명을 알린 옥면검존이 왔다고 하자 수뇌부들의 눈빛이 달라졌다.

특히 몇몇은 대놓고 살기를 드러냈다. 선봉장이라 할 수 있는 옥면검존의 손에 죽은 이들이 수두룩했기에 반사적으로 살기를 띤 것이다.

"호, 혼자 왔습니다."

살기 넘치는 수뇌부들의 시선에 남궁세가의 무사가 말을 더듬었다. 그도 어디 가서 기가 죽는 성격이 아닌데 수뇌부들의 살기가 집중되자 감당하기가 쉽지 않았다.

스윽.

그 모습을 본 남궁진이 손을 휘저었다. 가솔에게 집중된 살기를 흐트러뜨리기 위해서였다.

"죄 없는 아이에게 살기 피우지 말고. 그 투지는 싸울 때나 사용해라."

남궁진에 이어 개왕도 못마땅한 표정을 지으며 입을 열었

다. 아무 죄 없는 무사에게 화풀이하는 것으로 밖에는 보이지
않아서였다.

"서신은?"

"여기 가져왔습니다."

"이리 가져오너라."

"예."

남궁진과 개왕의 도움으로 살기의 바다에서 빠져나온 무사
가 바짝 언 기색으로 다가와 공손히 서신을 건넸다.

그러자 모두의 시선이 남궁진의 손에 들린 서신으로 향했
다. 어떤 내용이 적혀 있을지 다들 궁금했으니까.

촤르륵!

그런 수뇌부들의 시선을 느끼며 남궁진이 깊게 가라앉은 눈
동자로 서신을 펼쳤다.

한데 서신을 읽던 남궁진의 표정이 심상치 않았다. 그는 순
식간에 얼굴이 붉어지더니 두 손을 부르르 떨었다.

"왜 그러나?"

"이게 정녕 옥면검존이 가져온 것이더냐?"

"예, 가주님."

"허허허허!"

남궁진이 웃었다. 그러나 그 안에는 거대한 분노가 담겨 있
었다.

"어떤 내용이 적혀 있기에 그러는 건가?"

"방주께서도 보시죠."

남궁진은 설명하지 않았다. 대신 옥면검존이 가져온 서신을 그에게 건넸다.

잠시 후 개왕의 얼굴도 딱딱하게 굳어졌다.

"봉문, 봉문이라. 허허허!"

남궁진에 이어 개왕 역시 허탈한 웃음을 흘렸다. 그러나 그의 웃음소리에도 어마어마한 분노가 담겨 있었다. 설마하니 이렇게 광오한 제안을 해올 줄은 꿈에도 예상하지 못했다.

"봉문이요?"

"설마 북해빙궁주가 봉문하라고 한 것입니까?"

"봐라. 너희들에게도 해당되는 내용들이지."

사라락!

개왕이 수뇌부들에게 서신을 건넸다. 그러고는 두 눈을 질끈 감았다.

분노도 분노지만 더 화가 나는 건 거절했을 때의 결과였다. 창왕과 낭왕이 오고 있다고 하나 그 정도로는 균형만 간신히 맞출 수 있는 정도였다.

'소림이라도 있었다면······.'

개왕은 소림사의 전력이 너무나 아쉬웠다. 만약 소림사만 건재했더라면 북해빙궁주가 이런 망발을 지껄이지는 못했을 터였다.

'아니지. 지금은 가정을 생각하고 있을 때가 아니다. 어떻게 헤쳐 나갈지에 대해서 궁리해야 해.'

분노는 잠시뿐이었다. 지금은 이 상황을 타개할 방법을 찾아야 했다.

"이, 이런 잡것들이⋯⋯!"

"감히 오랑캐 따위가!"

남궁진과 개왕이 침묵하는 것과 달리 다른 이들은 노발대발했다. 보는 것만으로도 분노가 치솟았다.

하지만 모두가 그런 건 아니었다. 몇몇 이들은 조용히 눈치를 살폈다. 자존심도 중요하지만 그렇다고 그 자존심이 가문보다 중요한 건 아니어서였다. 더구나 태풍이 왔을 때 잠시 피해 있는 것도 한 가지 방법이었다.

"조간 회의는 여기서 끝마치겠소이다."

"으음!"

"방주님은 잠시 남아주시지요."

"알겠네."

복잡하게 흐르는 분위기에 수뇌부들이 하나둘 자리에서 일어났다. 정리가 되지 않은 지금 이 상황에서는 회의 자체가 소용없었다.

동시에 많은 이들이 남궁진과 개왕의 눈치를 살폈다.

"옥면검존은?"

"서신만 주고서 돌아갔습니다."

"알았다."

서신을 가져왔던 무사 역시 고개를 꾸벅 숙인 후 회의실을 나서자 널찍한 방 안에는 남궁진과 개왕만이 남게 되었다.

"남궁가주는 어찌할 생각인가?"

"어차피 양자택일이지 않습니까."

"그렇지. 자존심을 굽히던가, 결사 항전하던가. 이미 굽히려는 이들도 꽤 보이던데."

"멸문지화를 피할 유일한 방법이니까요."

"하나 허락해 줄 수 없네. 지금 우리의 상황에서는."

개왕이 단호한 어조로 말했다. 어쩌면 북해빙궁이 노리는 게 분열일 수도 있다고 생각해서였다.

막말로 봉문을 선택해도 안전하다는 보장이 없었다. 남몰래 기습해서 지워 버리고 흔적을 없애면 아무도 뭐라 하지 못할 테니까.

"저 역시 방주님과 같은 생각입니다. 가뜩이나 전력이 밀리는데 사분오열되기까지 한다면 정말 승산이 없지요."

"후우."

막막한 현실에 나오는 것은 한숨뿐이었다. 하지만 그러면서도 개왕의 머릿속은 빠르게 회전했다. 답이 없다고 가만히 주저앉아 있을 수는 없었다.

"그래서 말인데. 방주님께 여쭈어보고 싶은 게 있습니다."

"혹 방도가 있는가?"

"곤륜파의 도움을 받을 수 있는 방법이 없겠습니까? 패선이 후방에서 휘저어주기만 해도 저희는 시간을 벌 수 있습니다. 저희가 버티며 강북 무림의 구심점이 된다면, 장기전으로 간다면 승산이 있습니다."

"으음!"

개왕이 두 눈을 질끈 감았다.

그리고 그 방법을 생각해 보지 않은 건 아니었다. 하지만 곤륜파 장문인의 태도가 너무나 완강했다.

"지금이라도 사과를 해서 마음이 풀어진다면, 제가 직접 서신을 쓰고 직인까지 찍을 생각이 있습니다. 직접 찾아갈 수가 없어서 그렇지 찾아갈 수 있는 상황이라면 바로 움직일 생각도 있습니다."

"간절함이야 나도 마찬가지기는 한데, 워낙에 완강해서 말일세. 더구나 성격이 개차반이라는 말도 있고. 일단 맺고 끊는 게 확실하다고 하니."

"사천당가보다는 곤륜파가 더 쉽지 않겠습니까. 저희는 지금 무엇이라도, 할 수 있는 모든 건 다 해야 하는 상황입니다. 물론 이게 염치없는 생각이라는 것은 압니다. 하지만 끈이 잘못 묶였다면 풀어서 다시 묶으면 되지 않겠습니까. 어쩌면 곤륜파에서 기다리고 있을지도 모릅니다. 저희가 패배한다면 북해빙궁의 다음 목적지는 곤륜산이 될 테니까요."

"일리는 있는데……."

틀린 말은 아니었다. 다만 문제는 패선의 속마음이었다. 그가 어떤 생각을 하고 있느냐가 관건이었다.

"그러니 패선이 어떤 생각을 가지고 있는지 알아봐 주셨으면 합니다. 더해서 참전까지 이끌어낸다면 더할 나위 없이 좋고요."

"나에게 너무 많은 걸 바라고 있구먼."

"방주님밖에는 믿을 수 있는 사람이 없습니다."

"허허허."

개왕이 허탈한 웃음을 흘렸다. 이 말의 의미를 그는 너무나 잘 알아서였다. 더불어 백도의 한계를 여실히 깨달았다.

"부탁드리겠습니다."

"해보겠네, 아니, 해내야지. 그래야 우리가 살 거 아닌가. 가주나, 나나 항복은 절대 없으니."

"맞습니다."

후대를 생각해야 하지만 그렇다고 굴욕의 역사를 물려주고 싶은 마음은 없었다. 차라리 지더라도 끝까지 항전하고 버티며 다시 일어나는 게 바로 남궁세가였다.

"바로 움직여야겠어. 우리에게 주어진 시간이 없으니."

개왕이 자리에서 일어났다.

하지만 그가 회의실에서 나갔음에도 남궁진은 오랫동안 자리를 지켰다.

○

당민호가 가주 전용 집무실이라 할 수 있는 무독각(無毒閣)에 들어갔다. 오늘 뜻밖의 손님이 찾아왔다는 사실을 시비에게 전해 들어서였다.

"나다."

"들어오시지요."

두드리는 것도 없이 목소리만으로 자신의 방문을 알린 당민호가 안에서 들려오는 당문경의 목소리에 문을 열었다. 그러고는 성큼성큼 들어가 당문경의 앞에 앉았다.

"정말 그가 왔더냐?"

"예, 저도 놀랐습니다. 아무리 상황이 급박하다고 하지만 기성(奇星)인 제갈가주가 직접 올 줄은 몰랐거든요."

"여기까지 올 만한 상황이 아닐 텐데."

"혼자서 이동했다고 합니다. 아무래도 한 손이 아쉬운 상황이니까요."

당문경 역시 놀라움을 감추지 못한 얼굴로 대답했다.

사실 아직도 얼떨떨한 상태였다. 좋지 않은 상황이라는 것은 알지만, 기성의 다른 신분은 제갈세가의 가주였다. 그렇기에 더더욱 방문이 놀라울 수밖에 없었다.

"원하는 것은 하나겠구나."

"예, 그보다 이걸 먼저 봐주셨으면 합니다, 아버지."

"흠."

당문경이 자신의 탁자 위에 돌돌 말려 있던 서찰을 당민호에게 건넸다. 그것은 누렇게 변색되어 있는 게 딱 봐도 작성한 지 제법 오랜 시일이 지난 것 같은 서찰이었다.

주르륵.

두께도 제법 나가는 서찰을 펼친 당민호는 살짝 궁금한 표정으로 내용을 확인해 나갔다. 아들이 괜한 것을 보여줄 리가 없기에, 그리고 제갈현과도 관련이 있을 게 분명하기에 찬찬히 서찰을 읽어 내려갔다.

그런데 얼마 되지 않아 당민호의 표정이 기기묘묘하게 변했다.

"허어."

"예상 밖이지 않습니까? 황보세가와 하북팽가야 강북에 있으니 그러려니 하지만 강남 쪽은 전부 다 보내왔습니다."

"놀랍구나. 이런 식으로 나올 줄은 몰랐는데."

"그만큼 상황이 급박하다는 것이겠지요. 오독문을 밀어내도 강북에 북해빙궁이 있으니까요. 알아보니 남궁세가에 집결해 있는 병력이 최후의 정예인 것 같습니다. 각각의 성에서 소소하게 저항을 하고 있지만 북해빙궁이 마음먹고 움직이면 못 쓸어버릴 것도 없으니까요."

두 눈을 동그랗게 뜨고서 당민호가 연신 고개를 저었다. 그 콧대 높은 이들이 이 정도로 납작 엎드릴 줄은 몰랐다.

"상황이 심각할 정도로 안 좋기는 하지. 물론 그렇게 된 가장 큰 이유는 방심이었지만."

"저도 그렇게 생각합니다. 만약 초반에 전력으로 승부를 걸었다면 지금과는 상황이 정반대였을 겁니다. 물론 강시들로 인해 피해가 상당했겠지만 이렇게 속수무책으로 밀리지는 않았겠죠."

"맞아, 그래서 네 생각은 어떠냐?"

"안 그래도 그것 때문에 아버지께 조언을 구하고 싶습니다."

당문경이 담담한 얼굴로 당민호의 찻잔에 차를 따랐다. 그러자 깊은 용정차의 차향이 방 안을 은은하게 채워 나갔다.

"사천당가의 가주는 너다."

"잘 알고 있습니다. 결정은 제가 해야 한다는 사실을요. 하지만 조언 정도는 들을 수 있지 않습니까."

"네 생각은 어떻더냐?"

"기회라고 생각합니다. 본가가 천하제일가가 될 수 있는 기회. 그리고 지금껏 단 한 번도 넘어서지 못한 남궁세가를 밀어낼 기회가 지금이 아닐까 싶습니다."

당민호가 대답 대신 차를 들이켰다.

천하제일가라는 다섯 글자가 사천당가에 어떤 의미인지 모를 수가 없었다. 그 역시 소가주였던 시절에는 천하제일가문이라는 그 말을 가슴에 품고 있었으니까. 때문에 누구보다 당문경의 마음을 이해할 수 있었다.

"천하제일가라."

"전 지금이 바로 그 염원을 이룰 수 있는 때가 아닐까 생각합니다."

"약자가 도태되는 건 자연의 섭리이니까."

"그렇습니다."

권불십년(權不十年) 화무십일홍(花無十一紅)이란 말처럼 이 세상에 영원한 것은 없었다. 정점에 오르면 내려오는 길밖에는 없는 것처럼 남궁세가도 이제는 밀려날 때가 되었다. 반대로 사천당가는 이제 오를 일만 남았고. 더구나 지금의 사천당가는 비상할 날개까지 얻은 상태였다.

"자신 있느냐?"

"예, 그리고 명분도 적당하지 않습니까. 저희의 체면도 살려 주었고요."

"하지만 어떻게 보면 제갈현의 의도대로 움직이는 것이기도 하다."

"그 이상 뜯어낼 생각입니다. 그게 우리 가문이지 않습니까."

당문경이 자신감 어린 어조로 말했다.

예전이었어도 자신이 있는데 지금은 과거보다 더 강해진 상태였다. 그렇기에 당문경은 자신이 있었다. 또한 오독문과 제대로 붙어보고 싶은 마음도 있었고.

'여건상 지켜보고만 있었지만, 이제는 명분이 생겼으니까.'

모든 이가 사천당가의 참전을 반길 터였다. 이독제독이라는 말처럼 독에는 독으로 상대하는 게 가장 좋다는 걸 모두가 알고 있었으므로.

"그렇다면야."

"더구나 가주들과 장문인들의 직인이 찍혀 있습니다. 나중에라도 딴말은 절대 할 수 없지요."

"그런데 한 가지 간과하고 있는 게 있다."

자신만만한 모습으로 말을 이었던 당문경이 고개를 갸웃거렸다. 무엇을 놓친 건지 그로서는 감이 잡히지 않았다.

"북해빙궁이 내려올 수도 있지. 지금 보면 남궁세가는 버티는 게 한계이니까."

"아직까지 내려온 적은 없지만, 그렇죠. 안 내려올 거라는 보장은 없죠. 만약 오독문이 밀려난다면…….”

“중원 정복의 야욕을 드러내도 하등 이상할 게 없지. 예전부터 늘 그래 왔으니까.”

“…….”

당문경의 얼굴이 굳어졌다. 지금이야 오독문이 있어서 내려오지 않지만, 오독문을 밀어낸다면 얘기가 달라졌다.

“물론 이 모든 것은 가정일 뿐이고, 오독문이 만들어낸 독강시는 만만치 않은 마물이야.”

“알고 있습니다. 안 그래도 은밀히 사체를 구해 연구하기도 했고요. 하지만 진짜 아버지의 말씀대로 북해빙궁은 전혀 생각하지도 못하고 있었습니다.”

“동맹이 있으니 크게 걱정할 것은 없지만, 그래도 방심해서는 안 되는 법이다.”

“명심하겠습니다. 그런데 아버지.”

당문경이 은근한 어조로 당민호를 불렀다. 그런데 그 목소리가 당민호에게는 너무나 불안하게 다가왔다.

“영단을 더 얻을 수 없겠습니까?”

“욕심이 과하면 화를 부르는 법이다.”

“으음!”

당문경의 얼굴이 굳어졌다. 설마하니 이렇게 단호하게 안 된다고 할 줄은 몰랐다.

물론 그야 벽우진과 안면이 없으니 얘기조차 꺼낼 수 없다고 하나 부친은 달랐다. 이제는 하나 남은 친우이지 않던가.

"과유불급이라 했다. 이 이상은 과해. 우진이 역시 그 사실을 알고 있고. 그리고 이마저도 내가 어떻게 얻어왔는지 잊었더냐? 만약 줄 마음이 있다고 치자. 넌 무엇을 줄 수 있느냐?"

"……."

당문경은 말문이 막혔다. 자신은 원하는 것이 있지만 벽우진이 사천당가에 원하는 게 있을까 싶어서였다.

만약 팔대극독을 원한다면 거기서 또 문제가 생겼다. 팔대극독은 지금껏 단 한 번도 외부로 유출된 적이 없는 독이었다.

"지금까지 받은 것만으로 만족해야 한다. 아니면 그만한 가치가 있는 걸 내어주던지."

"……알겠습니다. 제가 실언을 했습니다."

"어쨌든 네 생각은 잘 알겠다. 나 역시 반대할 생각은 없고."

"감사합니다."

"하지만 난 여기에 남을 것이다."

당민호가 빙그레 웃으며 말했다.

지금은 더 이상 그의 시대가 아니었다. 그렇기에 당민호는 자신이 앞에 나서지 않을 생각이었다.

"지켜봐 주십시오. 제가, 제 손으로 천하제일가라는 칭호를 가져오겠습니다."

"기다리고 있으마. 하지만 너무 무리하지는 말거라."

"명심하겠습니다."

결단을 내린 표정으로 당문경이 대답했다. 그런 그의 눈동자에는 더 이상 망설임이 남아 있지 않았다.

··· 제9장 ···
방문자

벽우진은 정말 오랜만에 여유를 만끽하고 있었다.

사문의 무공서를 집필하는 것도 끝냈고 주석을 다는 것도 어느 정도 정리가 되었기에, 장문인으로서의 기본적인 업무와 개인 수련 그리고 제자들의 무공을 봐주는 것을 제외하면 따로 할 일이 없었던 것이다.

물론 이것만 하더라도 하루가 짧을 지경이었지만 그래도 한두 시진 정도의 여유는 있었다.

"흐아암."

"사형."

"응응, 다 듣고 있어. 입으로는 하품을 해도 귀는 무려 두 개나 있잖아. 하나가 닫혀도 다른 하나가 남아 있다고."

"정말 제대로 듣고 계신 거 맞습니까?"

앞에 앉아서 보고를 하던 청민이 미심쩍은 표정을 지었다.

이제 내상은 다 치료했다는 듯이 묘하게 현기 어린 노도사의 모습을 하고 있는 그가 고개를 갸웃거리며 벽우진을 쳐다봤다.

"물론이지. 방문객들이 엄청 늘어났다며. 비무첩을 보내오는 이들은 확 줄었고. 그게 뭐겠어? 이제는 더 이상 징검다리로 보지 않는다는 뜻 아냐? 이제는 만만하게 볼 수 없는 위치라는 얘기지."

"사형께는 그렇지만 저나 호법들에게 오는 비무첩은 오히려 늘었습니다."

"아주 좋은 현상이지. 무명이 높아지고 있다는 뜻이잖아? 나야 뭐, 더 이상 높아질 필요가 있나."

벽우진이 대답하며 다시 한번 늘어지게 하품을 했다. 중식도 먹었겠다, 날씨도 선선하겠다, 몸이 나른한 것이 이상하게 잠이 쏟아졌다. 정작 밤에는 정신이 말똥말똥한데 말이다.

"호법들께서 상당히 귀찮아하는 기색입니다."

"전부 한 분에게 몰아. 그분은 오히려 반길걸?"

"이미 가장 많은 비무첩을 받고 계십니다."

"아무래도 속세를 떠나긴 힘들 것 같은데."

벽우진이 낄낄거렸다. 그가 보기에 진구가 세상을 등지는 건 불가능에 가까울 것 같아서였다.

"오히려 짧고 굵게 즐기고 떠날 수도 있지요."

"그럴 수도 있겠다. 아, 공사는 어떻게 되어가고 있어? 슬슬 완공될 때가 되지 않았나?"

"필교가 말하길 좀 더 완벽을 기하고 싶답니다. 그리고 새로운 기술도 시도해 보고 싶답니다."

"그래?"

벽우진이 비스듬히 누운 채로 귀를 후비적거렸다.

다른 이도 아니고 당필교 정도 되는 기술자가 새로운 것을 시도해 본다는데 말릴 이유는 없었다. 재정적으로도 이제는 상당히 여유가 있었고 말이다.

물론 과거에 비하면 아직도 규모가 턱없이 부족한 상태이지만 이건 시간이 지나면 해결될 문제였다.

'우리가 사마외도도 아니고 무작정 힘으로 찍어 누를 수도 없고 말이지.'

아무리 도인답지 않은 도인이라고 하나 벽우진은 엄연히 정도를 추구하는 무인이었다. 그런 만큼 힘으로 압박하거나 찍어 누를 생각은 전혀 없었다. 오히려 정당하고 합리적인 방법으로 곤륜파의 재산을 늘릴 생각이었다. 그래야 나중에 뒷말이 나오지 않을 테니까.

"예, 그런데 상당히 즐거워 보였습니다."

"연구하고 개발하는 걸 자기 마음대로 할 수 있으니까. 본가에서는 절차에 따라야 하는데 여기서는 자기가 대장이잖아. 내가 뭐 갈구는 것도 아니고. 독촉도 안 하잖아?"

"대신 결과물이 마음에 안 들면 꼬치꼬치 따질 거잖아요."

"그건 당연하지. 그렇게 투자하고 지원해 주었는데 결과물이 마땅치 않으면 그 돈과 시간을 날린 거잖아? 자유롭게 공사하는 건 좋지만, 그에 따른 결과물은 나와야 하는 게 당연한 거야."

벽우진이 단호하게 말했다.

아무리 당필교를 믿는다지만 이건 다른 문제였다. 더구나 지금 하고 있는 공사는 그를 위해서가 아닌 곤륜파를 위해서 였다. 어쩌면 현재 가장 중요한 일일지도 몰랐고.

"그렇긴 합니다만."

"그러니까 네가 잘 확인해. 공사 제대로 하고 있나. 혹시 농땡이 피우는 건 아닌지 말이야."

"제가 틈틈이 확인했을 때 그런 사람들은 없었습니다."

"그렇다면 다행이고. 그 외에 따로 보고할 일은?"

벽우진이 다시 하품을 시작했다. 관심이 사라지자 귀신같이 하품이 쏟아졌다.

"북해빙궁의 습격 이후 속가제자에 대한 문의가 많이 들어오고 있습니다. 표국 쪽과 상단 쪽에서요. 특히 청해성 내 표국들의 문의가 활발합니다."

"속가제자라. 들여야 하긴 하지. 규모를 키울 때가 되기는 했으니까. 언제까지 본산제자만 받을 수는 없지."

벽우진이 고개를 까딱거리며 청민을 지그시 쳐다봤다. 청민은 귀신같이 벽우진의 속마음을 읽었다.

"항렬이 꼬일까 봐 걱정하시는 거죠?"

"응, 너도 제자 받아야지. 이제는 슬슬 받아도 될 경지이기도 하고. 지금 수준이면 그래도 장로직이 부끄럽지는 않을 정도이니까."

"……지금 이 정도가요?"

"응, 사실 내 기준에는 한참 부족해. 너는 네 육체도 제대로 다루지 못하잖아. 많이 나아지기는 했지만 그래도 5할 정도에 불과하지."

벽우진이 지극히 냉정한 어투로 말했다. 그의 기준으로 보자면 진짜 턱없이 부족한 수준이었기 때문이다. 하지만 긍정적인 부분은 하루가 다르게 나아지고 있다는 점이었다.

"절반밖에요?"

"왜? 못 믿겠어? 증명시켜 주랴?"

"사형이 제 수준에 맞춰서 해준다고 하는데, 전 그게 가끔 이해가 되지 않아요. 내력을 같은 수준으로 맞추더라도 기본적으로 육체 능력 자체가 다르잖습니까."

"그것도 나름 맞춰서 해주는데. 100까지 사용할 줄 아는 사람이 50의 힘만 쓰는 거하고, 50도 가까스로 사용하는 사람이 애초에 똑같을 수가 없지. 그리고 원래 대련은 자기보다 강한 자와 해야 실력이 부쩍 느는 법이야."

벽우진이 당당한 표정으로 말했다. 어디 하나 틀린 구석이 없었다.

게다가 애초부터 갑은 벽우진이었다. 항렬도 그가 높았고, 무공을 가르치는 사람도 그였다.

"끄응!"

"마음에 안 들면 지금이라도 때려치워."

"……아닙니다."

"불만이 가득한 기색인데?"

"그럴 리가요."

청민이 가까스로 표정을 관리했다.

늘 이렇게 구박 아닌 구박을 받고 눈치도 보지만 냉정히 말해 곤륜파가 여기까지 올 수 있었던 것은 전부 벽우진 덕분이었다. 그가 복귀하지 않았다면, 다시 만나지 못했다면 지금의 그는 물론이고 곤륜파 역시 없었을 게 분명했다. 그렇기에 청민은 참았다.

"하고 싶은 말 있으면 해. 이제는 그 정도 할 수 있잖아? 한 명뿐인 장로인데. 호법들이야 사실상 진골이라고 하기에는 어렵고. 너나 나 정도만 진골 본산제자지."

"진짜 없습니다."

"에잉."

벽우진이 입맛을 다셨다. 한 번쯤은 시원스럽게 내지를 필요도 있는데 청민은 그런 게 없었다. 더 높은 경지로 가기 위해서는 자기 자신에게 솔직해질 필요가 있는데 말이다.

'지금부터라도 그러는 습관을 들여야 하는데 말이지. 마지막 한 걸음을 내디딜 때 필요한 건 배짱이니까.'

박우진이 괜히 청민을 도발하는 게 아니었다. 안정적인 성장을 추구하는 게 나쁜 건 아니었지만 가끔은 모험을 할 필요가 있었다. 너무 안정적인 것만 추구하다가 정체되는 경우가 의외로 많아서였다.

"하오문에서 보내온 보고서입니다."

"청민이 너도 서면 보고 해도 되는데."

"제가 안 오면 안 보실 거 아닙니까?"

"내가 뭐 허구한 날 농땡이 피울 것 같아?"

청민은 대답하지 않았다. 대신 긍정을 표하듯 의미심장한 표정을 지었다.

"허! 날 그렇게 생각했단 말이지?"

"전 아무런 말도 하지 않았습니다, 사형."

"네 표정이 말하고 있잖아."

벽우진이 정색하듯 말했다. 그러나 청민은 미동도 하지 않았다.

똑똑똑.

"사부님, 사부님을 찾아온 사람이 있습니다."

벽우진이 청민과 오랜만에 티격태격하고 있을 때 문밖에서 도일수의 목소리가 들려왔다. 나이는 가장 많지만, 막내라는 자신의 위치에 걸맞게 모든 자잘한 일을 도맡아서 하는 그가 옥청궁에 찾아온 것이다.

"날 찾아왔다고? 누가?"

"그게……."

도일수가 머뭇거렸다. 그런데 보이지 않음에도 그가 난감해한다는 걸 알 수 있었기에 벽우진이 말을 이었다.

"일단 들어와."

"예."

이윽고 문이 열리며 말끔한 도복 차림의 도일수가 안으로 들어왔다. 그러고는 벽우진과 청민을 향해 고개를 꾸벅 숙이며 인사했다.

"누가 날 찾아온 거야?"

"그게 두 사람이 사부님을 찾아왔는데 한 분은 노인이시고, 다른 한 명은 아직 어린 남자아이입니다."

"소속은 모르고?"

청민이 슬쩍 대화에 끼어들었다.

하루에도 많게는 수십 명이 벽우진을 만나고자 찾아왔으나 실질적으로 대면하는 이는 거의 없었다. 아는 사이이거나 만나야 하는 분명한 이유가 있지 않은 한 벽우진이 자리를 허락하지 않아서였다. 그리고 그 결정에는 청민 역시 동의했고.

벽우진은 이제 더 이상 몰락한 문파의 장문인이 아니었다. 청해성을 대표하는 고수인 만큼 당연히 아무나 만나줄 필요는 없었다.

"예, 그런데 상당히 절박해 보였습니다. 꽤 먼 길을 온 듯했고요."

"네가 판단하기에는 보고해도 될 정도다?"

"예, 일단은 말씀을 드려야 할 것 같아서요. 장로님께서도 여기에 계신다고 해서."

청민이 고개를 끄덕였다. 원래는 자신에게 먼저 찾아오려고 했는데 벽우진과 함께 있자 이리로 온 것임을 알 수 있어서였다.

"다른 말은 없고?"

"예."

"데려와."

"알겠습니다."

고민하는 청민과 달리 벽우진은 시원스럽게 결정을 내렸다. 아무나 만나지 않는 그였지만 도일수가 이렇게 보고할 정도라면 이유가 있을 거라고 생각해서였다.

게다가 궁금하기도 했다. 보통은 권문세가나 나름 어깨에 힘 좀 주고 다니는 무문들이 찾아오는데 일노일소 단둘이서 찾아왔다고 하자 벽우진은 그 이유가 궁금했다.

"직접 만나보시게요?"

"못 만날 것도 없잖아? 내가 지금 바쁜 것도 아니고."

"평소에는 잘 안 만나시잖아요."

"시답잖은 말이나 할 게 뻔하잖아. 간이나 보고 어떻게든 빼먹을 게 있나 궁리하는 족속들 상대할 바에는 그냥 낮잠이나 자는 게 낫지."

청민이 자기도 모르게 고개를 끄덕였다. 확실히 그런 이들을 만날 바에는 차라리 쉬는 게 나았다. 물론 달라져 가는 위상에 기껍기도 했지만, 그것도 한순간이었다.

"그렇게 말씀하시니 저도 궁금하네요."

"넌 할 일 없어?"

"저는 사형과 달리 제자도 없지 않습니까. 무공 수련도 이미 충분히 하고 있고요."

"그렇다면야."

벽우진은 어깨를 으쓱거렸다. 곤륜파의 핵심 수뇌부라 할 수 있는 청민인 만큼 같이 있어도 상관은 없어서였다.

"모셔왔습니다, 사부님."

"안으로 모셔."

눕듯이 의자에 앉아서 잠시 졸던 벽우진이 눈을 비비며 자세를 바로 했다.

청민이나 제자들이야 이미 망가진 모습을 수도 없이 봤지만 지금 들어오는 사람들은 아니었다. 게다가 나름 곤륜파에 대한 환상 같은 것도 있을 것이기에 그 기대감을 충족시켜 주기 위해 나름 근엄한 표정을 지었다.

"처음 뵙겠습니다."

"아, 안녕하세요."

잠시 후 문이 열리며 일노일소가 도일수를 따라 안으로 들어왔다. 그런데 도일수의 말마따나 두 사람의 상태는 그리 좋아 보이지 않았다. 둘 다 옷에는 흙먼지가 가득했고 며칠을 굶은 것인지 안색은 초췌하기 짝이 없었다.

"식사부터 해야 할 것 같은데 말이오."

"괜찮습니다."

꼬르륵!

무슨 일이 있는 것인지 시커멓게 죽어 있는 노인의 말이 끝나기 무섭게 남자아이의 배에서 우렁찬 소리가 흘러나왔다. 현재 공복임을 몸이 스스로 알려왔던 것이다.

그 소리에 열 살 남짓한 남자아이의 얼굴이 새빨갛게 변했다.

"아이는 좀 먹어야 할 것 같소만."

벽우진이 노인을 향해 말했다.

그러면서도 벽우진은 노인을 살폈다. 신장은 그리 크지 않았지만, 전체적으로 단단한 체격을 지니고 있는 것으로 보아 농사꾼이나 촌로로 보이지는 않았다. 촌부라고 하기에는 옷에 가려진 근육들이 나이에 비해 너무나 탄탄했다.

"죄, 죄송합니다!"

"배고픈 게 사과할 이유는 아니지. 아직 한창 먹을 때인데. 일수야."

"예, 사부님."

"간단한 요깃거리 좀 가지고 오너라. 두 사람이 먹을 수 있게 넉넉히."

벽우진의 지시에 도일수가 꾸벅 고개를 숙인 후 옥청궁을 나섰다.

그런 다음 그는 조손지간으로 보이는 둘에게 자리를 권했다.

"일단 목부터 축이시죠."

괜히 사제가 아니라는 듯이 청민도 노소가 앉기 무섭게 차를 따라주었다. 보아하니 제대로 먹지도 마시지도 못하고 곤륜산을 오른 것 같아서였다.

"감사합니다."

"잘 마시겠습니다."

"모자라면 말하거라. 더 줄 터이니."

"네에."

남아가 조부와 청민의 눈치를 살피며 조용히 대답했다. 아무래도 낯선 곳이라 그런지 낯을 많이 가리는 듯한 모습이었다.

자신이야 같이 온 조부와 비슷한 또래지만 벽우진은 한참이나 젊고, 위치 역시 장문인이었기에 어려운 게 당연할 수밖에 없었다.

와그작, 와그작.

잠시 후 도일수가 간단한 요깃거리를 가져왔다. 하지만 남자아이만 먹을 뿐 노인은 손을 대지 않았다.

대신 감정을 추스르는 듯 굳게 다문 입술을 부르르 떨더니 이내 눈을 떴다.

"이제 어느 정도 정리가 된 모양이오."

"그렇습니다."

"그래. 무슨 용건으로 나를 보고자 한 것이오?"

충분한 시간을 기다려준 벽우진이 먼저 포문을 열었다. 그는 성격답게 처음부터 직설적으로 물었다.

"장문인, 우리의 원통한 한을 풀어주십시오. 부탁드립니다."

털썩!

꾀죄죄한 얼굴이 한순간에 붉어졌다. 그러면서 노인은 조금의 망설임도 없이 자리에서 일어나 벽우진을 향해 엎드렸다.

"원통한 한이라."

"크흐흐흑!"

노인이 엎드린 채로 눈물을 쏟아냈다. 지금까지 감정을 억누르고 있었다는 듯이 닭똥 같은 눈물이 줄줄이 쏟아져 나왔다.

그러자 허겁지겁 간식을 먹고 있던 아이 역시 조부를 따라

바닥에 엎드렸다.

"부, 부탁드립니다. 장문인."

"일단 자초지종부터 듣고 싶소이다."

단순히 울고 있는 것뿐인데도 심금을 울리는 듯한 소리에 벽우진이 진지한 얼굴로 물었다. 도대체 무슨 일이기에 이렇게 서글프게 우는지 궁금했다. 또한 어째서 자신을 찾아왔는지도 알고 싶었다.

"저는 대장장이입니다. 감숙성 난주에서 조그마한 대장간을 운영하며 손녀 손자와 함께 살고 있었습니다. 나름 재주가 좋아 농기구뿐만 아니라 병장기도 만들어 팔았습니다. 그런데 거기서 사달이 났습니다."

노인의 눈에서 다시 한번 눈물이 쏟아져 나왔다. 그때의 기억이 떠오른 모양인지 얼굴에 깊은 슬픔이 서리며 눈물이 폭포수처럼 흘러내렸다.

"추면색귀(醜面色鬼). 그놈이 제 손녀를 우연히 보게 되면서 일은 시작되었습니다."

눈빛으로 사람을 죽일 수 있다면 골백번은 죽였을 법한 눈빛으로 노인이 말을 이었다. 그뿐만 아니라 두 주먹을 불끈 쥐고서 몸을 부르르 떨었다. 극도의 분노로 몸을 주체하지 못하는 모습이었다.

"추면색귀라면."

"얼마 전에 호법들의 손에 죽은 쌍섬귀와 혈광도귀와 함께 강북 무림에서 육귀(六鬼)에 뽑힌 녀석입니다. 이제는 사귀(四鬼)가

되었지요."

"맞습니다. 바로 그 녀석입니다. 또한 감숙성에서 유명한 색마이기도 합니다. 여자라면 나이가 어리건 많건 아름답기만 하다면 가리지 않고 간살하기로 유명한 놈입니다."

노인이 씹어 먹을 듯한 어조로 대답했다. 그런 그의 두 눈에서는 무인과는 다른 살기가, 순수한 살의가 번들거렸다. 추면색귀를 떠올리는 것만으로도 온몸이 타오를 것 같은 살기가 솟구쳤다.

스윽.

무인의 살기와는 다른, 사람이 내뿜는 순수한 살의에 가까운 기운에 벽우진이 손을 휘저었다. 옆에 아이도 있는데 살의가 너무 짙은 것 같아서였다.

그런데 의외로 남자아이는 그 살의에 크게 영향을 받지 않았다. 나이는 어려도 누나가 어떻게 죽었는지 모르지 않아서였다.

"으음."

조숙한 아이의 반응에 벽우진은 입맛이 썼다. 한창 뛰어놀고 순수해야 할 아이가 너무 빨리 세상을 안 것 같아서였다.

'더구나 가족까지 잃었으니.'

셋이서 살았다고 했으니 부모가 모종의 일로 죽었거나 혹은 떠났을 가능성이 컸다. 그렇기에 남자아이에게는 누나의 빈자리가 더욱 컸을 것이다.

"관부에는 찾아가 보았습니까?"

"무림과는 불가침의 관계라는 말만 들었습니다. 자신들로서도 어쩔 수가 없다고 하더군요. 또한 추면색귀가 활동한 기간도 얼마 되지 않아 아직 현상금도 정해지지 않았다고 합니다."

청민이 침음을 흘렸다. 한 가닥 기대를 했었는데 역시나 예상했던 대로의 답변이 나와서였다.

"원통하게 죽어간 제 손녀의 한을 풀어주십시오, 장문인. 제발 부탁드립니다."

"부탁드립니다, 장문인."

조부를 따라 하듯 남자아이가 고개를 조아렸다.

둘에게 있어 손녀와 누나의 복수를 해줄 사람은 벽우진이 유일했다. 적어도 조손은 그리 생각했다. 같은 육귀의 일원이던 쌍섬귀와 혈광도귀를 물리친 벽우진이라면 관부에서도 포기한 추면색귀를 추살할 수 있을 거라고 말이다.

"사형."

거기에 청민까지 가세했다. 별호만 들어도 어떤 잡놈인지 알 수 있어서였다.

그리고 과거에도 곤륜파는 이런 일을 회피하지 않았다. 관부가 하지 못한 일을, 아니, 청해성의 치안은 곤륜파가 적지 않게 담당했었다.

또한, 이건 군이 곤륜파뿐만 아니라 중원의 명문대파들도 하는 일이었다.

"장문인께 무작정 도와달라고 말할 정도로 염치가 없지는 않습니다. 만약 저희의 원한을 풀어주신다면 제 남은 인생을 장문인께 바치겠습니다."

쿠웅!

노인이 이마를 바닥에 대었다. 어차피 얼마 남지 않은 인생, 손녀의 복수를 위해서라면 노예라도 될 수 있었다. 추면색귀에게 복수할 수만 있다면 말이다.

"저, 저도……."

"그럴 필요 없소이다."

조부에 이어 남자아이마저 이마가 차가운 바닥에 닿았을 때 벽우진이 말을 잘랐다.

남의 인생을 조건으로 받을 정도로 그는 무정하지 않았다. 게다가 악인이라면 보이는 족족 처치하는 게 맞았다. 한 명의 악인을 죽임으로써 죄 없는 수십 명을 구할 수 있다면 벽우진은 손에 피 묻히는 일을 피하지 않을 생각이었다.

"그, 그럼?"

"어찌해 주길 바라시오?"

꿀꺽!

고개만 든 노인이 벽우진을 쳐다보며 침을 삼켰다. 깊고 심유한 눈동자를 마주하니 결박되어 자신의 앞에 놓인 추면색귀가 보이는 듯했다.

"죽여서 데려오는 걸 원하오, 아니면 사로잡아 오는 걸 원하오?"

"제가, 제가 직접 손녀의 한을 풀고 싶습니다."

"알겠소이다."

벽우진이 고개를 끄덕였다. 마주한 눈빛에서 노인의 의지를 충분히 읽을 수 있었다.

"감사합니다! 감사합니다, 장문인!"

"일단 쉬고 계시구려. 그놈을 잡아 와도 기력이 딸리면 어찌 복수를 하겠소. 우선 체력을 회복하고 몸 상태부터 정상으로 만드시구려. 손자도 마찬가지고."

"알겠습니다."

"최대한 서둘러 그놈을 잡아 오도록 하겠소. 일수야. 당분간 머물 숙소로 안내해 드리거라."

"예."

나이와 덩치에 어울리지 않게 눈물을 글썽거리는 노인이 이내 손자와 함께 도일수를 따라 옥청궁을 나섰다.

그러자 벽우진이 옆으로 자리를 옮긴 청민을 지그시 바라봤다.

"하오문에 전서구를 보내겠습니다."

"최대한 빨리 위치를 파악해 달라고 해."

"직접 가실 생각이십니까?"

"이참에 감숙성 분위기도 좀 보고 오지 뭐. 무인들이야 관심 없지만, 일반 양민들의 생활은 좀 걱정이 되니."

북해빙궁과의 전쟁은 무인들의 전쟁이었다. 일반 양민들이나 촌로들과는 상관이 없는.

또한 북해빙궁 역시 민심을 의식해 무문과 관련이 된 이들만 겁박할 뿐 일반 양민들에게는 일체 손을 쓰지 않았다. 자칫 잘못했다가는 관부가, 황실이 나설 수도 있어서였다.

그런데 문제는 추면색귀와 같이 전쟁 통을 이용해 사리사욕을 채우는 이들이었다.

"제가 모시겠습니다."

"우리 둘 다 가면 사문은 누가 지키고? 내가 가면 너라도 남아 있어야지. 그리고 난 혼자가 편해. 위치만 파악되면 얼마 안 걸릴 거다."

벽우진이 장난스럽게 웃었다. 그런데 그 미소가 청민에게는 너무나 의미심장하게 다가왔다. 보지 못한 추면색귀의 미래가 지금 이 순간 그의 뇌리에 떠올랐다.

땅! 따앙!

이른 아침부터 경쾌한 충돌음이 울려 퍼졌다. 지금껏 들어 보지 못한 생소한 소리가 곤륜파 경내 곳곳으로 퍼져 나갔다.

그 소리에 오늘도 어김없이 체력 훈련을 하고 있던 제자들이 귀를 기울였다.

"무슨 소리지?"

"어제 사부님께 손님이 오셨대."

"요즘 들어 방문객은 늘 많잖아?"

함께 연무장을 돌던 양이추와 심대현이 대화를 주고받았다. 그리고 주변에서는 다른 아이들이 각자의 방식으로 몸을 푸는 중이었다.

"도 사제가 직접 사부님께 안내해 드렸다는데? 사부님이 직접 만나보겠다고."

"헤에. 얼마 만이지?"

양이추가 살짝 놀란 표정을 지었다.

북해빙궁의 공격을 패퇴시키고 많은 이들이 벽우진을 만나고자 곤륜파의 산문을 넘었지만 정작 그를 만난 이는 손에 꼽았다. 원래부터 아는 이들이 아니면 벽우진은 바쁜 업무를 핑계로 누구도 만나주지 않았었기에 놀라는 것은 당연했다.

"아마 처음일걸? 청해성에서 방귀깨나 뀐다는 권문세가들이 찾아와도 콧방귀 뀌며 간 게 사부님이시잖아."

"우리 사부님은 이제 아무나 만날 수 있는 급이 아니시지. 암."

양이추가 마치 자신이 벽우진이라도 되는 양 거들먹거렸다. 벽우진의 명성이 높아질수록 왠지 모르게 뿌듯해졌다.

"어제 필교 아저씨가 건물을 하나 따로 짓더라."

"건물이요?"

"응, 대장간이랬어. 아마 찾아오신 분이 대장장이신가 봐."

달리기를 시작한 심대혜가 둘을 따라잡으며 말했다.

그러자 두 아이가 눈을 빛냈다. 대장장이라는 말은 병장기를 직접 만든다는 말이었기에 자연스레 기대가 되었던 것이다.

"앞으로 계속 머무는 거래?"

"글쎄. 그건 나도 잘 모르겠는데 저렇게 직접 만드는 것을 보면 아마 그렇게 되지 않을까?"

"사부님 검을 만들어주었으면 좋겠다."

"나도. 근데 그 정도 실력이 있을지 모르겠다."

심대혜가 남동생의 머리를 쓰다듬었다.

실력을 폄하하는 게 아니라 이왕이면 벽우진의 검은 진짜 명검이었으면 싶어서였다. 적어도 강호에 이름 높은 십대보검 수준의 명검 말이다. 하지만 이게 얼마나 어려운 일인지 그녀도 모르지 않았다.

"혹시 모르지. 대장장이계의 은거고수일지도. 세상에는 각자의 영역에서 엄청난 실력을 지닌 이들이 모래알처럼 많다고 하잖아."

"나도 그랬으면 좋겠다. 참, 꼬마 아이도 하나 있어. 이제 열 살 된."

"열 살?"

심소천과 재잘거리며 기마 자세를 하고 있던 심소혜가 귀를 쫑긋거리며 소리쳤다. 그녀는 거리가 제법 되었음에도 불구하고 용케 심대혜의 말을 엿듣고 반응했다.

"거기서 들려?"

"웅! 나 청력도 좋아졌으니까! 나도 무인이라고, 언니!"

"후후!"

조숙한 티를 내고 있지만 그래도 막내는 막내였다. 그렇기에 달리면서도 심대혜는 웃었다.

"진짜 열 살이래?"

"웅, 왜? 동생이라 할 수 있는 애가 생겨서 좋아?"

"우웅. 아니?"

몸 푸는 걸 다 했는지 쪼르르 달려와서 나란히 뛰던 심소혜가 히죽 웃으며 고개를 저었다.

그 모습에 심대혜는 물론이고 심대현과 양이추도 미소를 지었다. 언제 봐도 귀엽고 깜찍한 막내의 모습이었다.

"정말?"

"응, 일단은 손님이잖아. 그러니까 나이가 어려도 막 대할 수는 없지. 사부님이 그러셨어. 사람 대 사람의 사이에는 존중과 예의가 있어야 한다고."

"이야. 그 말도 기억하고 있었어?"

"나 애 아냐! 애 취급하지 마!"

심소혜가 뽀로통한 표정을 지었다. 자신을 어린애 취급하는 듯한 말에 토라진 것이다.

하지만 심소혜는 몰랐다. 이런 모습을 보고 싶어서 언니 오빠들이 더욱더 애 취급을 한다는 사실을 말이다.

"안녕?"

"어?"

"양 분타주님!"

그런데 그때 익숙한 목소리가 연무장 입구에서 들려왔다. 그곳에는 양선이 눈치를 살피며 손을 들고 있었다.

"산문을 넘었는데 하인들이 좀처럼 보이지 않아서. 그래서 너희들을 찾아왔어."

"아, 사부님을 찾아오신 건가요?"

"응, 문주님과 함께 왔어. 여기는 나 혼자 왔고. 참고로 엿

본 건 없다?"

양선이 부드럽게 웃으며 말을 이었다. 나름 민감한 문제였기에 조심스럽게 말을 꺼낸 것이다.

"괜찮아요. 아직 본격적으로 수련한 것도 아니고, 형(形)을 본다고 진의를 쉽게 파악할 수 있는 건 아니니까요."

가장 연장자인 양일우가 다가오며 어른스럽게 대꾸했다. 그러자 동생들이 박자를 맞추듯 고개를 끄덕거렸다.

"그렇다면 다행이고."

"제가 옥청궁까지 안내해 드리겠습니다."

"부탁해. 어제 전서구를 보내기는 했는데 또 불쑥 찾아가는 건 예의가 아니잖아."

"그렇지요."

안 본 새에 더욱 다부져진 양일우를 보며 양선은 눈을 빛냈다. 막내 항렬의 도일수도 그렇지만 양일우 역시 하루가 다르게 몸이 달라지고 있었다. 게다가 설향에게 얘기를 들어서 그런지 더욱 다르게 보였다.

'대체 어떤 신묘한 비술을 사용했기에 이렇게 빨리 성장하는 거지?'

양선이 걸음을 옮기며 눈을 빛냈다. 하지만 뚫어져라 바라본다고 그가 벽우진의 비밀을 알아낼 리는 만무했다.

"어? 오늘은 함께 오신 분들이 많네요?"

"아무래도 분위기가 흉흉하니까. 황하수로채도 생각해야 하고. 물론 여기까지 황하가 닿아 있지는 않지만, 그래도 조심해서 나쁠 것은 없으니까? 근데 대장간도 만드는 거야?"

양선이 자연스럽게 화제를 돌렸다. 굳이 지금 인원에 대해서 말할 필요는 없다고 생각해서였다.

"저도 아직은 들은 게 없어서요. 그런데 대장간은 맞는 거 같아요."

"흐음. 새로 사람을 받아들이신 거니?"

"잘 모르겠어요. 사부님께서 따로 해주신 말이 없어서요."

은근슬쩍 정보를 캐내려 했던 양선이 속으로 아쉬운 표정을 지었다. 태풍의 눈이나 마찬가지인 곤륜파였기에 사소한 것 하나라도 허투루 넘길 수는 없어서였다.

"오랜만이로구나. 키가 더 큰 거 같은데?"

"아직 성장기니까요. 수련 덕분에 몸의 균형이 잡히기도 했고요. 일단 따라오시죠."

양일우가 다시 앞장서서 발걸음을 옮겼다.

하지만 그의 머릿속은 설향과 함께 있던 백여 명의 장정들에 대한 생각으로 가득 차 있었다. 젊기도 했지만 하나같이 고도의 수련을 겪어온 것처럼 보여서였다.

'왜 저들을 데리고 왔지?'

양일우는 의문이 들었다. 지금까지 최소한의 수행원만 데리고 왔던 것과는 너무나 다른 행보였기에 의문이 안 생길 수가 없었다.

하나 약속이 잡혀 있다 하니 그로서는 벽우진에게 안내할 수밖에 없었다.

똑똑똑.

옥청궁에 도착한 양일우가 조심스럽게 집무실의 문을 두드렸다. 기척은 느껴지지 않았지만 보통 벽우진은 집무실에 있기에 없을 거라고는 생각하지 않았다.

"사부님, 하오문주님과 양 분타주를 데려왔습니다."

"모시거라."

안쪽에서 들려오는 벽우진의 나른한 목소리에 양일우가 조심스럽게 문을 열었다. 그러고는 두 여인이 안으로 들어갈 수 있도록 옆으로 비켜섰다.

"오랜만에 뵙습니다, 장문인."

"그 정도까지는 아닌 것 같소이다. 고작해야 3주 남짓인 거 같은데."

"짧은 시간은 아니지요. 그리고 큰 피해가 없어서 다행입니다."

"다 문주 덕분이오. 적절한 정보 덕분에 큰 피해를 피할 수 있었소."

"아닙니다."

설향이 겸손하게 손을 저었다.

솔직히 말해 정보를 제공한 것 말고는 딱히 한 일이 없었다. 더구나 정보가 살짝 늦기도 했었고. 육로가 아닌 수로로 움직였기에 하오문도 북해빙궁의 움직임을 조금 늦게 발견했다.

"도움이 된 것은 사실이니. 그런데 무슨 일로 여기까지 왔소? 올라오는 길이 쉽지 않을 텐데."

"아직은 괜찮습니다. 너무 안 움직이는 것도 좋지 않고 말이죠."

다짜고짜 용무부터 물었지만 설향은 당황하지 않았다. 원래부터 이런 성격임을 너무나 잘 알고 있어서였다.

그리고 곤륜파는 더 이상 예전의 곤륜파가 아니었다. 이번 북해빙궁의 공격을 막아내고 곤륜파는 다시 한번 도약했다.

'나만 하더라도 이렇게 목적이 있어 찾아왔으니까.'

지금까지는 친분을 쌓기 위해 방문했었다. 꾸준히 강호 정세를 알려주며 잘 보이기 위해 노력했고. 하지만 앞으로는 달라질 터였다.

"적당한 운동이 삶의 질을 높이긴 하니."

"장문인께 하오문주로서 부탁드리고 싶은 게 있습니다."

"부탁이라."

벽우진이 별로 놀라지 않은 얼굴로 대꾸했다. 이유 없는 호의와 공짜는 없다는 게 그의 지론이어서였다. 다 이유가 있기에 지금까지 하오문이 호의를 베푼 것일 터였다. 때문에 그는 갑작스러운 설향의 말에도 놀라지 않았다.

"주고받는 관계로는 부족한 사안인가 보오?"

"그렇습니다."

설향은 순순히 인정했다.

굳이 에둘러 말해서 짜증을 유발할 필요는 없다고 생각해서였다. 오히려 솔직히 말하는 게 오해의 소지를 없애는 방법이라고 생각했다.

"말해보시구려."

벽우진이 고개를 주억거렸다. 적어도 말을 꺼낼 자격은 있다는 생각이 들었다. 어마어마한 도움까지는 아니더라도 분명히 하오문의 덕을 본 게 적지는 않았으니까.

"이미 알고 계시겠지만, 본 문에서 심혈을 기울여 키우는 아이들을 이번에 데려왔습니다."

"백여 명 정도 되는 것 같더구려."

"맞습니다. 그 아이들에게 새로운 경험을 좀 겪게 해주고 싶습니다. 아무래도 늘 같이 있는 이들과 대련을 하면 익숙해지고 타성에 젖게 마련이니까요."

"흐음."

벽우진이 묘한 눈으로 설향을 응시했다.

그러나 설향은 그런 벽우진의 시선을 피하지 않고, 담담하게 그 눈빛을 마주했다.

"절대 방해가 되지 않게 하겠습니다. 지내는 동안 필요한 생활비 역시 저희가 모두 부담할 생각입니다."

"이곳에 한동안 머물겠다는 뜻이오?"

"장문인께서 허락해 주신다면, 그러고 싶습니다. 물론 저도 함께 있을 것입니다."

"새로운 경험이라."

벽우진이 피식 웃었다. 무슨 의도로 이렇게 말하는지 모를 수가 없었다. 더불어 확실히 눈치가 남다르단 걸 다시 한번 깨달았다.

'아이들의 눈부신 성장세가 궁금한 것이겠지.'

묘한 미소를 머금고서 벽우진이 설향을 바라봤다.

하지만 그 시선에도 설향은 담담히 대답을 기다렸다. 애초에 칼자루는 벽우진이 쥐고 있었기에.

"이건 말 그대로 부탁이지 요청이 아닙니다, 장문인."

"알고 있소. 그래서 고민하는 것이고."

"부담스럽다면 거절하셔도 됩니다."

"그렇지는 않소이다. 고작 함께한다고 진의가 들통날 공부가 아니니. 다만 내가 허락을 한다 하더라도 하오문 측에서 얻는 게 그리 많지 않을 것 같아서 말이오."

설향이 눈을 빛냈다. 말투를 보아하니 가능성이 아예 없는 건 아닌 것 같았다.

"그건 상관없습니다. 애초에 서로에게 도움이 되지 않을까 싶어서 부탁을 드린 것이니까요. 곤륜산의 영험한 기운도 좀 받고 말이지요."

"그렇다면야. 단, 머무는 건 허락하겠지만 모든 곳을 다 공개할 수는 없소이다. 허락된 공간에서만 이동이 가능하오."

"그거야 당연하지요. 절대 허락 없이 곤륜파 내부를 돌아다니는 일은 없을 겁니다."

설향의 얼굴이 밝아졌다.

비록 비밀을 알아내지 못하더라도 일대제자들과의 대련은 무룡대(武龍隊)에게 큰 자극이 될 게 분명했다. 어쩌면 덩달아 큰 성장을 이룰지도 몰랐고.

'운이 좋다면 장문인의 가르침을 받을지도 모르지.'

설향의 두 눈이 반짝거렸다. 상상만 해도 심장이 벌렁벌렁거렸기에 기대감을 감출 수가 없었다. 물론 헛된 망상일지도 모르지만 그렇다고 지레 포기하는 것도 옳지 않았다.

"사부님."

"무슨 일이냐."

화기애애한 분위기로 흘러갈 때 문밖에서 서예지의 음성이 들려왔다. 그러자 모두의 시선이 문 쪽으로 향했다.

"저어. 손님이 오셨습니다."

문 너머에서 살짝 망설이는 목소리가 들려왔다.

그에 벽우진이 전음을 보냈다.

-누군데 그러더냐?

-제갈세가에서 왔습니다.

서예지의 대답에 벽우진의 표정이 일변했다. 정말 상상조차 못 한 방문객이었다.

그리고 그 변화를 설향은 놓치지 않았다.

"일단 숙소로 안내해 드리거라."

"알겠습니다."

"저희가 피해 드려야 하는 게 아닐는지요?"

"괜찮소."

벽우진이 고개를 저었다. 생각지도 못한 방문객이었기에 생각을 정리할 시간이 필요했다. 그리고 괘씸해서라도 바로 만나 줄 생각이 들지 않았다.

'발등에 불이 떨어져서겠지.'

벽우진의 입매가 비틀어졌다. 그러면서 그는 새삼 방문객이 얼마나 은밀히 움직였는지도 알 수 있었다.

'제갈세가라.'

사천당가에 제갈명이 찾아간 것을 벽우진은 당민호에게 들어서 알고 있었다. 아마도 그때 제갈명이 했던 말과 오늘 찾아온 이의 말은 대동소이할 터였다.

하지만 벽우진이 궁금한 것은 그것이 아니었다.

"추면색귀의 행적은 내일쯤 확실하게 알아낼 수 있을 것 같습니다. 그런데 실례가 되지 않는다면 추면색귀를 왜 찾으려고 하는지 여쭈어봐도 될까요?"

"의뢰 아닌 의뢰를 받아서 말이오. 그래서 그놈의 현재 위치가 꼭 필요하오."

"그렇습니까."

자세한 설명을 피하는 벽우진의 모습에 설향 역시 더 이상 캐묻지 않았다. 시간이 지나면 자연스레 알게 될 것이라 생각했다.

그 후로 설향은 벽우진과 이런저런 대화를 나누었다.

주로 북해빙궁과 오독문에 대해서 서로의 생각을 주고받던 것이다.

··· 제10장 ···
하나뿐이야

투두두둑. 투둑.

밤부터 내리던 비가 아침이 됐음에도 그칠 기미를 보이지 않았다. 빗발이 약해지기는커녕 오히려 더욱 강해졌다.

제갈현은 창문 앞에 서서 그 모습을 바라보았다.

"고요하구나."

어제 오후에 도착했음에도 불구하고, 분명히 제갈세가에서 왔음을 알렸음에도 곤륜파의 장문인은 그를 찾지 않았다. 그저 제자를 시켜 동떨어진 숙소에 머물게 했다.

물론 식사는 꼬박꼬박 가져다주었지만 제갈현은 답답했다. 지금 이 순간에도 그의 가문은 오독문과 치열한 전투를 벌이고 있을 게 분명했다.

"명이가 있으니 크게 문제될 것은 없지만 그래도 걱정이 되는구나."

추적추적 내리는 빗줄기를 멍하니 바라보며 제갈현이 중얼거렸다. 하나뿐인 동생의 능력을 의심하지는 않지만 그래도 워낙에 변수가 많은 게 바로 전쟁이었다. 게다가 오독문의 기세가 심상치가 않기에 아무리 동생을 믿어도 걱정이 안 될 수가 없었다.

그나마 조금이라도 안심할 수 있는 건 사천당가가 본격적으로 참전했기에 제갈현은 걱정을 아주 약간 덜 수 있었다.

"일단은 기다려야겠지."

제갈현이 나지막하게 한숨을 내쉬었다.

걱정이 되었지만 지금은 곤륜파의 일을 해결하는 게 먼저였다. 어지럽게 꼬여 있는 매듭을 풀어야 중원무림은 그 다음 과정으로 나갈 수 있었다.

물론 그게 쉽지만은 않겠지만, 그로서는 반드시 해야만 했다.

"후우. 그래도 문전 박대를 당하지 않은 걸 다행이라 생각해야 하나."

제갈현이 피식 웃었다.

사실 그는 문전 박대까지 생각했었다. 사천당가야 같은 오대세가의 일원이었고, 구파일방과 달리 만남이 잦은 편이었다. 아무래도 속세에서 활동하는 무가(武家)들이다 보니 이래저래 엮일 수밖에 없었다.

그러나 곤륜파는 달랐다. 일단 중원무림에서 동떨어져 있기도 했거니와 멸문한 지 시간이 너무나 많이 흐른 뒤였기에 접점이 아예 없었다.

만약 부친이라도 살아 있었다면 조금쯤 연이 있었을지 모르겠지만 안타깝게도 그의 부친은 이미 10년 전에 귀천한 상태였다.

"패선이라."

문전 박대를 당해 노숙을 했다면 아마 지금쯤은 비에 쫄딱 젖은 쥐와 같은 몰골을 하고 있을 터였다. 그렇기에 제갈현은 속으로 다행이라는 생각을 했다. 적어도 문전 박대를 하지 않았다는 건 대화할 여지가 있다고 볼 수 있었다.

그러면서 그는 벽우진에 대해 곰곰이 생각에 잠겼다.

"오왕, 아니, 어쩌면 삼제(三帝)와 비등할지도 모르는 고수."

벽우진이 지금껏 보여준 결과를 생각하면 삼제와 같은 선상에 놓아도 이상하지 않았다.

물론 십존들끼리의 고하가 상당하다고 하나 벽우진은 그중 무려 둘을 혼자 상대에서 쓰러뜨렸다. 그뿐만 아니라 얼마 전에는 백귀존과 빙마존도 패퇴시켰고 말이다.

때문에 그는 벽우진을 상당히 높게 평가했다.

"호법들의 전력들 역시 만만치 않고."

제갈현이 팔짱을 끼었다.

패선이라 불리는 벽우진에 가려 있어서 그렇지 호법들이 보여준 무위 역시 결코 가볍지 않았다. 심지어 벽우진은 청민의 사형이라고 밝혀지기라도 했지만, 다른 호법들은 정말 하늘에서 떨어지거나 땅에서 솟은 것처럼 아무것도 알려지지 않았다. 벽우진이 데려왔다는 것 말고는 알려진 것이 전혀 없었던 것이다.

"강남의 반전은 사천당가가, 강북은 곤륜파가 이끌어야 하는데……."

제갈현이 말끝을 흐렸다. 말은 쉬웠지만 그리 만드는 게 너무나 어려울 거라는 걸 그 역시 너무나 잘 알아서였다.

물론 방법을 찾지 못한 건 아니었다. 하지만 결정권자는 그가 아니었기에 차선책과 차차선책도 생각해 두어야 했다.

"아예 실패할 가능성도 상당하고 말이지."

사천당가의 경우 설득의 여지가 있었다. 정확하게는 가주인 당문경이 스스로 생각해 둔 것이 있었기에 참전을 이끌어낼 수 있었다.

그러나 곤륜파는 달랐다. 이미 개방의 분타주가 실패한 사실을 알기에 제갈현의 얼굴이 어두워졌다.

똑똑.

그때 누군가가 방문을 두드렸다. 빗소리에 정신이 팔린 사이 누군가가 그가 머무는 방에 찾아온 것이다.

"누구십니까?"

"그쪽이 만나고자 한 사람."

"들어오시죠."

무뚝뚝함이 물씬 느껴지는 음성에 제갈현의 신형이 번개같이 움직였다. 그는 그 어느 때보다 빠른 몸놀림으로 방문을 열며, 동시에 옷매무시를 가다듬었다.

"나름 잘 쉬고 있던 모양이군."

"배려해 주신 덕분입니다."

"제갈세가의 가주가 머물기에는 초라한 방이었을 텐데."

"아닙니다. 비바람을 피할 수 있는 것만으로도 감지덕지지요."

방 안으로 들어온 벽우진은 제집 안방인 마냥 탁자로 가 앉았다. 그러자 그의 앞으로 제갈현이 조심스럽게 앉았다.

"역시 말은 잘하는군."

"허허허."

벽우진의 직설적인 화법에도 제갈현은 당황하지 않았다. 그 역시 오랜 세월 무림을 겪어온 노강호였다. 고작 이 정도에 당혹감을 드러낼 정도로 그의 평정심은 얕지 않았다.

투둑. 투두둑.

자리에 앉은 벽우진은 더 이상 입을 열지 않았다. 그저 가만히 앉아 있기만 할 뿐, 딱딱하게 굳은 얼굴로 아무것도 하지 않았다.

'음.'

점점 더 무거운 침묵이 어깨를 짓누르는 듯한 느낌에 제갈현이 속으로 침음을 흘렸다.

그러면서 그는 벽우진을 빠르게 살폈다. 무거운 적막에 입을 열기가 쉽지 않았다.

'확실히 환골탈태와 반로환동이 아니라면 설명이 되지 않는 외모로군.'

많이 쳐줘야 이십 대 중반 남짓으로 보이는 벽우진의 외모에 제갈현은 내심 감탄했다. 만약 그가 청민의 사형인 것을 밝히지 않았다면 그 누구도 칠십 대의 노인이라고 생각하지 못했을 것 같았다.

당장 그만 해도 벽우진이 칠십 대라고는 믿기 힘들었다. 나이는 그보다 벽우진이 열 살 넘게 많았는데 말이다.

'일단 분위기를 환기시켜야 하는데.'

감탄을 가라앉히며 제갈현이 눈치를 살폈다. 어렵게 만들어진 자리인 만큼 시간을 헛되이 보낼 수는 없었다. 더구나 급한 쪽은 벽우진이 아닌 그였다.

"차를 따라 드릴까요?"

"생각 없다."

단칼에 거절하는 벽우진의 말에 제갈현이 쓴웃음을 지었다. 자신을 대하는 태도에서 벽우진이 구파일방과 오대세가를 어찌 생각하는지를 엿볼 수 있어서였다.

하지만 이것 역시 자신이 받아들이고 감내해야 할 몫이었다. 역지사지라고, 반대 입장이었다면 자신도 벽우진보다 덜하지는 않았을 거라 제갈현은 생각했다.

"늦었지만 귀 파의 어려움을 외면했던 것에 대해서 사과를 하고자 이렇게 방문하게 되었습니다. 정말 죄송합니다."

"……."

"물론 이런 저를 어찌 생각하시는지도 알고 있습니다. 변명은 하지 않겠습니다. 실수라고 해도 잘못한 것은 잘못한 것이니까요."

대답이 없는 벽우진을 향해 제갈현이 고개를 숙였다. 다른 곳도 아니고 오대세가라 불리는 가문의 수장이었으나, 제갈현은 벽우진을 향해 허리가 꺾일 정도로 고개를 숙이며 사과했다.

하지만 그 모습을 보고 있는 벽우진의 눈동자는 여전히 싸늘했다.

"진짜 급하긴 급했던 모양이야."

"그렇게 생각하실 수도 있다고 생각합니다. 솔직히 말씀드리면 아니라고 말할 수도 없고요. 분명 잘못한 것은 저희들이니까요. 그리고 단순히 사과를 한다고 그 배신감과 서운함이 풀릴 거라고 생각하지 않습니다. 반대의 입장이었다면 저 역시 마찬가지였을 테니까요."

"그걸 알면서도 찾아왔다는 건 진짜 급한 상태라는 뜻이겠지."

"부정하지 않겠습니다."

제갈현이 마른침을 삼켰다. 역시나 예상했던 대로 상황이 흘러갔다. 그러나 이 과정을 피할 수는 없었다. 꼬인 매듭을 풀지 않고서는 다시 끈을 묶을 수 없었으니까.

"그렇게 잘 아는 이가 무슨 염치로 여기까지 왔을까. 똑똑한 사람이니 여기서 어떤 꼴을 당할지 모를 리가 없을 텐데."

"그렇기 때문에 더욱더 와야 한다고 생각했습니다. 더 늦어서는 안 된다고 생각하니까요."

"글쎄. 내 생각은 좀 다른데."

벽우진이 냉소했다.

지금 오든 나중에 오든 그로서는 딱히 다를 게 없어서였다. 꼴 보기 싫은 건 마찬가지였으니까.

"지금이라도 왔으니 문전 박대를 안 당한 것이지 않겠습니까. 허허허."

차가운 벽우진의 대답에 제갈현이 겸연쩍게 웃었다. 어떻게든 분위기를 풀어보고자 노력했지만, 벽우진은 여전히 냉소를 머금은 채 의자에 삐딱하게 앉아 있었다.

"그거야 그쪽과 똑같은 놈들이 되고 싶지 않았으니까. 나름 도인인데 그 정도 도량은 있어줘야지. 구석에 몰릴 대로 몰려 있는 이들을 냉대하면 강호인들이 어떻게 생각하겠어?"

대놓고 이죽거리는 모습에도 제갈현은 웃어야 했다. 여기서 정색하면 지금껏 해온 모든 노력이 한순간에 물거품이 되었기에 가까스로 표정을 관리했다. 이미 예상하기도 했던 일이라 표정 관리가 그리 어렵지만은 않았다.

"죄송합니다. 곤륜파와 쌓아온 그간의 정리를 외면한 점에 대해 다시 한번 깊게 사과드립니다."

스윽.

재차 깊게 허리를 숙인 제갈현이 품속에서 돌돌 말린 서찰 하나를 꺼내서 벽우진을 향해 내밀었다.

그러나 벽우진은 선뜻 그것을 받지 않았다.

"이런다고 한들 달라질 거라고 생각하는 건가? 설마 제갈세가의 가주씩이나 되는 사람이?"

"절대 그렇게 생각하지 않습니다. 저는 그저 지금이라도 좋지 않았던 과거를 청산하고 싶어 장문인을 찾아뵌 것입니다."

"원하는 게 없다?"

"예."

제갈현은 망설이지 않고 대답했다. 진심으로 그는 과거를 청산하고자 곤륜파를 찾아온 것이기에 조금도 머뭇거리지 않았다. 물론 곤륜파가, 아니, 벽우진이 나서준다면 정말 고맙겠지만 거기까지 부탁할 생각은 없었다.

'애초에 첫 단추를 잘못 꿰기도 했고.'

이미 비틀려 있는 상대에게 아무리 애걸복걸해 봤자 돌아오는 건 욕설과 무시뿐이었다. 그리고 제갈현은 다른 가문이 어쭙잖게 나서서 사태를 더욱 꼬아버린 것도 알고 있었기에 더더욱 고개를 숙였다.

"흠."

시종일관 저자세로 나간 덕분일까. 벽우진의 표정이 조금은 풀렸다. 다른 이도 아니고 한 가문의 수장이 이렇게까지 저자세를 취하는 게 얼마나 힘든 일인지 모르지 않아서였다. 더구나 보통 가문도 아니고 오대세가의 한 곳이지 않은가.

'물론 그렇다고 냉큼 손을 잡아줄 생각은 눈곱만큼도 없지만.'

벽우진이 소리 없이 코웃음을 치고는 탁자 위에 놓인 서찰을 천천히 풀었다. 그러고는 예의 삐딱한 표정으로 서찰을 읽기 시작했다.

'이것 봐라?'

한데 벽우진의 표정이 요상해졌다. 그는 의아함과 놀람이 뒤섞인 표정을 지었다. 하지만 그럼에도 제갈현은 숙이고 있던 몸을 일으키지 않았다.

"앉아봐."

"예."

나이는 물론이고 배분 역시 벽우진이 반 정도 높았기에 제갈현은 순순히 대답하며 자리에 앉았다. 그러자 조금 전과는 사뭇 다른 벽우진의 표정을 볼 수 있었다.

"이 연판장, 정말 가주들이랑 장문인들이 작성한 것 맞나?"

"상황이 여의치 않은 공동과 화산, 종남과 점창을 비롯한 몇몇 곳을 제외하면 곤륜파와 인연이 있는 모든 무문들에게서 받은 것입니다."

"혹시 당가도 이렇게 꿰었나?"

"사천당가의 경우 곤륜파와는 상황이 많이 다르기에 제가 이렇다, 저렇다 말하기가 애매합니다."

"당가 쪽 연판장도 있다는 소리로군."

어제 양선이 급히 알려준 소식을 거론하며 벽우진이 눈을 빛냈다. 역시나 사천당가를 움직인 것도 제갈현인 것 같아서였다.

기성(奇星)이라 불리는 제갈현이라면 혼자서 행적을 들키지 않고 사천성과 청해성을 오가는 것도 불가능하지는 않을 터였다. 은신술을 익히지는 않았지만 기문진법의 대가가 제갈현인 만큼 특별한 비술이 있을 게 분명했다.

"사천당가에도 잘못을 저지른 것은 사실이니까요. 다들 그 부분을 인정하고 있습니다."

"흐음."

진중한 제갈현의 말에도 벽우진은 별다른 말을 하지 않았다. 그저 무표정한 얼굴로 연판장을 탁자 위에 내려놓기만 했다.

"물론 연판장으로 제대로 된 사죄를 할 수 없다는 걸 저를 포함해서 모두가 알고 있습니다. 하지만 현재 상황이 여의치 않기에 우선은 연판장으로 사과를 대신하고자 합니다. 상황이 어느 정도 정리가 되었을 때 연판장에 적힌 이들이 제대로 사죄를 할 것입니다. 모두 곤륜산에 오르기로 약속했습니다."

제갈현이 절절하게 말을 이었지만 벽우진은 여전히 말이 없었다. 그저 지그시 연판장을 바라보기만 했다.

그 모습에 제갈현은 입술이 바짝 말라왔다. 무표정한 얼굴도 그렇고 눈빛도 벽우진이 지금 무슨 생각을 하고 있는지 도저히 짐작이 가지 않아서였다.

"이런 말이 있지. 뒷간에 들어가기 전과 나온 후의 마음은 너무나 다르다는."

"절대 그런 일은 없습니다."

"일단 말은 잘 들었다. 푹 쉬도록."

벽우진이 자리에서 일어났다. 그러고는 뒤도 돌아보지 않고 그의 처소를 나갔다.

여전히 알 수 없는 얼굴로 인사도 없이 방을 나간 벽우진의 모습에 제갈현은 두 눈을 감았다.

사문에 머무는 사람들이 늘어나고 방문객들의 숫자가 점차 증가하면서 서예지와 심대혜는 더 이상 주방을 들락날락

거리지 않았다. 둘이서 끼니를 챙기기에는 인원이 너무 늘어난 탓이었다.

그렇기에 벽우진은 주방 일을 비롯해 잡다한 일을 해줄 인력을 따로 뽑았다. 많은 숫자는 아니지만, 덕분에 제자들이 오롯이 수련에만 집중할 수 있게 되었다.

"흐음."

그런 벽우진의 마음을 알기에 제자들은 수련에 더욱 박차를 가했다. 그리고 평소 하던 일이 줄어든 만큼 그 시간을 단련하는 데 사용했다.

하지만 청소 같은 일은 절대 손에서 놓지 않았다. 경내를 치우고 닦는 일은 곤륜파의 제자로서 당연히 해야 하는 일이었기에 누구 하나 불평불만 하지 않았다.

"신경 쓰이지?"

"안 쓰이는 게 이상한 거 아냐? 근데 사부님께서 진짜 허락해 주셨다고?"

이른 아침부터 연무장의 한쪽에서 몸을 풀고 있는 하오문의 무인들을 힐끔거리며 양이추와 심대현이 입을 열었다. 아무리 체력 단련이라지만 이쪽을 계속 훔쳐보기에 신경이 안 쓰일 리가 없어서였다.

"여기는. 일단 이곳이 연무장 중에 제일 크잖아. 인원도 저쪽이 제일 많고."

"흐음."

"불편하면 우리가 옮기면 되지. 저 사람들은 여기만 허락되었지만 우리는 다르잖아. 다만 밀려나는 기분이 들어서 그렇지."

"뭐가 밀려나. 어차피 다 우리가 사용할 수 있는 건데. 단지 여기가 편해서 그렇지."

서예지가 웃으며 두 사람에게 다가왔다. 그런 그녀의 곁에는 늘 그렇듯 심대혜와 심소혜가 있었다.

"난 오히려 좋은데? 북적북적거리고. 그리고 눈치는 저 사람들이 봐야지 우리가 보나?"

"맞아요!"

"역시 소혜는 나랑 생각이 통한다니까."

"헤헤헤!"

친오빠들과 달리 양일우, 양이추 형제에게는 존댓말을 사용하는 심소혜가 귀엽게 웃었다.

사형제들도 좋고 사부님과 장로님, 호법님들도 좋지만 역시 심소혜는 시끌벅적한 게 좋았다. 어른들이야 고적한 게 좋다고 하지만 한창 뛰어노는 게 재미있는 소혜는 시끄러운 게 더 좋았다.

"그리고 자극도 되잖아? 우리야 아직 만들어진 느낌이 강하지만 저 사람들은 온갖 수련을 겪어온 티가 나니까."

"우리와 비슷한 수준인 것 같기도 하고."

"내가 보기에도. 경험은 우리가 밀리겠지만. 근데 어쩔 수 없지. 우리는 정식으로 입문한 지 얼마 되지 않았잖아."

양일우가 호승심이 감도는 표정으로 말했다. 좋은 사부를 만나 이루 말할 수 없는 선물을 받고 상승절학도 익혔지만, 아직 그나 동생들은 완연한 무인이라고는 말할 수 없었다. 수련한 시간도 그렇고 순수하게 이룩한 성취도 별로 높지 않았으니까.

하지만 하오문의 무인들은 달랐다.

"사형 눈빛이 아주 쪽쪽 빨아먹고 싶다는 눈빛인데요?"

"티 났어?"

"네, 근데 뭐 저도 마찬가지예요. 흐흐흐!"

심대현이 음흉한 웃음을 흘렸다. 승부욕이라면 그 역시 어디 가서 꿀리지 않았다.

반면에 막내이지만 가장 연장자이며, 실전 경험도 제법 많은 도일수는 조용히 자리를 지키고 있었다.

"도 사제는 어떻게 생각해요?"

"저도 사부님의 의중을 파악해야 한다고 생각합니다. 그리고 말 편히 하시죠."

"전 이게 편해요."

"저에게만 높이지 않습니까, 사저."

도일수가 어색하게 웃으며 말했다. 다른 아이들에게는 말을 편하게 하면서 자신에게만 말을 높였기 때문이다.

물론 처음에는 살짝 다른 생각을 하기도 했었다. 자신만 특별하게 여긴다고 생각해서였다.

'하지만 그게 아니었지.'

도일수가 쓴웃음을 지었다. 그게 얼마나 큰 착각이었는지 얼마 가지 않아 알 수 있어서였다.

"저는 본산제자는 아니니까요. 물론 본산제자나 마찬가지

이긴 하지만, 그래도 도적에 올라가 있지는 않으니까요. 나중에 좀 더 익숙해지면 그때 편하게 할게요."

"알겠습니다."

여전히 선을 긋는 서예지를 보면서도 도일수는 옅게 웃었다. 그녀가 말했던 대로 시간이 지나면 해결이 될 문제였다. 그리고 시간은 도일수에게도 필요했다.

'어휴. 아침부터 이렇게 살 떨려서야.'

이상하게 시간이 갈수록 예뻐지는 듯한 서예지의 미모에 도일수는 아침부터 표정을 관리해야 했다. 그렇지 않으면 넋을 놓고 그녀를 멍하니 바라만 볼 것 같았다.

'전 그 마음 다 압니다.'

'역시.'

그리고 그런 도일수를 양일우가 다 이해한다는 듯이 바라봤다. 같은 남자로서 도일수의 심정을 양일우는 십분 이해할 수 있어서였다.

"모두 좋은 아침."

"안녕하세요, 양 분타주님."

"다들 잘 잤니?"

"예!"

곤륜파의 제자들이 하오문의 무룡대에 대해 대화를 나눌 때 막 씻은 티가 나는 양선이 연무장에 모습을 드러냈다.

그런데 그녀는 혼자 오지 않았다. 하오문주인 설향과 같이 연무장을 찾았다.

"근데 분타주님이라는 호칭은 너무 딱딱한 거 같지 않니? 우리가 하루 이틀 본 것도 아닌데."

"맞는 말씀이시긴 하지만 그렇다고 저희가 또 친밀한 사이는 아니니까요."

"어머. 그렇게 말하면 난 좀 섭섭한데. 우리 사이가 친밀하지 않다니."

서예지의 선을 긋는 발언에 양선이 진심으로 섭섭하다는 표정을 지었다.

하지만 서예지는 눈 하나 깜빡하지 않았다. 지금 양선이 보이는 모든 행동이 치밀하게 계획되어 있는 것임을 잘 알아서였다.

"저희만 그렇게 생각했다면 죄송합니다."

"하긴. 각자가 생각하는 속도가 각기 다른 법이니까. 내가 독촉할 수 있는 부분도 아니고. 내가 좀 성급했을 수도 있으니까 사과할게."

"그 정도까지는 아니에요."

"그래도 앞으로는 좀 더 가까워졌으면 좋겠어. 그건 괜찮지?"

양선이 부드럽게 웃으며 서예지에게 손을 내밀었다. 나이는 어려도 역시 만만치 않은 상대라고 생각하면서 말이다.

"네."

"오늘 아침은 좀 시끄럽지? 무룡대 애들이 와 있어서."

"평소와 다르긴 했죠."

"불편하다면 애들을 보낼게."

양선이 마음에도 없는 소리를 했다.

그러나 의외로 양일우는 고개를 저었다. 사문의 무공을 수련할 때는 모르지만 몸풀기나 체력 단련을 할 때는 아무런 상관이 없어서였다. 게다가 꼭 자신들이 손해 보는 것만도 아니었고.

"괜찮습니다."

"그렇다면 다행이네. 근데 혹시 너희들 대련해 볼 생각 없어? 우리 아이들이랑."

"있습니다."

양선의 말이 끝나기 무섭게 양이추와 심대현이 대답했다. 벽우진에게 따로 들은 말은 없지만 아마도 이 부분까지 고려하지 않았을까 하고 둘은 생각했다.

"진짜? 싫은데 억지로 할 필요는 없어. 장문인께서도 선택권은 너희들에게 주겠다고 했으니까."

"정말 괜찮습니다. 다들 바라기도 하고요. 다만 저희들끼리는 좀 위험하고, 참관인이 필요하다고 생각합니다. 혹시라도 위험한 상황이 벌어질 수 있으니까요."

"그게 가장 좋지. 누가 좋을까?"

양선이 그리 말하며 주변을 살폈다. 혹시나 주변에 적당한 사람이 있나 찾아보는 것이었다. 하지만 보이는 것이라고는 설향과 무룡대 그리고 곤륜파의 제자들뿐이었다.

"제가 장로님이나 호법님께 찾아가 보겠습니다."

"그래 줄래?"

시기적절하게 들어오는 도일수의 말에 양선이 눈을 반짝였다. 어쩌면 잘 알려지지 않은 호법들을 만나 안면을 틀 수 있을지도 모른다고 생각해서였다. 그녀는 특히 비현이라는, 가장 감춰져 있는 그 호법을 꼭 만나고 싶었다.

"찾으러 다닐 필요 없다. 내가 봐줄 테니까."

"진 호법님."

"아침부터 얼마나 성화이던지. 진짜 내가 얼른 강해져야지, 원."

연무장 담벼락에서 진구가 툴툴거리며 모습을 드러냈다. 그는 문이 있음에도 불구하고 귀찮다는 듯이 그냥 담을 넘어왔다.

그 모습에 양선은 물론이고 무룡대원들도 살짝 놀란 표정을 지었다. 강자인 것은 알았지만 정말 입을 열기 전까지는 조금의 기척도 느끼지 못해서였다.

'괜히 용담호혈이라 표현하는 게 아니구나.'

무룡대주가 침을 꿀꺽 삼켰다.

곤륜산을 오르면서 그는 설향과 양선에게 귀에 딱지가 얹도록 들은 말이 있었다. 조심하고 또 조심해야 하는 게 곤륜파라고, 특히 장문인과 호법들을 만났을 때는 더욱 각별히 대해야 한다고 말이다.

'어후.'

그 말을 무룡대주와 무룡대원들은 실감하고 있었다. '나 고수요'라고 말하는 듯한 진구의 기도에 전신이 절로 떨려왔다.

반면에 진구를 거의 매일 같이 봐서 그런지 곤륜파 제자들은 아무렇지도 않은 듯한 모습이었다.

'이 차이를 느끼게 해주시려고 그런 건가.'

무룡대주가 착 가라앉은 눈으로 반보쯤 앞에 서 있는 설향을 바라봤다.

문도수는 개방 못지않게, 아니, 어쩌면 더 많은 문파가 하오문이었지만 정작 고수라고 할 수 있는 무인은 없었다. 기껏해야 절정고수가 최고수이니 무슨 말을 할까.

하지만 곤륜파는 달랐다.

'강해. 그것도 아주.'

무룡대주의 시선이 다시 진구에게로 향했다.

긴장감이라고는 전혀 없는, 건들거리는 걸음걸이였지만 막상 공격해야 한다고 생각하면 빈틈이 없었다. 달려들기도 전에, 칼을 뽑는 순간 목이 뽑힐 것 같은 느낌이랄까.

무룡대주는 손바닥이 축축해짐을 느꼈다.

"어이, 애송이. 네 상대는 내가 아냐. 그리고 어딜 넘봐? 감히 너 따위가."

진구가 무룡대주의 눈을 정면으로 바라보며 으르렁거렸다.

그런데 살기 하나 담기지 않은 그 말에 무룡대주는 오금이 저려왔다. 단순히 눈을 마주친 것뿐인데 뱀 앞의 개구리처럼 꼼짝도 할 수 없었다.

"호호호! 애들에게 너무 겁주시는 거 아닌가요?"

"겁은 무슨. 이 정도도 버텨내지 못하면 뒈져야지. 검 끝 위에 사는 인생이 무인인데. 더구나 얘들은 다른 곳도 아니고 진창을 구를 텐데."

"그렇기는 합니다만."

아무 말도 못 하는 무룡대를 대신해 양선이 입을 열었다.

하지만 그녀의 상태도 썩 좋지만은 않았다. 그녀 역시 태산권이라 불리는 진구의 기도에 압도당했기 때문이었다.

"애초에 노린 게 이거잖아? 그러면서 아닌 척은."

양선은 물론이고 조용히 듣고 있던 설향마저도 계면쩍은 표정을 지었다. 무룡대야 두말할 필요도 없었고.

"누가 먼저 나설 거야?"

두 사람이 말이 없으니 무룡대도 입을 열지 않았다.

그 모습에 진구는 아이들에게로 시선을 돌렸다.

"누구부터 나서는 게 좋을까요, 호법님?"

"흐음."

늘 그렇듯 차분하고 청아한 서예지의 음성에 진구가 턱을 쓰다듬었다.

성실하고 야무지며 똑 부러지는 서예지는 그뿐만 아니라 모든 호법들이 아꼈다. 재능이 충만할 뿐만 아니라 인성 역시 나무랄 데가 없어서였다. 그렇기에 제멋대로인 진구도 서예지에게는 자애로운 할아버지였다.

"괜찮다면 제가 먼저 나서고 싶습니다."

"일우 네가?"

"예, 시작은 제가 끊고 싶어서요. 사저 다음 서열이 저이기도 하지 않습니까."

"나쁘진 않은데."

진구의 시선이 도일수에게로 향했다.

분명 양일우의 재능은 나쁘지 않았다. 오히려 무룡대와 비교하면 훨씬 높은 수준이었다. 하오문에서도 나름 고르고 골라 무룡대원을 뽑았을 텐데도 불구하고 말이다. 그러나 문제는 경험이었다.

　"저는 두 번째로 나서겠습니다."

　"그렇게 해."

　도일수를 제외하면 다들 경험이 일천했다. 가장 오랫동안 내공심법을 수련한 서예지도 마찬가지였고.

　그래서 진구는 도일수를 첫 번째로 내보내는 걸 생각했었는데 스스로가 두 번째로 나서겠다고 하자 그것도 나쁘지 않은 듯했다. 자신이 기를 팍 죽여놓았기에 의외로 첫판은 쉽게 끝날 수도 있었고.

　"감사합니다."

　"감사할 것까지야. 어차피 나는 심판일 뿐인데. 진짜 그 사람만 아니었으면……."

　진구가 다시 한번 투덜거렸다. 이 꼭두새벽부터 자신이 여기에 와 있는 건 다름 아닌 그 사람 때문이었기에 투덜거리지 않을 수가 없었다.

　"그럼 다녀오겠습니다!"

　"그래, 지지 말고. 아무리 대련이지만 곤륜의 이름에 먹칠하면 안 되는 거 알지? 다른 애들은 괜찮아도 너나 예지는 안 돼."

　"도 사제는 말씀 안 하시네요?"

　"일수는 걱정 안 해. 실전에 제일 강한 유형이 바로 일수니까.

경험도 제일 많고. 그건 무시 못 하거든."

"더 의욕이 솟구치는데요. 반드시 이겨야겠어요. 저도 나름 전쟁을 치른 남자이니까요."

양일우가 호기로운 표정을 지으며 입을 열었다. 하지만 두 눈빛만큼은 그 어느 때보다 진지했다. 어떻게 보면 공식적인 비무라고 할 수 있었기에 절대 지고 싶지 않았다. 아무리 하오 문과 친한 사이라지만 이건 남자의 자존심이 걸려 있는 문제였다.

저벅저벅.

양일우가 보무도 당당하게 연무장의 중앙으로 걸어 나오자 무룡대 측에서도 한 명이 마주 나왔다. 바로 무룡대주였다. 무룡대원들 중에서 가장 강한 그가 첫 번째로 나온 것이었다.

"잘 부탁드립니다."

"저야말로."

나이는 무룡대주가 열 살 가까이 많아 보였지만 그는 양일우를 함부로 대하지 않았다.

무공도 무공이지만 양일우의 신분은 패선의 제자였다. 그것도 본산제자들 중에서는 대제자라 할 수 있는 게 양일우였기에 무룡대주는 나이가 어려도 예의를 다했다. 더구나 현재 얹혀사는 입장이기도 했고.

스르릉.

이윽고 마주 선 두 사람이 병장기를 꺼냈다. 양일우는 검이고 무룡대주는 날이 하나뿐인 도였다.

그러고는 동시에 기수식을 취했다. 생사결이 아닌 비무이기에 나름 격식을 차리는 것이었다.

"내가 보기에 승부가 나거나 둘 중 한 명이 패배를 시인하면 비무를 끝낸다. 부상당하기 전에 내가 알아서 막을 테니 그 부분은 걱정하지 말고. 그럼 최선을 다하도록."

"예."

"알겠습니다."

"그럼 시작!"

짤막한 설명과 함께 진구가 비무의 시작을 알렸다.

그리고 그 순간 둘 다 몸을 날렸다. 선수 필승이라는 말처럼 두 사람 다 기다리기보다는 먼저 공격하려 했던 것이다.

채채채챙!

이윽고 허공에서 두 자루의 검과 도가 어지럽게 얽혔다.

둘 다 승리를 노리고서 전력을 다해 상대방을 공격했다. 그러나 아직은 둘 다 내공을 본격적으로 사용하지 않았다. 순수하게 검술과 도술만으로 겨루었다.

"누가 이길 것 같아?"

"공력을 안 쓴다면 무룡대주에게 승산이 있지 않을까요? 경험과 시간은 무시하지 못하니까요."

"일반적으로 보면 그렇긴 한데……."

설향의 눈빛이 어두워졌다. 분명 객관적으로 보면 무룡대주의 압승이 당연했다. 하지만 무섭기까지 한 곤륜파 제자들의 성장세를 생각하면 단언할 수가 없었다.

쾅! 쾅!

초반에는 경험과 기술로 몰아붙이던 무룡대주가 조금씩 밀리기 시작했다. 그는 양일우가 본격적으로 진기를 끌어올리자 막아내기 급급했다.

물론 지금껏 쌓아온 경험이 어디 가는 것은 아니었기에 나름 힘을 흘려내고 있었지만, 양일우도 만만치 않았다. 오히려 그런 무룡대주의 의중을 역이용하며 점차 승기를 잡아갔다.

"잘한다, 일우 오빠!"

"으음!"

그런 두 사람의 모습에 양측의 분위기 역시 갈렸다. 신난 심소혜가 응원하는 것과 달리 무룡대의 분위기는 점점 침체되었던 것이다.

하지만 가장 죽을상은 무룡대주였다. 처음부터 쉽지 않을 거라 생각하기는 했지만 이렇게 속절없이 밀릴 줄은 몰랐다.

'공력도 공력이지만 무공에서 오는 차이가 커.'

상승절학이라는 말이 절로 떠오르는 양일우의 검술에 무룡대주가 이를 악물었다.

하지만 문제는 익히고 있는 무공의 수준만이 아니었다.

"흐읍!"

시간이 흐를수록 호흡이 가빠지고 균형이 흔들리는 그와 달리 양일우는 딱히 지친 기색을 보이지 않았다. 분명 비슷한 활동량인데도 그와 달리 양일우는 전혀 지치지 않았다.

'이렇게 된 이상……!'

무룡대주의 눈빛이 달라졌다.

첫 승부인 만큼 승리가 무엇보다 중요했다. 기선 제압의 의미가 있어서였다. 그런 만큼 무룡대주는 절대 지고 싶지 않았다.

파파파팟!

시간을 더 끌면 자신이 불리하단 걸 본능적으로 알았기에 무룡대주는 승부수를 던졌다. 정직하게 무를 겨루었던 지금까지와는 다르게 변초를 본격적으로 사용하기 시작했다.

그뿐만 아니라 두 다리와 비어 있는 왼손까지도 모두 활용해 어떻게든 이기겠다는 의지를 온몸으로 드러냈다.

우우웅!

하지만 그런 무룡대주의 반격에도 양일우는 흔들리지 않았다. 상대가 본인의 강점을 십분 활용한다면 그 역시 똑같이 하면 될 일이었다.

그리고 양일우가 생각하는 자신의 강점은 바로 무지막지한 공력이었다. 비천단과 벽우진의 조력으로 얻은 막대한 내공이 노도와 같은 기세로 뻗어 나가 검에 실렸다.

콰아앙!

단순하지만 그렇기에 강맹하기 짝이 없는 일격에 무룡대주가 휘청거렸다. 가뜩이나 체력이 급격히 떨어진 상태에서 참격에 맞먹는 검격을 받아내자 제대로 서 있을 수가 없었던 것이다.

그러나 양일우의 공격은 아직 끝나지 않았다.

콰아아앙!

비틀거리는 무룡대주를 향해 재차 무지막지한 공력이 실린

검격을 다시 한번 날렸다. 그러자 무룡대주의 안색이 하얗게 탈색되었다.

"그만."

"더, 더 싸울 수 있습니다."

"그전에 네 모가지가 날아갈 것 같은데? 도가 흔들리는 건 안 보이는 모양이지?"

두 사람 사이로 진구가 나타났다. 그는 그야말로 귀신같은 경신술로 두 사람을 떨어뜨렸다.

동시에 무룡대주가 이를 악물고서 고개를 떨어뜨렸다. 설마 하니 이렇게 무기력하게 패배할 줄은 몰라서였다.

"잘 싸웠다. 잘 싸웠어. 그러니 돌아오너라."

"……죄송합니다."

"아니다. 정말 잘 싸웠어. 내가 봤다. 그러니까 고개 들 거라."

설향의 말에도 무룡대주는 고개를 들지 못했다.

대신 부대주가 독이 바짝 오른 얼굴로 무룡대주를 스쳐 지나갔다. 그가 패배한 이상 자신이라도 반드시 이겨야 했다. 그렇기에 부대주는 살벌한 얼굴로 진구에게 걸어갔다.

뚜벅뚜벅.

잠시 후 그의 상대가 앞에 도착했다. 제자들 중에 가장 나이가 많아 보이는 그리고 평범해 보이는 사내였다.

하지만 부대주는 겉모습만 보고 상대를 판단하지 않았다. 지금 앞에 있는 사내 역시 패선의 제자였으니까.

"잘 부탁드립니다."

"저야말로 잘 부탁드립니다."

"넌 살기 좀 풀어. 생사결 아니다. 비무야. 덧붙여 만약 살초를 뿌리면 네 모가지가 먼저 뽑힐 거다. 명심해. 빈말 아니니까."

묵직하게 어깨를 짓누르는 진짜 살기에 부대주가 침을 꿀꺽 삼켰다. 그러고는 흥분을 가라앉혔다.

진구의 말마따나 이건 비무였지 생사결이 아니었다. 아무리 승리를 좇는다고 해도 정도가 있는 것이었다.

"죄, 죄송합니다."

"왜 그러는지는 알겠는데, 정도껏 해. 여기가 곤륜파라는 걸 잊으면 안 돼."

"예."

스산한 진구의 말에 부대주가 잔뜩 주눅 든 모습으로 대답했다.

진구도 더 이상 갈구지 않았다. 승부는 정당해야 한다고 생각해서였다. 처음에 무룡대를 향해 기도를 드러냈던 것도 수적으로 너무 차이가 나서 그런 거지 아이들 편을 들어주기 위한 건 아니었다.

"시간을 줄 테니 정리해. 아직 시간은 많으니까. 나야 빨리 끝나면 좋긴 한데."

"이제 해도 될 것 같습니다."

"괜히 지고 나 때문이라고 나중에 뒤에서 까지 말고. 시간 줄 때 충분히 활용해."

"정말 괜찮습니다."

부대주가 한결 편해진 표정으로 대답했다.

하지만 두 눈에는 여전히 승부욕이 활활 불타오르고 있었다. 앞으로 있을 무룡대원들의 비무를 위해서라도 지금의 대결은 너무나 중요했다.

"일수는?"

"저도 괜찮습니다."

"규칙은 기억하고 있지? 나 두 번 말하는 거 싫어한다."

"예."

두 사람이 동시에 대답하자 진구가 뒤로 훌쩍 물러났다.

그러고는 두 사람 사이에 나뭇잎 하나를 던졌다. 말하기도 귀찮아 나뭇잎으로 시작을 대신한 것이다.

툭.

잠시 후 나뭇잎이 떨어진 것과 동시에 비무가 시작되었다.

그러나 이번 비무 역시 그리 오랜 시간이 걸리지 않았다. 부대주는 고군분투했으나 끝내 도일수를 쓰러뜨리지 못했다.

그 뒤로도 비무는 이어졌다.

하지만 양일우나 도일수처럼 압도적인 결과는 나오지 않았다. 이기기도 하고 지기도 하며 엇비슷한 결과가 나왔다.

"예상했던 것 이상인데요."

"그래서 내가 아이들을 데려온 것이다. 우리 아이들에게도 도움이 될 테니까. 그리고 언제 또 저런 고수를 이렇게 편하게 만날 수 있겠느냐."

"그렇긴 하죠."

나름 혹독하게 수련을 시켰다고 생각했는데 되레 체력에서 밀리는 무룡대의 모습에 양선이 한숨을 내쉬었다. 생각했던 것보다 너무 못난 모습을 보여서였다.

하지만 반대로 이제라도 알아냈기에 다행이라는 생각도 들었다. 부족한 걸 알았으니 이제는 채우면 될 일이었다.

"그보다 우리 말고 머무는 손님이 있다고?"

"예, 근데 알아낼 수가 없습니다. 저희가 함부로 돌아다닐 수도 없는 상황이라."

"흠."

설향이 고개를 주억거렸다.

사실 곤륜파에 머무는 것만 해도 벽우진이 파격 대우를 해주는 것이나 마찬가지였다. 때문에 더 이상의 욕심은 곤란했다. 손님이 누구인지 너무나 궁금하더라도 말이다.

"마주치는 게 가장 좋은 상황인데, 식사도 처소에서 해결한다고 합니다."

"음식을 가져다주는 하인에게 알아내는 건, 힘들겠지?"

"빈대 잡으려다가 초가삼간을 다 태우는 일이 벌어질 수도 있습니다."

양선이 조심스럽게 말했다. 지금껏 보아온 벽우진의 성격을 생각하면 하오문을 싹 다 쳐내고도 남았다.

곤륜파의 명성이 계속해서 높아지고 있었기에 이제는 굳이 하오문에 연연할 필요는 없었다. 하오문만큼 빠르고 정확하지는 않더라도 정보를 구할 방법은 많았다.

"그렇지……."

"지금은 납작 엎드려야 한다고 생각합니다. 더 긴밀한 관계가 되기 위해서요."

"비현이라는 장로 쪽은?"

"좀처럼 만나기가 쉽지 않습니다. 식사 시간을 활용하려고 하는데 시간대가 자꾸 엇나가고 있습니다."

설향이 입맛을 다셨다. 어째 제대로 되는 게 하나도 없는 것 같아서였다.

'아니, 하나는 있나.'

설향의 시선이 비무에서 승리하고 깡충깡충 뛰며 기뻐하는 심소혜에게로 향했다.

반대로 막내 대결에서 패배한 십 대 후반의 무룡대원은 크게 낙담한 얼굴로 바닥에 주저앉아 있었다.

'너무 욕심을 부리는 것도 좋지 않아. 애초의 목적은 달성했으니까.'

설향은 마음을 비웠다. 욕심을 부리다가 양선의 말마따나 겨우 만든 관계마저 날아갈 가능성이 컸다. 그러니 지금은 숨 고르기를 해야 했다. 차근차근 나아가기 위해서 말이다.

"내가 이겼어!"

"잘했어, 우리 소혜."

"오구오구. 우리 사매 잘했네."

제자리에서 방방 뛰는 심소혜에게 아이들이 모여들었다. 그리고 진구 역시 한없이 인자한 미소로 심소혜의 머리를 쓰다듬었다.

"저 이겼어요, 호법님!"

"그래. 고생했다."

"헤헤헤!"

스스럼없이 안겨드는 심소혜를 어떻게 미워할 수 있겠느냐는 얼굴로 진구가 헤벌쭉 웃었다. 그러고는 심소혜를 번쩍 들어 올려 목말을 태웠다.

"이겼으니까 상을 줘야지."

"우와아!"

"무섭지는 않지?"

"좋아요!"

언뜻 보면 조손지간이라 해도 이상하지 않을 법한 두 노소의 모습에 아이들이 일제히 흐뭇한 미소를 지었다. 패배한 아이들도 있었지만 다들 심소혜의 승리를 축하해 주었다.

반면에 무룡대 쪽 분위기는 초상집을 방불케 할 정도로 좋지 않았지만, 누구 하나 신경 쓰지 않았다. 승부의 세계는 냉정한 법이었으니까.

○

곤륜파에 도착하고서 벌써 5일이 지났다. 하지만 둘째 날 잠깐 찾아왔던 벽우진은 그 후 아무런 소식이 없었다. 그가 기다리고 있다는 사실을 뻔히 알 텐데도 전언 하나 없었다.

"나 역시 어쩔 수 없는 사람인가 보군, 허허허."

애초에 벽우진에게서 쉽게 용서를 받아낼 수 있을 거라고는 생각하지 않았다. 벽우진이 쫌생이어서가 아니라 흐른 세월이 너무나 길어서였다.

그래서 진심이 필요하다고 했고, 때문에 그가 여기까지 직접 온 것이었다. 다른 사람들을 보내면 진심이 퇴색될 것 같아서.

"그런데 상황이 상황인지라 조급해지는 걸 막을 수가 없구나."

제갈현이 무거운 어조로 중얼거리며 두 눈을 감았다. 어쩌면 지금 이 순간에도 그의 가문은 죽음을 목전에 두고서 싸우고 있을지도 몰랐다.

하지만 비밀리에 곤륜파를 찾아왔기에 그는 아무런 소식도, 정보도 들을 수 없었다. 그저 벽우진을 기다리는 것밖에는 할 수 있는 게 없었다.

"오늘은 꼭 좀 방문해 주셨으면 좋겠는데."

벌써 5일이 지났다. 무당산에 복귀하는 시간까지 생각하면 그로서는 정말 긴 시간을 기다린 셈이었다. 때문에 제갈현은 한시라도 빨리 벽우진이 자신을 찾아와 주었으면 했다.

"변용술이라도 익혀두었다면 이렇게 답답하지는 않았을 텐데."

똑똑똑.

제갈현이 한탄 아닌 한탄을 하고 있을 때 누군가가 문을 두드렸다. 그러자 제갈현이 바로 신색을 바로 했다.

"들어오시죠."

"점심 식사를 가져 왔습니다."

"오늘도 직접 가져오셨군요."

"제갈가주님의 식사인데, 당연히 제가 챙겨야지요."

묘하게 비꼬는 듯한 청민의 말에도 제갈현은 웃었다. 이 자리에서는 그가 죄인이었으니까. 게다가 이 정도면 나름 대우해 주고 있는 것이었다.

"청민 진인께서는 식사하셨습니까?"

"저는 아이들과 함께 먹을 생각입니다."

"아, 이번에 들인 제자들의 실력이 범상치 않다는 소식은 들었습니다."

"무공도 무공이지만 인성 역시 나무랄 데가 없는 아이들이지요."

왠지 모르게 뼈가 느껴지는 말에 제갈현이 어색하게 웃었다.

벽우진도 어려운 인물이지만 앞에 있는 청민 역시 만만치 않았다. 더구나 뜬금없이 복귀한 벽우진과 달리 청민은 곤륜파의 흥망성쇠를 두 눈으로 직접 보고 겪은 인물이었다. 그렇기에 제갈현은 벽우진 못지않게 청민이 어려웠다.

"참으로 곤륜파의 홍복입니다."

"감사합니다."

아부성이 짙은 제갈현의 축하에도 청민은 담담히 마주 고개를 숙였다. 그러고는 두 사람 사이에 있는 탁자 위에 가지고 온 쟁반을 놓았다. 바로 제갈현이 먹을 음식들이 담겨 있는 쟁반이었다.

"청민 진인."

"말씀하십시오."

"장문인을 뵙고 싶습니다."

제갈현이 웃음기를 지우고 진지한 얼굴로 말했다.

언제까지 기다릴 수는 없는 노릇이었다. 그렇다고 몰래 나갈 수도 없기에 제갈현은 단도직입적으로 물었다.

"사형을 말입니까."

"예, 상황이 상황인지라 언제까지 제가 이곳에 머물 수가 없어서요. 이 점 양해해 주셨으면 합니다. 상황만 심각하지 않더라도 저는 언제까지나 여기에서 기다렸을 것입니다."

"사형께서는 현재 이곳에 안 계십니다."

"예?"

제갈현이 순간 당혹스러운 표정을 지었다. 이게 무슨 말인가 했던 것이다.

"현재 출타 중이십니다. 어제 나가셨지요."

"어, 어제 말입니까?"

"예."

당혹감을 감추지 못하는 제갈현과 달리 청민의 표정은 시종일관 담담했다. 아니, 오히려 제갈현이 당황한 표정을 즐기는 듯했다.

"혹시 안휘성으로 가신 겁니까?"

평소의 그답지 않게 표정 관리를 못 하던 제갈현이 일순 두 눈을 번뜩였다. 출타했다는 말에 하나의 추측이 뇌리를 관통

했던 것이다. 그리고 그 추측은 충분히 가능성이 있었다.

"아니요. 개인적인 일로 잠깐 나가신 겁니다."

"아……."

살짝 기대했던 제갈현이 장탄식을 흘렸다. 그러나 이내 그는 표정을 가다듬었다. 청민의 표정이 심상치가 않아서였다.

"대신 가주님께 남기신 전언이 있습니다."

"경청하겠습니다."

"하나뿐이다. 그러니 둘은 기대하지 마라."

"……그게 전부입니까?"

"예, 저도 들은 걸 그대로 전달해 드린 것뿐입니다."

제갈현의 표정이 복잡해졌다. 앞뒤를 다 자른 듯한 말에 수수께끼를 들은 것 같았다.

"무슨 말인지 도통 모르겠군요."

"사실 저도 들었을 때 무슨 말인지 이해하지 못했습니다. 그런데 사형께서 말하길, 제갈가주께 이렇게 전하면 알아들을 거라고 하셨습니다."

"으음!"

제갈현의 머리가 빠르게 회전하기 시작했다. 하지만 좀처럼 이해가 가지 않았다. 도대체 하나가 무엇이며 둘은 무엇을 말하는 것인지 짐작조차 가지 않았다.

"그럼 이만."

"아, 잠시만요."

"더 하실 말씀이 있으십니까?"

"오늘 밤에 무당산으로 돌아가려 합니다. 너무 오랫동안 자리를 비울 수가 없는 입장이라서요."

벽우진이 자리를 비운 마당에 그가 더 이상 머물 필요는 없었다. 그래서 제갈현은 미리 떠날 것을 말했다.

"알겠습니다."

"그동안 신경 써주셔서 감사했었습니다, 진인."

"아닙니다. 저는 해야 할 일을 했을 뿐이니까요. 무운을 빌겠습니다."

"전쟁이 끝나면 다시 한번 찾아뵙겠습니다."

제갈현이 꾸벅 허리를 숙였다.

그러나 청민은 묵묵히 포권을 하고는 몸을 돌렸다. 더 이상 그와 할 말이 없다는 듯이 말이다.

"하나뿐이니라."

청민이 방을 나가서야 제갈현은 자리에 앉았다. 하지만 그는 음식이 담겨 있는 쟁반에는 시선도 주지 않았다. 대신 천장을 바라보며 골똘히 생각에 잠겼다.

그러고는 벽우진이 남긴 말을 계속해서 곱씹었다.

"모르겠군. 전혀 모르겠어."

하나 아무리 고민해 봐도 도무지 무슨 뜻인지 알 수가 없었다. 차라리 대화를 나누다가 들었다면 문맥으로 유추라도 할 수 있었을 텐데 이렇게 달랑 한마디만 들으니 도저히 짐작이 가지 않았다.

"그래도 일단 문전 박대를 당하지 않았고, 쫓겨나지도 않았으니 꼬여 있던 매듭을 조금은 풀었다고 생각해도 되겠지."

사천당가와 달리 시원스럽게 풀리지는 않았지만 그래도 일단 첫 단추는 나쁘지 않게 끼웠다고 생각했다. 게다가 곤륜파가 건재한 이상 북해빙궁도 마음대로 날뛰지는 못할 테고 말이다.

"차근차근 하나씩 해결하자."

생각을 정리한 제갈현이 그제야 식사를 시작했다. 이미 다 식었음에도 그는 아무렇지 않은 얼굴로 음식을 집어 먹었다.

한편 제갈현에게 큼지막한 고민거리 하나를 던져준 벽우진은 청해성의 성도인 서녕에 도착해 있었다.

그는 수행원 하나 없이 홀로 서녕에 들어와 저잣거리를 가로질렀다.

"확실히 성도긴 성도야. 신기한 물건들도 많고, 서역에서 넘어온 것도 많고."

뒷짐을 지고서 저잣거리를 거닐며 벽우진이 고개를 연신 두리번거렸다. 곤륜산도 좋았지만 이렇게 사람 냄새가 풍기는 곳도 그는 좋아했다. 구경하는 맛이 있으니까.

"호오. 완전 달라졌는데?"

느릿한 걸음걸이로 충분히 구경을 하며 이동하던 벽우진의 발이 멈춰선 곳은 다름 아닌 청하상단이었다. 비호표국 역시 서녕에 있었지만 아무래도 벽우진에게는 청하상단이 더 편할 수밖에 없었다.

"자, 장문인! 흡!"

위치는 똑같았지만, 예전과는 확연히 다른 풍경에 벽우진이 놀라고 있을 때 방문객들의 신원을 확인하던 문지기가 화들짝 놀라며 손으로 입을 막았다. 혼자 있는 벽우진의 모습에 몰래 찾아온 것이라고 지레짐작한 것이었다.

그 모습에 벽우진이 웃으며 손을 저었다.

"몰래 온 거 아니니까 편히 말해도 된다."

"그, 그렇습니까?"

"응, 나는 따로 신분 확인 안 해도 되지?"

"물론입니다!"

기합이 바짝 든 목소리로 문지기가 대답했다. 벽우진이 청하상단에 어떤 은혜를 내려주었는지 모르지 않기에 두말하면 잔소리라는 듯이 그를 안내했다. 덕분에 벽우진은 길게 늘어선 줄을 구경하며 편하게 장원 안으로 들어갈 수 있었다.

"뭐야?"

"누군데 바로 들어가?"

"나이는 젊어 보이는데."

패선이라는 위명이 청해성을 떨쳐 울리는 것과 달리 벽우진을 알아보는 이는 없었다. 아무래도 대부분이 상계에 있는 사람들이다 보니 벽우진을 알아보지 못한 것이다. 실제로 벽우진을 만난 이들이 그리 많지 않기도 했고.

"사형!"

예전의 을씨년스러웠던 모습이 마치 거짓말이라는 듯이 인산인해를 이루고 있는 외원의 모습에 벽우진이 흐뭇한 미소를 짓고 있을 때 내원 쪽에서 익숙한 음성이 들려왔다. 뒤이어 다급하게 뛰어오는 달음박질 소리도 들렸다.

"나이도 지긋한 놈이 왜 뛰어와. 채신머리없게."

"사형께서 오셨는데 당연히 뛰어와야지요. 그런데 어쩐 일이십니까? 미리 연락이라도 해주셨다면 제가 마중을 나갔을 텐데요."

"급하게 볼 일이 생겨서. 너의 도움도 좀 필요하고."

"제 도움이요?"

서진후가 두 눈을 동그랗게 떴다. 갑자기 찾아와서는 자신의 도움이 필요하다고 하자 어안이 벙벙했던 것이다.

"응, 감숙성에 가야 하는데, 길잡이가 필요하거든. 너도 알다시피 내가 청해성을 벗어나 본 적이 없는 촌놈이지 않더냐. 너는 중원도 곧잘 드나들었고."

"저야 장사꾼이다 보니 안 가본 곳이 거의 없죠. 그런데 감숙성에는 무슨 일로 가시는 겁니까?"

"색마 하나 잡으러."

to be continued

막장 악역이 되다

크레도 퓨전 판타지 장편소설
WISHBOOKS FUSION FANTASY STORY

자고 일어나니 소설속. 그런데……

[이진우]

재벌 3세, 안하무인, 호색남, 이상 성욕자, 변태.
가장 찌질했던 악역. 양판소에나 등장할 법한 전형적인 악인.

"잠깐, 설마…… 아니겠지."

소설대로 가면 끔찍하게 죽는다.
주인공을 방해하면 세계는 멸망한다.

막장 악역이 되다

흙수저 이진우의 티타늄수저 악역 생활!

밥만 먹고 레벨업

박민규 게임 판타지 장편소설
WISHBOOKS GAME FANTASY STORY

바사삭, 치킨, 새벽 1시에 먹는 라면!
그런데 먹기만 해도 생명이 위험하다고?

가상현실게임 아테네.
먹고 싶은 음식을 먹을 수 있는 유일한 방법!

[식신의 진가가 발동됩니다.]
[힘 1, 체력 1을 획득합니다.]

「밥만 먹고 레벨업」

"천년설삼으로 삼계탕 국물 내는 놈이 세상에 어디 있냐!"
"여기."

Wish Books

만 년 만에 귀환한 플레이어

나비계곡 퓨전 판타지 장편소설
WISHBOOKS FUSION FANTASY STORY

어느 날, 갑작스럽게 떨어진 지옥.
가진 것은 살고 싶다는 갈망과 포식의 권능뿐.

일천의 지옥부터 구천의 지옥까지.
수십만의 악마를 잡아먹고 일곱 대공마저 무릎 꿇렸다.

"어째서 돌아가려 하십니까?"
"김치찌개가… 김치찌개가 먹고 싶다고."

먹을 것도, 즐길 것도 없다.
있는 거라고는 황량한 대지와 끔찍한 악마뿐!

"난 돌아갈 거야."

「만 년 만에 귀환한 플레이어」

9클래스 소드 마스터

이형석 퓨전 판타지 장편소설
WISHBOOKS FUSION FANTASY STORY

검성(劍聖), 카릴 맥거번.
검으로 바꾸지 못한 미래를 다시 쓰기 위해
과거로 돌아오다.

이민족의 피로 인해 전생에 얻지 못한 힘.

'이번 생에 그걸 깨주겠다.'

오직 제국인들만이 사용할 수 있었던,
그 힘을!

'나는 마법을 익힐 것이다.'

이제, 검(劍)과 마법(魔法).
두 가지의 길 모두 정점에 서겠다.

9클래스 소드 마스터: 검의 구도자

목마 퓨전 판타지 장편소설
WISHBOOKS FUSION FANTASY STORY

"무(武)를 아느냐?"

잠결에 들린 처음 듣는 목소리에 눈을 떴을 때,
눈앞에 노인이 앉아 있었다.

"싸움해 본 적 있나?"
"없는데요."

[무공을 배우다.]

20년 동안 무공을 배운 백현,
어비스에 침식된 현대로 귀환하다!

'현실은 고작 5년밖에 지나지 않았다고?'

나는 될 놈이다

글쓰는기계 게임 판타지 장편소설

WISHBOOKS GAME FANTASY STORY

판타지 온라인의 투기장.
대장장이로 PVP 랭킹을 휩쓴 남자가 있다?

"아니, 어디서 이런 미친놈이 나타나서……."

랭킹 20위, 일대일 싸움 특화형 도적, 패배!

"항복!"

'바퀴벌레'라고 불릴 정도로
끈질긴 생명력을 가진 성기사조차 패배!

"판타지 온라인 2, 다음 달에 나온다고 했지?"

평범함을 거부하는 남자, 김태현!
그가 써내려가는 신개념 게임 정복기!